富士伸太
イラスト 黒井ススム
人間不信の冒険者たちが世界を救うようです
6
～夢の終着点編～

「もう勝手にどっか行くナ」
カランの吐息と体温が伝わる。
それを突き放す体力もなければ、意思もない。
今まで意識してこなかった温かさと柔らかさに身を委ねた。
身も心も沈み込むような感覚を、ニックは今まで恐怖していた。
それを自覚してしまえば、一つの冒険を終えるような気がしていたからだ。

contents

黄金に勝る刹那
006

反撃の狼煙《のろし》
028

終末にはワインを
107

それぞれの帰郷
159

人間不信の冒険者たちが世界を救うようです
228

黄金に勝る刹那

迷宮『修羅道武林《しゅらどうぶりん》』の深い深い闇の中に、一振りの聖剣があった。

佇《たたず》まいには『進化の剣』のような艶《なま》めかしさや生命力はない。

あるいは『響の剣』のような複雑さもない。

もっとも近いのは、『絆《きずな》の剣』の姿だ。

真《ま》っ直《す》ぐな白い刀身は伸びるにつれて漆黒へと変化し、その頂点に切っ先はない。あるべき場所は真横に断ち切られ、無を意味するがごとく平かな終点を描いている。

また鍔元《つばもと》には他の聖剣と同様、宝玉が埋め込まれている。まるで海の底のように深く暗い輝きに目を凝らせば、そこには濃密な生命の気配がある。

その剣を、ほのかに輝く手が摑《つか》んだ。

「聖衣……いや、違う？　なんだあれは……？」

ニック／ゼムが戦慄し言葉を漏らす。

その視線の先には、清浄な白い炎を放つ騎士がいた。

男なのか、女なのか、それはわからない。

その優美さとしなやかさに男女の差は現れない。顔は白仮面と同様の仮面によって隠されているが、兜《かぶと》はない。青白い炎のような髪がただそこにある。

そして体も、青白い炎のようだ。

肉なのか、生物とは異なる物質なのか、炎なのか、魔力なのか、そのどれでもあるようで、どれとも言えない奇妙な体。

ただ圧倒的なまでの神々しさだけが見る者に伝わる。

『聖衣には違いない。じゃがその中にははち切れんばかりに魂魄《こんぱく》が詰め込まれ、鎧《よろい》の形状を保てぬのじゃ……。あの白い炎は英傑、英雄の魂の輝き。何百……いや、千人以上の勇者や英雄が、等身大の人間サイズに圧縮され、不可視なはずのものが可視化され、力そのものとなっている』

『絆の剣』の言葉に、ニック／ゼムは暗澹《あんたん》たる思いを抱いた。

そんな相手にどうやって勝てばよいというのか。

「馬鹿野郎。やり合う前からびびってんじゃねえ……！」

レオンが冷や汗を流しながらもニック／ゼムを叱咤《しった》する。

「「ちっ、その通りだ、その通りだが……」」

ニック／ゼムは、【サバイバーズ】は、今まで様々な強敵に打ち勝ってきた。アルガスと白仮面たちに襲われて敗北したこともあったが、それでも戦闘が戦闘として成り立っていた。

今は、絶対的に違うという確信がニック／ゼムの心のうちから湧き上がってくる。

指先一つ、あるいは視線一つで死ぬかもしれないという恐怖。

『……ふん。確かにやつは聖剣たる自己の可能性を極限まで突き詰めている。我々が不利なことは否めぬ。……が、こちらにはあやつがいる。せいぜい化け物同士、戦ってもらえばよい』

『進化の剣』が、悔しさを滲《にじ》ませつつ言った。

その視線の先には、一匹の修羅がいた。

修羅という種類の魔物という意味ではない。気配が、視線が、姿形が、そして魂の形が、ただ鬼と言うしかない姿であった。

肌は赤黒く、熱した鋼のようだ。鎧と肉体は一体化し、凶悪な硬質さを持つ外殻へと進化した。目は金色に燃え上がり、額には二本の角がある。

魔物ほどの異形ではない。

だが白い炎の騎士の神々しさとは真逆の、血を求める闘気が漲《みなぎ》っている。

この瞬間、静かに佇んでいることが、たちの悪い冗談のようだ。

「「……これが、アルガスの進化の成れの果てか」」

『この程度で進化の成れの果て？　冗談だろう？　こいつはもっともっと先に行けるはずだった。こんな無様な体は……塵《ちり》一つ残さず消し去ってやる』

白炎の騎士が剣を構えるとその殺意に応えるかのように、鬼もまた動く。

戦闘が始まった。

白炎の騎士が襲いかかった瞬間、ひゅうと一陣の風が吹いた。

それは鬼の踏み込みであり、音もなく白炎の騎士の胸元を掌底が抉《えぐ》る。騎士の体が崩壊する。

『極まった《奇門遁甲《ステッピング》》が神秘的な波動を生み出しておる。あやつが触れた場所はすべてが塵となり崩壊する……』

「「だったらよかったんだがな」」

『絆の剣』の言葉に、ニック／ゼムが反論する。

その言葉通り、崩壊した体はすぐさま修復された。

いや、それだけではない。修復されずに残った塵が集まり、白炎の騎士が増えた。

五体の騎士が剣を掲げる。

以前ニック／ティアーナが相対した白仮面とは異なり、全員が一糸乱れぬ動きを取っている。

そこからまた攻防が始まった。

まるで神話の壁画のごとき光景が肉と匂いと重みを伴って広がる。

だが当然、それを漫然と見蕩《みと》れていられる状況ではない。

「「ぐっ……！　レオン！　直撃は避けろ！」」

塵の一粒が白い戦士となり、ニック／ゼムたちに猛然と襲いかかった。

白炎の騎士の全員の手には『襷《たすき》の剣』が握られている。『絆の剣』のレプリカのようなものか、
あるいは『絆の剣』が増殖したのか、どちらともつかない。

だがなんであれ、ニックたちやレオンを一撫《ひとな》でで消し去る強さを孕《はら》んでいる。

「わかってる！　距離を取るぞ！」

レオンが再び『進化の剣』を手にして、自分の形態を変化させた。

背中から大きな翼を生やし、ニック／ゼムを摑んで舞い上がる。

『くっ……広いとはいえ地下には変わりないぞ！　気をつけろ！』

「「問題ない！　《思念回廊》！」」

その言葉と共に、『絆の剣』から白い粒のようなものが周囲に飛び散る。

風に舞いそうなほど小さい見た目からは想像できないほど堅牢《けんろう》に空中に固定された。

「「ちぇりゃあッ！」」

ニック／ゼムが粒を踏んだ瞬間、それは爆発的な推進力を生んだ。

周囲に飛び散った粒を蹴り、鋭角的で不規則な軌道を描きながらニック／ゼムは中空を舞う。

「「そこだ！」」

そしてニック／ゼムを追いかける白い戦士の一体に渾身《こんしん》の蹴りを放った。

白炎の騎士の首がぐにゃりと曲がる。確実に骨を折る一撃のはずだ。骨があるならば。

「「なんだこの体は……！」」

ニック／ゼムが蹴りを放った脚から感じたのは、茫洋《ぼうよう》とした感触だった。

引力か磁力かに足が弾《はじ》かれるような不思議な反発力を感じる。

「「防御に《奇門遁甲《ステッピング》》を使って衝撃を吸収した……練度がこっちより数段上だ……」」

ニック／ゼムはその感触の不気味さに足を引っ込めようとして、捕まった。

「「まずっ……」」

足が一握りで砕かれた。

激痛が走る。治癒魔術によって足はすぐさま修復されるが、そこからは地獄だった。まるで赤子が玩具《おもちゃ》で弄ぶかのように雑に、そして乱暴に振り回される。天井に激突し、床に叩《たた》きつけられ、レオンの方に向かって投げつけられ、そこから呪いの杭《くい》を何本も放たれる。

「「《思念障壁》……！」」

呪いの杭を必死に防ぐ。

すぐに次が来ると覚悟を決めるが、ふと攻撃が収まった。

アルガスが変貌した修羅が、こちらを攻撃する白炎の騎士の首を手刀で刈り取った。

「「まずい、完全に付いていけてねえぞ……！　つーかなんでここで攻撃魔術をバンバン使えるんだよ！　ずりーぞ！」」

たった数秒で満身創痍《まんしんそうい》となった。

白炎の騎士と戦う以前の問題だ。完全に、舞台の上に立てていない。

『恐らく、アルガス氏との契約関係が切れたためでしょう。彼を覚醒させるということこの迷宮の意義が失われたために、魔術妨害のための魔力供給を切ったのだと思います』

「「もう少しルールってもんを尊重しろよ、くそ……。どうやって戦えばいい……」」

『戦うという考えを捨てましょう。相手は我々の手の届かない領域にいます』

焦燥感を抱くニック／ゼムに『武の剣』が語りかけた。

「「そこまで差があるか」」

『ですので、生き延びてください。攻撃は最小限に留《とど》めましょう。ただそれだけで構いません』

「「……そりゃ死ぬつもりはないが」」

『我々だけではなく、あの修羅と共にです。我々は治癒と妨害、そして自己の生存のために行動しましょう。つまりは遅滞戦術です』

その消極的な言葉に、ニック／ゼムが訝《いぶか》しげに尋ね返した。

だが『武の剣』は至って真面目に答えた。

『あの白炎の騎士……『襷《たすき》の剣』が全力を発揮してここにいるということは、どんな黄金にも代えがたい一分一秒です。彼は策謀家でした。アルガス氏による契約によってそうせざるをえなかったとはいえ、彼の妨害に対して常に警戒が必要であり、それゆえに皆が後手に回っています。ですが、今この瞬間だけは、その心配がないのです』

「「……つまり、ここに踏み留まることがみんなへの支援になるってか？」」

『今まで彼の対抗勢力は常に彼へ情報が流れることを恐れ、慎重に、水面下で物事を進めざるをえませんでした。オリヴィアがそうであったように。だから私はオリヴィアの協力者が誰であったのか知らされていません。しかし彼らは、この瞬間を逃さずに作戦を進めているはずです……きっと』

最後の言葉はか細く、『武の剣』自身、希望にすがっているように聞こえた。

レオンが当然のごとく反論した。

「あるかねえかわからねえもんに期待するなら、逃げた方がマシだ。作戦を練り直すことだってできる。お前が仲間を信じて待つのは構わねえが、他人を巻き込むんじゃねえ」

『その通りだ。今ここに立っていない者に何ができるのか疑問だな。むしろあのアルガスに時間を稼いでもらい、我らの脱出と生存を目的とすべきだ』

その反論の正しさに、ニック／ゼムは心が一瞬動く。

だがそれでもニック／ゼムは否定した。

「「……レオン。『進化の剣』」」

「なんだよ」

「「オレたちはここに踏み留まる。一分一秒でも、一日でも、一ヶ月でもな」」

「それに付き合えってか？　勘弁しろよ。死ねっつってんのと同じだぞ」

「「お前はここにいる時点で仲間だ。オレたちと生きてオレたちと共に死ぬことに同意してるのと同じなんだよ。ビジネスライクを気取るならそもそもここにはいねえ。違うか？」

「……そう思うのはお前の自由さ。背中に気をつけるんだな」

「「しねえよ。お前は」」

「なぜだ」

「「冒険者だからだ」」

ぐう、とレオンは呻《うめ》いた。

理路整然とした反論は幾らでもあるのに、冒険者だということをレオンは否定できなかった。

「「オレを信じろとは言わねえ。だが『襷《たすき》の剣』……あのいけすかない男を信じるやつがどれだけいる？　殺したいと思ってるやつがどれだけいると思う？」」

「だがそいつらは無力だ。今この瞬間、ここに立っていないやつらを信用はできねえ」

「「だから『進化の剣』を信じるのか」」

レオンがその言葉を鼻で笑った。

「信じちゃいねえさ。こいつはこいつで、社会が崩壊する瞬間を見極めて自分の最大利益を目指そうとしてる。自分が魔神を倒す最強の聖剣だってことを証明し、使命を果たしたい。そうだろう？」

『そうとも』

「古代文明に連なる次の世界を作る。そのためには古代の魔術や魔道具を使うに足る、精神、肉体、ともに強靱《きょうじん》な次世代を作りたい。『襷《たすき》の剣』とは異なるアプローチでな。『進化の剣』の目的はそういうものだ。変革をもたらすって意味ではあの野郎もこいつも似たようなもんだ」

『よく理解しているではないか。我が所有者よ』

レオンの説明に、『進化の剣』の宝玉がせせら笑うように輝いた。

「やつと違うのは、お前が『襷《たすき》の剣』ほど覚醒にこだわっちゃいないところか。いや、むしろ覚醒に懐疑的でさえある」

『……覚醒とは本来、肉体に依存する魂や精神そのものを強化し、精神生命体に作り変えるようなものだ。我が権能を使い所有者を進化させることとはまるで異なる。しかも適性の有無も激しい。こんなもの、福音などとはとてもとても呼べぬよ。肉体を捨てたがる幼稚な潔癖症どもが。痛みや情動は切り捨てるものではない。激しく燃やした上で寄り添うものだとなぜわからぬのか』

「「お、おう」」

『……古代文明は身体の喜びに満ちていた。果てのない飽食と享楽。だがその一方で己の罪深さを自覚し、どうあるべきか多くの者共が自問自答していた。その果てに、神と仮称される機械知性のポンコツ共に反旗を翻した……。我はあの混沌《こんとん》とした世界を完成させる。物質を捨て去り、悟りを得た抹香臭い超古代文明人などはどうでもよい。いや、我々にとっては覚醒者すべてが敵である可能性さえある』

「「お前の思想はわかった。今はお前が『襷《たすき》の剣』の敵かどうか。そして打開策があるかどうかだ」」

『打開策はあるとも。あのアルガスを修羅とさせたことで鋳型は得た。他の人類種を鋳型に流し込み、修羅の軍団を作り出して『襷《たすき》の剣』に対抗する勢力を作り上げる。太陽騎士団や国家が秘匿しているだろう魔力リソースを我に集中すれば実現可能だ。半年もあれば……』

「「準備期間が長すぎる。その間にみんな滅ぶぞ。お前が望む世界……古代文明を受け継ぐ世の中の到来なんて夢のまた夢になっちまうだろう」」

『ぐっ……だ、だが再び復興はできる。悠久の年月を掛ければ。赤の他人の努力に期待するなどという薄甘い考えよりは遥《はる》かにマシだ』

憮然《ぶぜん》としながら『進化の剣』が言い放つ。

だがそこに『絆の剣』が反論した。

『聖剣がここにいる我らだけであればおぬしの言葉も理があろう。しかし「響の剣」……もとい、「歪曲剣《わいきょくけん》」がこの瞬間を座視していると思うか？　あやつが大人しく我が身可愛《かわい》さに引きこもり、事態を静観すると思うか？』

『くっ……「歪曲剣」か……』

『進化の剣』が悩ましげな声を漏らす。

『あやつの性格の悪さと執念深さを評価するのじゃ』

『それは……いや、しかし』

「うだうだ言ってるんじゃねえ。……とりあえずわかった。だが撤退するときは撤退する。お前が生きようと死のうと関わりのねえこった」

「「そのために、お前は死ぬな。粘って、生き残れ」」

「お前に言われたくはねえ」

『……私も全力でバックアップします。ご武運を』

合意を得たのを見て安堵《あんど》した『武の剣』が、祈るように告げた。

そしてここにいる全員が、無謀な闘争へ身をなげうった。

闘争とも呼べない闘争が、永遠に感じるほどに続いた。

互いに決定打を欠いていたということもある。

白炎の騎士はどれだけ修羅に破壊されたところですぐさま自分の体を修復した。そして《並列《パラレル》》の魔術を使いこなし、軍隊の如く修羅を攻め立てた。

修羅は、すべてにおいて完璧であった。

すべてを灰燼《かいじん》に帰す刺突を捌《さば》き、星のような数の呪いの杭を受け流し、魔術攻撃の一瞬のほころびを見出《みいだ》して、ほんの少しだけ魔力を込めた指先で突いて魔術を破綻させた。

肉体の強さ、魔力の高さは、実のところニック／ゼムと同等程度のものだ。だがその肉体を駆動させる技術が、あらゆる人間、あらゆる魔物の頂点に立つものであった。

そしてニック／ゼム、レオン、『武の剣』はひたすらに攻撃を凌《しの》ぎ、自分と修羅の回復に努めた。

白炎の騎士がニック／ゼムを攻撃するのは、修羅の動揺を誘うための牽制《けんせい》にすぎない。

そんな気まぐれの攻撃を耐え凌ぐだけで命がけであり、避けることは至難の業だ。

だが、その致死の一撃に対応できた刹那にのみ反撃のチャンスがある。

『向こうはあらゆる手段に対応してきます！　相手の予測を超えてください！』

「「そんな簡単にできるわけがねえだろうが！」」

空中に魔力の粒を放ち、それを踏み台にしてニック／ゼムは音を超える速さで自由自在に動くことができる。白仮面のような強者であっても、その領域に踏み込んだ者を逃すことはない。

だが白炎の騎士は、ニック／ゼムにしか感知できないはずの粒の位置を正確に読み取り、逆に利用してニック／ゼムを追い詰める。

「「くそっ……魔術も使える分、アルガスよりやりづれえ……！」」

『……虚を衝《つ》きましょう。一度、《合体《ユニオン》》を解いてください』

「「ハァ!?　この状況でか!?」」

『リスキーですが上手《うま》くいけば予定の倍近い時間は稼げます……そして作戦変更しなければ、ゼムさんが死に至ります』

「「そんなことはありませんよ……まだまだ余裕です」」

ゼムの心が反論する。

だがその魂の軋《きし》みに、ニックが気付かないはずがなかった。

『……その通りじゃ。回復魔術の制御に負荷が集中しすぎておる。じゃがここで《分離》しては』

「「何の手立てもなく殺される。違いますか？」」

『手立てはあります。レオンさん。ニックさんと《合体《ユニオン》》してください』

「ハァ!?　何を言ってやがる！」

レオンが冗談じゃないとばかりに叫ぶが、『武の剣』は無視して話を進める。

『その間、私がゼムさんを守ります。肉体的な疲労ではなく精神的な疲労の問題ですので、私に肉体のコントロールを任せて精神を休ませてください。『進化の剣』は……ニックさんとレオンさんのサポートをお願いします』

『サポートと言えば聞こえはよいが、つまるところ我に「絆の剣」の付属パーツやエクステンションとしての扱いをされろという話だろう。呑《の》むと思うか？』

『まあ、立場が逆であれば絶対にイヤじゃしの……。ぶっつけ本番では使用者の生命に関わる』

『いや、面白い』

その『進化の剣』の意外な言葉に、全員が驚いた。

『我らよりも後期に開発され、なおかつ人間の能力適性を把握して磨き上げることを主とした「武の剣」ができると言うのだ。であれば我らは頷《うなず》くしかあるまい』

『しかし《合体《ユニオン》》と《進化《エヴォリューション》》の儀式魔術の二重使用をせよというのであろう？　それでは……』

『最悪破壊されるか、あるいはどちらかの儀式がどちらかに乗っ取られるだろうな』

『通常であればそうです。しかしあの白炎の騎士と修羅の放つ魂の輝きの前に立ち続けたニックさんたちは、魂の練度が飛躍的に上がっています。この場所、この瞬間である限り危険性は……』

「ごちゃごちゃうるせえ！　やるかやらねえか！　やらなきゃいけねえのか！　答えが出てるなら迷ってるんじゃねえ！」

「「……《分離》」」

ニック／ゼムの体から輝きが消《き》え失《う》せ、そしてニックとゼムの二人に別れた。

ニックはかろうじて膝をついた程度であったが、ゼムは完全に気を失っている。

「すまねえ、ゼム……。お前にばかり負担をかけちまったな」

「謝る前に、やることをやれ！」

「わかってる！　行くぞ……《合体《ユニオン》》！」

満身創痍のニックとレオンが荒い息を吐き、しかし強い決意を秘めて魔術を唱えた。

ニックの毛髪が獣のように荒々しく太いものとなって背中まで伸びる。腕も、足も、胸板も、強靱な筋肉と体毛に覆われ、そのはちきれんばかりの膨大な力を体につなぎとめるように思念鎧装で覆われていく。

その大きな右手に握られている『絆の剣』は、大剣でありながらも片手剣であった。もう一方の手には『進化の剣』が握られている。

「「聖剣二刀流とは贅沢《ぜいたく》なもんだな」」

『ふむ。男ぶりが上がったではないか。【サバイバーズ】同士のときよりも適合の度合いが高いのではないか？』

「「冗談はやめろ、気色が悪い」」

ニック／レオンが『進化の剣』の言葉に嫌悪感をむき出しにする。

だがすぐに表情を引き締め、こちらを狙う白炎の騎士に目を向けた。

『やつの術を少々学ばせてもらった。こちらも似たような手で相手をしようじゃないか。さあ、歩み半ばの者よ！　進化の果てにある恵みを分け与えようぞ……《繁栄《プロスペラ》》！』

ニック／レオンが自分の毛髪を乱暴につかんで数十本を捻《ひね》り切り、吐息とともに飛ばす。

それは『進化の剣』の輝きに照らされたかと思えば、ニック／レオンと似たような姿を象《かたど》った。

金色に輝き半透明の姿をしているために本物のニック／レオンとの違いは一目瞭然だが、その内包する魔力は膨大だ。本物のニック／レオンと比べて見劣りするところがない。

「「《並列《パラレル》》……とは違うみてえだな」」

『力を分割するような愚行と一緒にするな。種火のごとき小さな魔力が、この場の濃密な魔力、そしてあやつらの死体の魔力を吸収して即座に成長する。効率が違うのだ効率が』

『本来は時間を掛けて育てる分身体だが、ここならば促成栽培できるわけか……なるほどの』

『感心している場合か、「絆の剣」よ。貴様こそ出し惜しみしているときではないぞ』

『わかっておるわ！　行くぞ！』

黄金の輝きが数十の束となり、ニックたちを追い詰めていた白炎の騎士に剣撃を浴びせた。

レオンの持つ敏捷性《びんしょうせい》や反応速度、それを御する警戒心が、ニックの養った技巧と調和して、果てのない強さに思えた白炎の騎士の領域に初めて足を踏み入れた。

「「ようやく……足下が見えてきたな……！」」

修羅が相手をする数十の白炎の騎士の群れと戦うことは無理だが、一体であれば勝負に持ち込める。

《繁栄《プロスペラ》》により生み出された眷属《けんぞく》は直感だけでニック／レオンの意図を読み、有機的なコンビネーションで白炎の騎士を囲んだ。

白炎の騎士が斬撃を放てば一人が受け止め、同時に一人が背中から斬りかかり、一人が地を這《は》うように飛び込み足首を狙う。だがそこに集団であることの気の緩みはない。一手間違えればこちらが全滅するという恐怖が残酷を正当化する。例えば体の末端部を破壊して動きを封じる。眷属を犠牲にして白炎の騎士を刺し殺す。あるいは自爆攻撃。あるいは、そうした手段を取る人間だけが放てる殺気。殺気を利用したフェイント。

あらゆる残酷を駆使した先に、ようやく小さな勝利をもぎ取る。

「「……しゃあ！　やってやったぞ畜生！」」

『……ほほう？　面白いことをするじゃあないか。少しばかりお前らに力を割いてやるよ』

だがそれは、結果として白炎の騎士の興味を過剰に引いてしまった。

神のごとき圧倒的な力を持つ存在が、昆虫をいたぶる子供のような好奇心でこちらを見ている。

死を超える惨劇の予感に、ニック／レオンはごくりと唾を飲み込んだ。

「『……一矢報いたのは嬉《うれ》しいが、やぶ蛇だったかもしれねえな』」

『今更泣き言を言うでない！　来るぞ！』

修羅と戦っている無数の白炎の騎士の内、十体がこちらに向かってきた。

単騎でさえ手こずっていた相手が軍隊以上に一糸乱れぬフォーメーションを組んで襲いかかる。

白仮面五体に殺されかけた記憶がニック／レオンの脳裏をかすめる。

「『馬鹿野郎！　組織的な動きに抵抗できねえのはこっちが単騎だったからだ！　打開策はある！

違うか!?』」

レオンの心が叱咤する。

ニックの心がこの野郎好き放題言いやがってと反論する。

だが共に敵意と戦意を燃やし、ニック／レオンはそれを迫り来る白炎の騎士へと向けた。

『合わせろ、「絆の剣」！』

『くっ、気は進まぬが、意地の悪い手を使わせてもらう……《強制併合《アネクゼイション》》！』

するとニック／レオンの分身に、奇怪な虹色の光が宿った。

その光を宿したまま白炎の騎士へと突撃する。

だが先程の技巧的なコンビネーションとは違って、まるで無策のままの突撃だ。

白炎の騎士たちは躊躇《ちゅうちょ》なく剣を振りかざし、袈裟《けさ》懸《が》けに斬り捨てようとする。

『……かかったな！　今じゃ！』

ニック／レオンの分身体が斬られた瞬間、奇妙な光が強くなると同時に白炎の騎士に取《と》り憑《つ》き、同化していく。

白炎の騎士の俊敏な動きが、まるで錆《さ》びた鎧のようなぎこちなさを帯びる。

こちらに向けていたはずの敵意が、なぜか白炎の騎士に向けられている。

「「なんか気持ち悪いことしたな」」

『気は進まぬ戦法じゃ……あやつらは五感以上に魂の感覚で敵を見定め攻撃する。我らの分身体を部分的に《合体《ユニオン》》させて魂を濁らせ、感覚を攪乱《じょうらん》させた』

その『絆の剣』の説明と同時に、ぎこちない動きの白炎の騎士は突如として同士討ちを始めた。

出来の悪い人形劇のような動きに、ニック／レオンは敵ながら同情を覚える。

『ふん、そんなことを考えている暇はない。追加が来るぞ』

「「わかってる！」」

白炎の騎士が更に追加で現れ、同士討ちをする白炎の騎士を躊躇なく爆炎を放つ魔術で一掃した。

ニック／レオンが爆風と熱の余波に耐え凌ぎながら新たな分身体を生み出す。

『搦《から》め手《て》は二度は通じぬ！　次の策を講じるまでは正攻法じゃ！』

「「そっちの方が好みだ……って言いたいところだが、さっさと考えてくれよ」」

ニック／レオンが二刀を構え、分身体もそれに倣った。

「「《月光剣》！」」

膨大な魔力が二振りの聖剣に込められて金色に輝き出す。

あらゆるものを変質させる月の魔力と改竄《かいざん》力を、敵の防御を徹底的に破壊するために利用する悪夢のような攻撃。仮に相手が永遠の命を持つような高位存在であろうと不可逆的な損傷を与える。それほどの悪夢的な一撃を捻り出さなければこちらが徹底的にすり潰されて存在していた痕跡さえ消えるだろう。

ニック／レオンの予感は正しく、白炎の騎士もまた同様に恐るべき力を込めて斬撃を放ち、こちらの攻撃を相殺してきた。

「「くっそ……！　どれだけこれを続けろってんだ……！」」

『あと一時間粘ってください！　ゼムさんの回復が済みます！』

「「一時間これを続けろってか！　命が幾つあっても足りるかよ……！」」

悲鳴のような『武の剣』の報告に、ニック／レオンも悲鳴で応じた。

戦闘は苛烈さと残酷さを増していく。

薄氷を踏み続けるような瞬間が数千、数万回と続き、ニックたちにはもはやまともな思考力さえ残っていなかった。

ただ生き残り続けるだけでさえ、奇跡を捉え続ける難行。

やがて終わりは来る。ニック／レオンが白炎の騎士と戦いながらも、それはあくまで白炎の騎士が持つ全力の十分の一にも満たない。

アルガスが変貌した修羅は百を超える白炎の騎士に削られ続け、魔力も切れ、もはやニックたちの治癒も効かない状態に成り果てた。

白炎の騎士もまた、ニック／レオンと同様にあらゆる手段を用いたためだ。

猛毒。呪詛《じゅそ》。過剰回復による肉体の損傷。あるいは魂や存在そのものを削り取る禁呪。『進化の剣』

のごとき改竄攻撃。千を超える手段で白炎の騎士は修羅を攻め立てた。

『……残念だ。俺との戦いで更なる覚醒に目覚めてくれたらとは思ったが、そうはならなかった』

そこにいるのは、もはや死体と変わらぬ有様の修羅の姿だった。

左足の膝から下が消失している。

右手は砕け、血すら流れない。

折れた肋骨《ろっこつ》が露出し、瞳も潰れている。

『……もはやアルガスだったときの記憶もなく、本能と心の残り滓《かす》だけであいつらを守ったんだろうが……それもここで終わりだ』

そして白炎の騎士は、見た目でわかる程度の消耗さえしていなかった。

数百、数千の分身体を破壊したはずだったが、まるで底が見えない。魔力や体力が無尽蔵なだけではなく、あらゆる技巧、あらゆる魔術を使いこなし、修羅をここまで破壊するに至っていた。

ニックの心は、後悔と無力感の中でほんの僅かな幸福感を得ていた。

修羅の技巧は、そこから放たれる拳は、間違いなくアルガスのものであった。

いかに姿形が変貌しようとも、その戦闘技術の粋を尽くして破滅をもたらす白い戦士に立ち向かった。ときとしてニック／ゼムを守り、ときとしてニック／ゼムの支援を受けた。

ニックが幼かった頃に、そういう瞬間が訪れることを夢見たこともあった。

この男をS級冒険者に、本物のヒーローにするのだという、子供じみた夢を。

その戦いが、今、終焉《しゅうえん》を迎えた。

（ニックさん……駄目です……意識を手放しては……！）

（無茶《むちゃ》言うな……もう何も出ねえよ……）

（馬鹿者！　まだここからじゃ……！　心を保たねば本当に死ぬぞ……！）

ゼムの心が、キズナの心が、ニックを叱咤する。

今はレオンが力尽き、ニックとゼムが再び《合体《ユニオン》》した状態となっていた。分離はしていない。分離した瞬間に全員が狙われて殺されるのは目に見えていた。

レオンと『進化の剣』は完全に沈黙している。『進化の剣』が最後の力を振り絞り、まるで卵の殻のような防御壁を作り出して完全防備の構えを取ったまま休眠状態になっている。だがあくまで攻撃の余波から身を守るためのものに過ぎず、ニック／ゼムが倒されればそのまま破壊されるのは目に見えている。

「「死ぬ前に……ギルドで飯食っときゃよかったな……。貯金崩して、ライブ音源も買っときゃよかった……」」

脳裏に浮かんだのは美食などではない。

生ぬるいエールと薄い麦粥《むぎがゆ》という、『ニュービーズ』でもっとも安い食事だ。

そんなつまらないものさえ恋しい。すべてはそこから始まったのだから。

暗殺者のような荒《すさ》んだ目の魔術師。

女の化粧の匂いを漂わせる不徳の神官。

手負いの獣のように警戒心と敵意を向ける竜人族の剣士。

彼らと共に潜った迷宮で出会った、老人のような少年のような、そして人間よりも妙に人間らしい不思議な聖剣。

さほど長い時間を共にしたとも言えないが、驚くほど濃密な時間だったとニックは思う。

こんな伝説級の迷宮の奥深くで、ニック自身が死にかけているのがその証拠だった。

「「オークションで値段が付きそうなのはあいつらに譲って……身辺整理とか頼んで……いや、グッズの価値わかんねえか」」

そう思いながらも、カランの顔を思い出して、わかるかもしれないなと気付いた。

初めて出会ったときのカランは警戒心が強いくせに豪放磊落《らいらく》で、悪い意味において迷宮都市の冒険者の典型であったとニックは思う。だが、素直さと偏見のなさを兼ね備えていた。

いい冒険者だと思った。

せめて自分に教えられるものを教えようと思って、そんなのは思い上がりだったかもしれないと思い知らされた。カランは短期間で驚くほどの成長を見せた。

だからカランがダイヤモンドを庇《かば》って倒れたとき、驚き、焦り、悲しみ、慌てふためいた。

同時に、カランはこんなに立派な冒険者なんだと誇らしく思った。

カランをどうしてこんな立派な冒険者にしてしまったんだと嘆いた。

同じ速度で並んで歩んでいけばよかったじゃないか。

オレを置いていかないでくれ。

もう少しだけ、前を行くオレでいさせてくれ。

助けさせてくれ。

助けてくれ。

「カラン……」

力尽きてニック／ゼムの《合体《ユニオン》》が解け、ゼムの体と離れていく。

もうすぐ死が訪れる確信を抱きながら、ニックは少女の名を呟《つぶや》いた。

名を告げた瞬間、ニックは自分の都合の良さに苦笑した。

カランに酷《ひど》い言葉をぶつけて距離を取ったのはニック自身なのだから。

だがそれでも、名を告げると愛《いと》おしさがこみ上げる。

自分の中の感情に驚き、だが、ここにカランがいないことに底なしの悲しさと、生き延びてくれますようにという祈りを抱く。それでよい。

そのはずだった。

ニックの耳に、聞こえるはずのない歌声が聞こえる。

いつかどこかで聞いた優しい声は、きっと死の間際の幻想だと思った。

茶虎盤、という盤上遊戯がある。

獅子《しし》、虎、豹《ひょう》、カラカル、オセロット、家猫という六種の猫の駒を操り、お互いの獅子を奪い合うゲームだ。

ディネーズ聖王国が成立する以前から存在しており、大陸全土にプレイヤーがいる。年に一度の世界大会は大いに盛り上がり、勝者を賭けるノミ商売や闇賭博も存在する。あるいは純粋に金を賭けた対戦を重ねて生活する勝負師、通称真剣猫もいたりする。

「あの人が得意な戦術は、冬炬燵《ごたつ》に柿泥棒だった」

スターマインホールの会議室の豪華な椅子に腰掛け、そこでティアーナは茶虎盤を広げていた。

遊びをしているわけではない。

盤上は宇宙であり、ゲームとは情報を極限まで抽象化した戦争だ。古代の将軍や軍師は茶虎盤をこよなく愛した。ティアーナとベロッキオもまた、茶虎盤を愛した。

「どういう戦術なんだい、それ」

ティアーナの言葉に、ジュンが聞き返した。

ジュン自身、茶虎盤に興味があるわけではない。だが何気ない呟《つぶや》きからインスピレーションが生まれるというティアーナの鋭さを、短い時間の間によく理解していた。

「冬炬燵は、獅子を虎と家猫で守る陣形ね。長期戦のためのオーソドックスな防御よ。柿泥棒は身軽な猫を相手の陣に寄せて、それに釣られて前に出てきた猫を別の猫が待ち構えて取る……って戦法。こっちも長期戦向けの攻撃って感じかしら」

「気長な男ってわけだ」

あんたと違って、とでも言いたげなジュンをティアーナはじろりと見るが、ジュンは半笑いを浮かべて肩をすくめただけだった。

「……ま、そんなわけだから、誘いに乗ったら危ないってわけ」

スターマインホールの外ではぎりぎりのせめぎあいが続く中で、ティアーナは急ごしらえの会議室で考え続けていた。

こういうときにベロッキオは何を考える人間なのか、と。

『ティアーナ。どんな局面であったとしてもそれはすべて獅子を取るための作戦に過ぎません。目先のことに惑わされない』

茶虎盤の師匠の教えがティアーナの心に思い浮かぶ。

どんなに防御を固めても、針の穴を通すように一足飛びに獅子を取られた。こちらが何を考えているかを見通し、一本の矢を放ちすべてをひっくり返す。

今もきっとそうだと、ティアーナは確信している。

「あたしはあんたの意見には賛成だ。だけどね……」

「姐御《あねご》！　もう限界だ！　打って出ようぜ！」

そのとき、冒険者たちがこの会議室に乱入してきた。

見たところ十人ほどで、どいつもこいつも如何《いか》にも荒くれ者といった風情だ。

全員体のどこかしらに怪我《けが》はあるが、目は爛々《らんらん》と輝いている。

今も首尾よく人形部隊を撃退したばかりで、勝利の美酒に酔っているというところだろう。

ティアーナはそれを見て、なるほど上手《うま》いと思った。

「人形の数が減ってきて、しかも質が悪くなってる。一方でこっちは集団戦法にも慣れてきた。だから打って出て、あいつらを攻撃しようってわけね」

「お、おう……？　報告済ませたっけ……？」

「予想つくわよ、それくらい。人形の質が悪くなってるのはワザとよ。あいつらはこっちを嬉《うれ》しくさせようとしてる。士気を過剰に高めようとしてる」

ティアーナによって懇切丁寧に論破された冒険者は後ずさる。

が、背を向けて引き返すことはなかった。

「け、けどよ……。備蓄の底が見えてきてんだ。打って出るなら今しかないぜ」

「……食料調達は別の部隊を出してるわ」

「でも帰ってこねえじゃねえか」

「警戒が厳しいのよ」

「だからこそ今がチャンスじゃねえか！　俺たちゃ別にいいさ。だが怪我人の治療が追いついてねえんだ。状況が改善しねえと全滅だってありえるぜ！」

茶虎盤と本当の実戦の違い。それは、盤上の猫に意思はなくとも、人間にはあるということだ。

腹を減らし、勝利に慢心し、敗北に嘆き、あるいはその身を差し出して味方を守り、あるいは頭の固いリーダーに不平不満を抱く。

ティアーナはそれをずっと意識してきた。道化を演じ、虚勢を張り、そしてときには冒険者と共に戦い、負傷者を看護し、ここで踏《ふ》み留《とど》まる者たちすべての信頼を勝ち得た。

だがついにそれも限界を迎えようとしている。

冒険者たちと同様、ティアーナの心もまた、「もはや限界ではないか」と囁《ささや》いている。

「……まだよ。まだ、踏み留まって」

「なんでだよ！」

ここでの勝利も敗北も決して大局を左右しないとティアーナは薄々気付いている。

ただ目先の脅威を振り払っただけでは、この迷宮都市の危機……大規模スタンピードや『襷《たすき》の剣』の陰謀を防ぐことはできない。

だがそれを口にするわけにはいかなかった。命を張り、戦い続ける者たちに、「お前たちは主人公ではない」などと告げられるだろうか。

「あいつが来る。そのために、ここを守って」

「あいつ……誰のことだ？」

冒険者がぽつりと疑問を投げかけた。

「あいつって、カランちゃんじゃないか」

それに、どこかの冒険者が唐突に答えた。

「あ、そうじゃなくて……」

ダイヤモンドのことなんだけど、と訂正しようと思ったが、そんなティアーナの意向など無視して冒険者たちは、あるいは脱出せずに防衛を手伝うスタッフや吟遊詩人《アイドル》たちは、盛り上がり始めた。

「そういや顔見ねえな。ここにいるって聞いたんだが」

「なるほど。裏でカランちゃんがなにかやってるってわけか」

「今の今まで秘密とは、人が悪いじゃねえか姉御」

そうじゃない、あの子はもう倒れたの。

戦うことなんてできないのよ……と叫ぶ心を、ティアーナ自身が黙らせた。

この嘘《うそ》に浸ることができれば、ひとときの時間を稼げる。

「しかしあの子も苦労したもんだよな。あの『壺中蛇仙洞《こちゅうじゃせんどう》』から一人で生還して、そこから復活したわけだろう」

「……そうよ。あの子はしぶといの」

ティアーナは言った。

冒険者たちにではなく、自分自身に向けて。

実際にカランは何かをしようとしていた。それを確認する暇もなくカランとは別行動となってしまったが、そもそもの話としてティアーナは疑問を覚えた。

あの子がニックや自分の願いを受けて、逃げ続ける日々を甘受できるだろうか。

素直にダイヤモンドの命令に従い、自分の命を優先する選択を取れるだろうか。

絶対に、否だ。

もしそうであってくれたら、ティアーナは心の底から安堵《あんど》する。

そうでないからこそ、カランは冒険者だった。こちらの忠告を聞きつつも足を止めることはなかった。だからティアーナはカランに言いたいことも言ったし、反論も聞いた。信頼できた。

「そうよ。あの子が、あのまま、大人しくしているはずがないじゃない」

その言葉に、ぱち、ぱちと拍手が響いた。

手袋で抑えめになった拍手の響きにティアーナは反射的に喜び、そして理解と恐怖を覚えた。

聞き覚えのある音の響き、聞き覚えのあるリズム。学生時代に、ティアーナが実験に取り組んだり、レポートや論文の内容を評価してもらえたときに聞こえた賛辞の響き。

「バックアップを信じて獅子は動かずに耐え凌《しの》ぐ。正解ですよ」

「捕まえなさい！　ベロッキオよ！」

朗らかな空気を漂わせていた冒険者たちの顔色が変わり、一瞬で武器を手にした。

その男は、隠れることなく正面から現れた。

「《磁気《マグネティクス》》」

冒険者たちの手にした剣がベロッキオの首を狙った瞬間、下方向へと凄《すさ》まじい力が働いた。

抗《あらが》いようのない強大な磁力によって剣が地に落ちる。鎧《よろい》や服のベルトはそれを身に着けた者もろとも地面に叩《たた》きつけられた。骨が砕けんばかりの嫌な音が響く。

学生時代の経験と直感がティアーナの体を自動的に動かした。

反射的に距離を取って相手の間合いから脱出し、氷の魔術を放って牽制《けんせい》する。

「《氷柱舞《つららまい》》！」

「人形よ、我が身を守れ」

ベロッキオの背中に隠れていた人形が、身を挺《てい》して氷の杭《くい》からベロッキオを守る。

歩みは止まることなく、こつこつと小気味よい足音を立てながら悠然と距離を詰める。

「人形の動きが普段よりも淀《よど》みない。……ってことは、ハボックもいるわけですね」

「ハボックのみならず全員潜んでいますよ。地下にトンネルを作るのは実に骨でしたが、ようやく上手くいきました。工法も計画も急ごしらえで、生き埋めになるかと冷や冷やしていましたよ」

ベロッキオの言葉がブラフなのかどうかティアーナは迷った。が、剣戟《けんげき》や魔術の音が階下から響いてきた。彼らは打って出たのだ。静かに潜航し、多くの者の目を欺いて。

「ティアーナ、覚悟なさい。……《魔力過装填《オーバーロード》》」

ベロッキオが人形に手を当てる。

すると、人形の球体関節や目から不気味な光が溢《あふ》れ出した。

電撃と共に魔力を送り込み、一時的に魔道具の性能を飛躍的に向上させるベロッキオの特技だ。

その後、《魔力過装填《オーバーロード》》がなされた人形は魔力に耐えきれずに爆発し、二度と使用できなくなる……が、デメリットであるはずの爆発さえも殺傷力は高い。

「《凍気》！　《氷盾》！」

「思考も反応も早くなりましたね。研鑽《けんさん》を積んでいるようでなによりですよ」

凄まじい速度で突撃する人形を凍らせて動きを鈍らせつつ、爆発するまでの時間を稼ぐ。

だがそれは、ただの時間稼ぎでしかない。

ティアーナには今この瞬間を切り抜ける力はない。

「まだまだ人形には予備がありますよ」

「なら、使えばよいでしょう。あなたに獲物をいたぶるような趣味はなかったはず」

「さて。敵対する相手が善良であるなどという期待は持たない方がよろしい。『襷《たすき》の剣』と戦うならばなおさらのこと。彼らに冒険者の道理は通用しませんよ」

「善良さには期待してはいませんが、あなたの頭脳は恐れています。何かしらの提案や交渉があるのでしょう。自分が絶対的に優位な立場になった上で」

その言葉にベロッキオは、けしかけようとした人形へ魔力を注ぐのをやめた。

「……では、どんな交渉を持ちかけられると思っていますか？」

「考えられるのは……体。命。あるいは魂」

ベロッキオの口角が上がり、目が爛々と輝く。

空気が変わったのをティアーナは感じた。

「……聞けば『襷《たすき》の剣』は自身の権能を使って聖衣に魂を吹き込み、自分に隷属する兵として扱っています。聖衣にどれだけの貯蔵があるかはわかりませんが、相当消費しているはずです。だから今までスリーパーエージェントとして潜伏していたあなたたちまでもが、こうして戦闘に駆り出されている」

「続けなさい」

「ベロッキオ。あなたはその補充を担当しているのでは？　そして補充対象は、あなたがた自身も含まれている。いわばここにいる全員が白仮面候補生です」

「少々正解とはズレますね。自己評価が低いのがよろしくない」

「自己評価？」

「彼は確かに、常に魂を収集し続けています。が、彼の眼鏡《めがね》に適《かな》うかどうかはまた別の話。私が自信をもって推薦できるのは……」

すっと静かに、ベロッキオはティアーナを指さした。

「私……？」

「そう悪い待遇ではありませんよ。彼に隷属する生活は。確かに彼は上位者として酷薄ではありますが、それ相応の力を与えてくれる。一度仕事となればそれこそ粉骨砕身しなければなりませんが、報酬は大きい。副業をしてもとやかく言われませんしね」

「今のあなたを見れば、それも悪くないのかもしれませんね」

「そもそも、ここまで進退が窮まったのであれば選択の余地はない。違いますか、ティアーナ？」

「……いいえ。選択の余地はありました」

ベロッキオの問いかけに、ティアーナは微笑をたたえながら首を横に振った。

「あなたがこうして虎の子を取りにくることは薄々気付いていました。こちらも打って出るか、あるいは逃げるか、その決断をするべきところでした。ですが私は、気付かなかったことにしました」

「ほう？」

ティアーナもまた、欺かれることを選択した。

それは失敗すればまさしく全滅……このスターマインホールのみならず、迷宮都市そのものの敗北を招きうる危険な判断であり、成功のためにティアーナはすべてを黙していた。

今、この瞬間まで。

「ここにあなた方が来たということは、こちらにも援軍が来られたということ。上にいるネズミがあなた方でなかったのは僥倖《ぎょうこう》でした」

ここを守る者も、そして攻める者も忘れていることがある。

スターマインホールは、そもそも吟遊詩人《アイドル》のコンサートホールだ。

音を効率的に響かせるための構造や音響設備がある。

ここは冒険者たちの城ではない。

中にいる者を歓待するための、音の楽園である。

『《共鳴《ハーモナイズ》》』

白いスーツに身を包んだ麗人が、天井から舞い降りた。

麗人が手にした奇妙な杖《つえ》のようなものから、音が発せられている。

それは聞く者すべてに対し、静かに、だが確実に心へと侵食していく。

伝わってくるのは勇気や安心感、あるいは希望。

吟遊詩人《アイドル》がラブソングの次によく歌で扱うテーマだ。

あまりにも当たり前に放たれている音に、音であるという感覚さえティアーナは感じなかった。

そう、まるで演劇の舞台を見ているかのように、そこに音楽があるのが当たり前のような、ここが絵芝居の一幕であるかのような感覚。

『はーい、おまたせー！　今日はライブに来てくれてありがとー！』

声の主は、麗人ではない。

周囲に漂う楽器のような何かから放たれている。

ティアーナがそこに目を凝らすと、徐々に「それ」は実体化していく。

「ダイヤモンドだ……！」

「あれ、体が動くぞ……？」

倒れた冒険者がのそのそと起き出した。

気付けば《磁気《マグネティクス》》の呪縛から解放されている。

『ふふん。ここはボクの城。無粋な魔術を無効化するなんてわけないのさ。ここはもう舞台の上。あらゆる無粋を弾《はじ》き飛《と》ばす。観客たる皆々様におかれましてはお静かにご鑑賞願います……ってね』

「結界を張ったの、ワタシとサムライアリーだけド」

『そこは格好つけさせてよー、もー』

麗人がやれやれと抗議する。

その正体を、ティアーナはよく知っていた。

共有した時間は長いとは言えないが、それでも、かけがえのない仲間だ。

「……カラン！」

「ゴメン、遅くなっタ」

「遅すぎるわよ！」

ティアーナが、泣きながらカランに怒る。

仲間がここぞというときに助けに来てくれたことの喜びは大きい。だがティアーナが心の底から歓喜を覚えたのはそこではない。呪いに蝕まれたカランが、再び力強く立ち上がっていることだった。

カランはティアーナの怒りと喜びを、嬉しそうに受け止めた。

『さて……ベロッキオくん久しぶり。サンダーボルトカンパニーを立ち上げて以来だね。その出世ぶりは流石《さすが》というべきかな？』

「その節はご支援頂き、誠にありがとうございました」

『お礼を言う割には物騒なことをしてるじゃないか。ええ？』

「ふふ。説明の必要がありますかな？」

『いいや、ないよ。ここは音の結界。外からの干渉は許されない。録音は禁止で、外に会話や思念が漏れることもない。地下にいる者たち一三五名も同様だ。武装解除したまえ』

ごくりと誰かが唾を飲み込んだ。一触即発の空気に、緊張が走る。

「では、私の声を全員に伝えていただけますか？」

『構わないよ』

「助かります。……それではデッドマンズバルーンの皆さん。武装解除して投降してください。秘密結社はここで解散となります。皆さんありがとうございました」

ベロッキオは杖を床に放り投げて、両手を挙げた。

突然の、降伏宣言だった。


冒険者たちは虚脱した顔で後ろ手に縛られているベロッキオたちを眺めている。

勝者は勝者らしい顔をせず、敗者もまた、敗者らしい顔をしていない。

奇妙な光景だった。今まで苛烈な攻撃を仕掛けてきた憎い敵ではあるが、ベロッキオの表情にはむしろ安堵さえ浮かんでいる。

他のデッドマンズバルーンの構成員たちも、諦めを滲《にじ》ませつつもその表情に憎悪は浮かんでいない。

「……すべては芝居だった。そういうことですね？」

ティアーナの問いに、ベロッキオが頷《うなず》いた。

「デッドマンズバルーンは皆、『襷《たすき》の剣』の呪縛に囚《とら》われています。ここにいる者のほとんどは、やむを得ず契約したのです」

「やむを得ず？」

「『襷《たすき》の剣』は聖剣の使命……常に人間の可能性を模索することを数百年間ずっと継続しています。そして彼のメインプランは、かのアルガス氏を覚醒させ、それを次世代の人間の鋳型とすること」

覚醒とは、人間の魂の位階が上がってニックたちの《合体《ユニオン》》の姿がそのまま常態化しているような、人並み外れた力を持った存在になることだ。

そしてそれは、『襷《たすき》の剣』を含むすべての聖剣に与えられた使命でもある。

「人間＝武術家だなんてゾッとするね。暑苦しいなぁ」

剣状態から人間の状態に戻ったダイヤモンドが茶々を入れる。

だが、ベロッキオは真面目な表情のまま首を横に振った。

「いいえ、そういう種類のものではありませんよ。むしろ本来の人間のあり方に立ち返るというイメージをする方が適切でしょう」

「本来の人間……超古代人かい？」

ダイヤモンドの言葉にベロッキオが頷く。

「そういうことです。アルガスこそ実を言えば本来の魔術師のあり方に近い」

「あの、師匠。意味がわかりません」

ティアーナが渋面を浮かべて質問する。肉体を磨き武術を極めた男が本来の魔術師と言われて、流石にティアーナも文句を言いたくなった。

「まず大前提として、超古代人はそもそも魔力を持たざる人々でした。しかしあるとき、『異敵』によって母なる大地を失い、広大なる星の海を彷徨《さまよ》うこととなり、その過程で魔力を備えたのです。その魔力とは何か？」

ティアーナは、唐突な問いに即答した。

「星の海で生きる力です」

「具体的には？」

星の海には、空気がない。そして文字通り果てのない空間の世界だ。あらゆるものが薄まり、大地という特殊なエリアでない限りは空気も熱も留まることが許されない。

「……肉体の恒常性の強化。物理的な距離や障壁を突破するコミュニケーション機能。熱量や運動量、物質の創造」

「エクセレント！」

ベロッキオが笑った。

その姿に全員が引いた。この状況で授業めいたことを始めて、弟子の解答に心底嬉しそうにげらげらと笑う壮年の男性に全員が恐怖を覚えた。

「そう。超古代人が直面した問題は、そもそも星の海で生きるほど自分たちの肉体が強くはなかったことです。太陽の力を生み出し、星海を渡る鋼鉄の方舟《はこぶね》を作ったものの、広大すぎる世界と敵の力に晒《さら》されれば脆弱《ぜいじゃく》なもの。その過酷な状況に晒された結果、人々はそこで生きていく力を生み出し、その果てにはこの世界……聖火の大地を生み出しました。ああ、あくまで私の仮説ですよ。定説とは少々異なりますが気にしないでください」

「……そこで重要なのは、恒常性の部分ですね？」

「はい。超古代人は《奇門遁甲《ステッピング》》を使っていた可能性があります」

ティアーナが嫌そうな表情を浮かべ、ベロッキオが笑った。

「ははは、彼らが武術の達人であったという話ではありません。天地と重さの失われた世界に軸をもたらすことが、あの魔術の本来の使い道です」

「軸をもたらす……？」

「星の世界においては地面や重力がなく、そして空気もない。重力という負荷のかからない肉体は衰え続け、また一度、運動を始めてしまえば永遠に終わりなく続きます。駒が回転すれば、外の力が働かない限りは永遠に回り続けるわけです。《奇門遁甲《ステッピング》》はそれらに抗い、星の海において失われる天地の感覚を得るための魔術、というわけです」

地面や重力がない、という意味をティアーナは理屈や想像でしか理解できていない。

だがニックやオリヴィアの動きは確かに、恐ろしいまでの平衡感覚によって、体をコントロールする力がなければ成立しないものだと思い出した。

「……広大無辺な星の世界の闇の中でさえ自我を失わず、天地を見出《みいだ》し、自在に活動すること。覚醒した人間が持つ最低限の能力、というわけですか。……それだけの力があって、どうして超古代人は消えてしまったのでしょうか」

「消えたのではありません。我々が観測できなくなっただけです。超古代人は戦いの果てに、敵と共にさらなる超高次元へとシフトしました。今もまだ戦い続けているのかもしれませんし、あるいはすでに敗北しているかもしれませんが、もはやこの通常の時空に存在する我々は蚊帳《かや》の外の話です。言うなれば、我々は超古代人になれなかった超古代人……置き去りにされた人々の末裔《まつえい》なのですよ」

「お、置き去り……」

ティアーナの戦慄が他の人々にも伝染し、誰かが唾を飲み込む。

「そう。置き去りにされた我らは、この星の海において実に脆弱なものです。超古代人が戦った『敵』が再び現れないとも限らない。あるいはこの聖火の大地が失われるようなカタストロフが起きたときに、超古代人のように対応する力はない。覚醒した人間がいないことは、神々、そしてこの世界においてあまりに大きすぎる懸案事項です。ゆえに、覚醒者を育成あるいは発見するプランの申請は、その実現度が高ければ高いほど神々から大いなる権限を得られる」

「では……『襷《たすき》の剣』は、ここにいる人間、というか私たちを救おうとしている？」

ティアーナの質問に、ベロッキオは頷きも、否定もしなかった。

「さて……。確かに彼のプランが成功すればこの聖火の大地が破壊されることはなく、魔神の脅威は去るでしょう。そしてそこにたった一人の覚醒した存在と『襷《たすき》の剣』だけが生き残る。他の人々は彼が覚醒するための犠牲となるか、あるいは魔神に殺される。救ったといえば救ったことにはなりますが……ティアーナさんはそれをお望みですか？」

「勘弁願いたいところですね」

うんざりしながら首を横に振るティアーナを、ベロッキオは満足気に見た。

「人間が覚醒し何をもたらすのか。神々は何を望んでいるのか。そんなことはどうでもよいことです。神々にとって矮小《わいしょう》な喜びや苦しみの中に生きる人々が今日も明日も当たり前に生きてそして死ぬ世界で私は構わない。いや、もっと言えば、夏眠祭の重賞レースが潰される方が大問題ですね」

「愛すべき弟子は悪い趣味を覚えたようですね」

「あなたから学んだことほど不道徳ではありません。それより……師匠。あなたはただ従っていたわけではないのでしょう。表向きは彼の理想に賛同し積極的に協力しているかのように見せかけて」

ベロッキオが、毒気のない微笑《ほほえ》みを浮かべる。

だが実のところ彼は猛毒であると、この場にいる全員が気付いた。

「流石に、メインプランには少しも嚙《か》ませてくれませんでしたよ。ですが『襷《たすき》の剣』はアルガス氏の失敗、あるいは裏切りに備え、常にサブプランを模索していました。私はそちらの方を担当していたんですよ」

「担当、ですか」

ティアーナが、これが師匠の恐ろしさだと思った。

残虐な行為には手を貸してはいないだろう。

だが、それがえげつなさを孕《はら》んでいないかというとまた別だ。

「一種のスカウト業務ですね。アルガス氏以外の『襷の剣』の所有者を探すこと。ですが、ただ唯々諾々と従うのも芸がありませんし、アルガス氏のような逸材がそこらにいるとも考えにくい。ですので、作ろうかな、と」

「作る？　人を？」

「もちろん『襷《たすき》の剣』の願いを叶えるのではなく、叶えるフリですよ。ハボックに素体となる肉体を作ってもらい、私が合成した魂魄《こんぱく》を詰め込み、一時的に覚醒レベルの高い人間を生み出します」

ざわりという恐怖が広がる。

仕組みを理解できる者はいない。だが、到底まともではないことくらい誰もが理解できる。

「そ、そんなことできるのですか……？」

「どこが疑問です？」

「いや、ええと……」

ティアーナが言葉に詰まった。

カランはもちろん、ダイヤモンドさえも話の突拍子のなさについていけていない。

だが一人だけ、的確な質疑のできる存在がいた。

『肉体を偽装すること、これは可能だ。人形魔術師《アニメイター》ハボックがいれば精巧な人形に肌を被《かぶ》せて完璧な質感を再現できるだろうね。だが魂魄の合成と、聖剣さえも騙《だま》し通す偽装については、さて、どれだけ実現可能性があるだろうか』

そこに現れたのは、太陽騎士アリスだ。

だが声の主はアリスではない。アリスにうやうやしい手付きで抱えられる『鏡』だ。

ディネーズ冒険者信用金庫頭取、マーデであった。

「魔道具……いや、幻族……？」

『おや、よく気付いたな。ニックの仲間よ』

「こっちのことはご存じですって感じね」

ティアーナの少々険のある表情と言葉に、マーデは気分を害することもなく微笑む。

「マーデ殿ですね。あなたのことは噂《うわさ》には聞いておりましたが……ご尊顔を拝謁できて光栄ですよ」

ベロッキオも相手のことを聞き及んでいるのか、丁寧に言葉を返した。

『こちらもだ。して、答えは？』

「魂魄の合成は技術的には可能ですよ。《合体《ユニオン》》の魔術はある程度解明されています」

「聖剣なしで、《合体《ユニオン》》を……？　あ、いや、そうか。既知の儀式魔術であって、あくまでそれを実行するほどの技量とリソースがあれば……」

ティアーナの言葉に、ベロッキオが頷く。

「そう、実現できるのですよ。もちろん『絆《きずな》の剣』の協力があれば更なる効果と安全性が得られるでしょう。あとは潤沢……いや、莫大《ばくだい》な資金と魔力リソースの問題ですので、支援してくれる人の力量に掛かっています」

『実現可能性は信じるとも。だがそうではない』

マーデは、どこか不服そうな顔のまま話を続けた。

『ニックの仲間、そしてベロッキオの弟子よ。何が問題かわかるか？』

マーデに尋ねられ、ティアーナは迷わずに答えた。

「……誰が《合体《ユニオン》》の被験者となるか、ですね」

「それはもちろん、言い出しっぺの私が」

ベロッキオがおどけた調子で自分を指差す。

「他の人員は誰にするつもりです？　私ですか？　ハボック氏ですか？」

「少しずつくださ い。腕の一本ほど頂ければ、そこには微量の魂が含まれます」

「……あなたは腕と《合体《ユニオン》》するおつもりですか!?」

ティアーナが驚愕《きょうがく》する。

だが、ベロッキオは首を横に振った。

「腕だけではありません。各部位の人体や死体を繋《つな》ぎ合《あ》わせて《合体《ユニオン》》の素体をハボックに作ってもらい、私がその合成人形と《合体《ユニオン》》します。そして自分自身に《魔力過充塡《オーバーロード》》を付与して……」

ぼん、と、ベロッキオがわざとらしい爆発音を声に出した。

ベロッキオが語る計画の全貌に、ティアーナはもちろんマーデさえも息を呑《の》んだ。

「《襷の剣《たすき》》が求めているのは固有能力や特殊な魔術といったスキルや長所に頼らない、潜在能力や素のスペックの強さに恵まれた魂です。アルガス氏は限りなく《襷《たすき》の剣》の理想に近いものの、残された潜在力は恐らくごく僅か。……ですので、人為的に平滑化して、あたかも潜在能力が残されているかのように見える存在になれば《襷《たすき》の剣》を魅了できる。これこそが秘密結社デッドマンズバルーンの真の目的。死体を繫ぎ合わせた風船の爆弾は、手にした者を跡形もなく消し去る」

「死ぬおつもりですか」

「結果、そうなる可能性はあるでしょう。ここでの問題は私の命でもなければ実験がいかに非人道的かでもありません。実現可能性……支援するに足ると支援者を納得させることができて、いかに資金と魔力リソースを引き出せるかどうかなのですよ」

『……恐れ入ったよ』

「それは私のプランを支援していただける、という理解でよろしいですかな？」

『……人の死を前提としたプランに賛同したくはない』

「だが賛同せざるをえないはずです」

マーデは渋面を浮かべ沈黙した。

答えが決まっているがゆえの苦悩だ。

もはや話の流れが決まったと思ったところ、カランが口を挟んだ。

「待テ。こっちのプランはどうするル」

『両立が可能だ』

「おや、あなたも何かお考えを？」

「カランちゃんがボクの権能を使って、『襷《たすき》の剣』に封じ込められた魂を呼び覚まし反旗を翻すように促す……つまりは説得だよ」

ダイヤモンドが会話に交ざって説明した。

「……できるのですか？　そんなことが」

「うん。魔術的なロジックは後で説明するけど、ボクの声は魔術的な障壁、物理的な障害、すべてを乗り越えて人々の魂に訴えかける。それはキミたちが体験したばかりのはずだ」

「素晴らしい。成功率はますます上がりますね。ではみなさん。新たな目標に向けて活動を……」

「待ってください」

ベロッキオが高らかに宣言しようとしたところ、ティアーナが待ったを掛けた。

「……やはり腕一本というのは少々強欲でしたかね。いや、無理強いするつもりはありませんよ」

「そうではありません。私にはわかりますよ、師匠」

ティアーナが訳知り顔に話しかける。

「さて……何のことですか？」

ベロッキオは話が見えないといった様子で、いや、話が見えないふりをして言葉を返す。

「……あなたは、『襷《たすき》の剣』に取り込まれた人々を救うためにデッドマンズバルーンを組織し、私のことも殺すつもりなどなく、本当に腕一本だけで生かしてくれるつもりだったんでしょう。それを思えば、まるで今までの所業などなかったかのように身を翻したことも納得できます。その思い切りの良さに困惑する人もいるでしょうけれど」

皮肉めいた口調を気にする様子もなく、ベロッキオが微笑む。

「ありがとうございます、ティアーナ」

「ですが、しかし、師匠」

ティアーナが、ベロッキオをきっと睨《にら》む。

「実験をしてみたいという欲求を隠しきれていません」

その言葉に、フロアは水を打ったようになった。

だがそこにいる人々の思いは様々だった。

ティアーナの言葉の意味が摑《つか》めない者もいれば、意味を理解した上で納得できない者、そして深く納得して頷く者と、千差万別であった。

「……くっ、あっはっはっは！　それは、ああ、まったくその通りです！　私はやってみたい！　この千載一遇の機会を逃したくはない！　流石ですねティアーナ！」

「あなたの我《わ》が儘《まま》さと下卑《げび》たところと、そして高潔なところは弟子として十分に理解しています」

「心強い限りです」

「だからあなたの嘘も見抜けます。あなたは、より可能性の高いプランを見ないようにしている」

ベロッキオの哄笑《こうしょう》が、ぴたりと止まった。

「ティアーナ、それ以上はやめなさい。この場でそれを言う意味がわかっていますか？」

「私の腕を欲したということは、私の方が適任なのでしょう」

それはベロッキオではなく、マーデに向けた言葉でもあった。

「私は何度も《合体《ユニオン》》を経験しています。聖剣なしでの術式は流石に想像していませんでしたが、経験した数としては師匠より遥《はる》かに上です。そして潜在する私自身の可能性がどれほどなのかはわかりませんが……あなたが私にこだわったことが証拠です」

『虐《いじ》めるのはよせ。ベロッキオ氏がそうしなかった理由まで説明してやることもなかろう』

「そうだゾ、ティアーナ。ワタシだってそれは止めル」

「そうそう、師匠の気持ちをわかってやりなよ」

マーデ、カラン、ダイヤモンドが口々に制止する。

「よくわからねえが、体張ったことはあんたじゃなくて年上の仕事だぜ」

「姐御、あんたが犠牲になるこたぁねえ。世の中順番ってものがあらぁな」

「そうだそうだ。よくわからねえが」

ティアーナの言わんとするところ……つまりベロッキオではなくティアーナが儀式の実験台になろうという気配を察し、この砦《とりで》を守っていた冒険者どもが口々に説得に掛かった。

だがそれがティアーナの逆鱗《げきりん》に触れた。

「うるさーい！　あんたら話の内容をよくわかってないでしょーが！」

「ちゃんと理解してたらもっと真面目に止めてらぁ！」

「わかってないって認めてんじゃないわよ！」

冒険者の一人が叱られてすごすごと引っ込む。

この場はティアーナの怒りが支配していた。皆がティアーナの次なる言葉を待っている。

「ダイヤモンド！　私に文句言うならなんでカランに働かせてるのよ！　あなたにカランを預けた意味わかってるの!?」

「えー……そこ聞いちゃうー？」

「聞くに決まってるでしょ！　カラン！　あんたもよ！　連絡一つよこさず何やってんのよ！」

「ご、ごめんなさイ……。色々と事情があっテ……」

「その事情を説明せずにこそこそ裏で動いてたのが気に入らないのよ！　そこの太陽騎士、あんたも！　もちろん師匠も！　そこの鏡の中の女！　あんたも陰謀家の仲間なんでしょうけどね、言わせてもらうけど！」

騎士であろうと、鏡の中に映る奇妙な存在だろうと、ティアーナは叱り飛ばした。

「敵に聞かれたくなくてコソコソやってたのはわかるわよ！　けどね！　敵が誰なのかハッキリしてて、ここまで絶望的な状況になるまで疑心暗鬼で味方同士で殴り合う前になんとかする手段ってあったでしょ！　あんたらの尻拭いでこっちがどんだけ大変だったと思ってんのよ！」

だぁんとティアーナが目の前の机を叩いた。

一部は面白そうに、一部はバツが悪そうに、怒りの声に耳を傾ける。

そして扉の外側に張り付いて成り行きを見守ってる外野の冒険者がげらげら笑った。

ティアーナの怒りは、ただ自分のフラストレーションの爆発ではない。

状況に振り回され、やむを得ず剣を取り立てこもった冒険者たちの怒りの代弁であり、やむを得ず陰謀に加担したデッドマンズバルーンの嘆きの代弁だ。

つまりは、誰かのための義憤だ。

しかも義憤の対象が冒険者より遥か上の立場の太陽騎士であり、都市一番の吟遊詩人《アイドル》であり、悪漢共を率いたデッドマンズバルーンのリーダーであり、鏡の中に映し出された奇怪な人物だ。その怖い物知らずな言動に、多くの者が感銘を受けた。

「……うん。それは、道理だよ。そもそもキミらが何とかしなきゃいけない事件じゃないんだ。聖剣が開発されていた当時の禍根を今の今まで引きずっているがゆえの騒動だ。本来ならば現代の人間に痛みを押し付けてよいものじゃないのさ」

そう言いつつもダイヤモンドの視線は、マーデの方を向いていた。

ティアーナの言葉は、無茶苦茶《むちゃくちゃ》なようで正しいんだぞという皮肉を込めて。

『……後手に回ったことは認めよう。私にもこの事態の責任の一端はある。ゆえにベロッキオ氏への支援は約束するとも』

「助かります。では残るピースは、ティアーナさん。この願いはとても心苦しいのですが……」

ベロッキオが苦しげな表情でティアーナに尋ねた。

ティアーナは、今まで師匠のそんな弱ったような顔を見たことはなかった。

「なんですか。腕が欲しいんですか」

「腕はやめましょう。代わりに、髪を一部いただけますか？」

「はい……はい？」

「魔術的な触媒として、髪はとても有用なものです。しかし女性の髪を切って利用するというのは心苦しく……」

「いやいやいや、腕一本くれって言われるより遥かにマシですが」

何を言ってるんだこの人は、という何度目かの虚脱感をティアーナは覚えた。

「腕はほら、再生できますし」

「髪も再生しますが？」

「それもそうですね。では、ください」

ベロッキオの話の通じなさに、ティアーナは脱力しながらも怒った。

「いや、あの、ですから！　デッドマンズバルーンとかいう魔術を実行して死ぬおつもりだったら髪の毛一本たりとも渡したくないんですけど!?　なんか私が納得しましたみたいな空気になってますけど、納得してませんからね!?」

「待って、ティアーナちゃん。彼にやらせるべきだよ」

ティアーナの激昂《げきこう》を、ダイヤモンドが制した。

「一応聞きますが、師匠をコレに賛成なんですか」

「ティアーナさん、師匠をコレ呼ばわりはやめなさい」

ダイヤモンドは、ベロッキオの抗議を無視して話を続けた。

「……真面目な話、『襷《たすき》の剣』に囚われてなお反抗できるプランを練っていたのは、後にも先にもベロッキオ氏だけだよ。キミが《合体《ユニオン》》の適性があるにしても、ベロッキオ氏のプランを練り直す時間はない」

「だってそれは自爆で、自殺でしょーが！　何度も《合体《ユニオン》》を経験してる私だったら、そこまでしなくても大丈夫かもしれないじゃない！」

「私が正義のための自己犠牲をまっとうする人間と思っているなら、それはあなたの買いかぶりというものです。できる限り生存するための保険はかけますとも」

「……だ、そうだよ？」

ティアーナは目を瞑《つぶ》り、長い長い溜《た》め息《いき》をついた。

選択の余地があまりに少ないことをティアーナ自身、よく理解している。ベロッキオのような練達の存在がその身をなげうつ覚悟があってこそ、ようやく勝算が生まれるということを。

ティアーナ自身も、ニックたちや『絆の剣』という聖剣があって初めて巨悪に対抗できる。

それらがない現状では、ひたすらに信じ、応援することしかできない。

無力感に呑み込まれないよう、ティアーナは自分の拳を力強く握りしめる。

振り上げた拳を下ろす相手が、この先にいる。

一人は『襷《たすき》の剣』という巨悪の顔だ。

そして、巨悪に立ち向かうために仲間を置き去りにした薄情者たちの顔もだ。

「……わかりました。誰か刃物を貸して頂戴」

「ウン」

カランが応じて、『響の剣』の一パーツを短刀のような形状に変形させてティアーナに渡した。

「貸すだけですからね」

ティアーナは自分の後ろ髪をむんずと摑むと、遠慮なく切った。

あまりの潔さに全員がティアーナを凝視する。

「……ありがとうございます。確かに、お預かりしました」

ベロッキオはティアーナの髪をうやうやしく受け取る。

「……うーん、スカウトしたくなっちゃうな」

「やんないわよ」

ティアーナの視線に、くわばらくわばらとダイヤモンドがカランの背に隠れる。

「ありがとう、カラン。それで……あなたにも言いたいことがあるわ」

「う、ウン……」

カランは、何を言われるか戦々恐々としながら言葉を待つ。

「……みんながいないのに、よくがんばったわ。ありがとう」

ティアーナの言葉に、カランは固まった。

何かを言おうとして、だが何も言えなかった。

言葉の代わりにほろりと涙をこぼす。

「え、いやいや、泣くことないでしょ！」

「だっテ……」

涙は一粒増え、二粒増え、やがて滂沱《ぼうだ》の涙となる。

「【サバイバーズ】を離れての、独立独歩での冒険だったんだ。ティアーナちゃんに褒められたら、そりゃ嬉しいさ」

「見世物じゃないわよ、デリカシーがないわね！　他に何か懸念や心配はある？　あるなら今のうちに言って」

「今更言うのもなんだけど……あるんだよねぇ」

「えー、なによ……」

ダイヤモンドが弱々しく挙手し、ティアーナは勘弁してくれという表情を浮かべつつも発言を促した。

「カランちゃんやベロッキオ氏が考え出したのは『襷《たすき》の剣』に対抗するためのプランであって、『修羅道武林《しゅらどうぶりん》』を攻略するプランじゃない。信頼できる前衛なしに奥まで辿《たど》り着けるかな？」

「うっ……」

「調査を優先して、上級パーティーの前衛職はすでに突入してるか、既存の迷宮のスタンピード対策に投入されてるんだろ？　で、ここにいる実力者は魔術主体の後衛ばかり。人材不足だと思うんだよねぇ……。ボクとカランちゃんで突破できなくはないけど、直接戦闘だと消耗が激しいしさー。素敵なボディーガードがいてくれたらなぁー」

ダイヤモンドの間の抜けた願いは、口調とは裏腹に切実であった。

すべては『修羅道武林』を抜けることができて初めて成立する。

魔術を使わない頼れる【サバイバーズ】の前衛メンバーはティアーナたちを残してすでに先に進んでいる。

なんでこうタイミングが悪いのだとティアーナが内心嘆いていたところ、おもむろにマーデが希望ある言葉を放った。

『それはこちらでなんとかしよう。アリス』

「ええ、わかっていますよ」

「……頼っていいのね？」

『考えうる限り最高の人材を用意する。吟遊詩人《アイドル》をエスコートするには申し分ないさ』

マーデもアリスも、一片の疑いも抱いていない。

ダイヤモンドやベロッキオは心当たりがあるのか、なるほどという顔をしていた。

「よし……それじゃあ行動開始よ。ボサッとしない！」

ティアーナは覚悟を決めた。

こうしてティアーナの号令のもと、『襷《たすき》の剣』の攻略作戦が始まった。


天使が舞い降りた。

それは、カランのような顔をしていた。

死ぬ間際に見る幻覚にしては洒落《しゃれ》てるとニックはとぼけた感想を懐き、だがすぐ正気に戻った。

煌《きら》びやかなスポットライトと、ポップで愉快な独特のリズム。地の底の『修羅道武林』に大きな穴を開け、天上の世界から舞い降りた天使が、果たしてそんな詩人偏愛家《ドルオタ》の心をくすぐる演出を必

要とするだろうか。

否だ。

『さあさあ！　緞帳《どんちょう》を下ろすにはまだまだ早いよ！　迷宮都市テラネは、スタンピードが起きたってそこは不夜城さ！』

天使が奇妙な剣を構えると、そこから剣閃ではなく音が発せられた。

観客などいない地の底だというのに、自分がいればそこはどこだってライブ会場なのだという太陽のごとき傲慢不遜の化身。

『ダイヤモンドか。今更何をしに来た』

『何をしに来たって？　キミたちの声を聴きに！　そして、声を届けに！』

そこに現れたのはダイヤモンドの幻影だ。

幻影が発せられている奇妙な道具を、白いスーツの女性が操っている。

ニックはすぐに気付いた。

あれは聖剣としてのダイヤモンドと、その所有者だと。

天使のごとき気配を放つ所有者が誰なのかも、ようやくわかった。

目をバイザーのようなもので隠し、服装も普段とはまったく異なる。

だが、冒険を共にしてきた仲間であることに疑いようはない。

『訳のわからないことを。去れ』

白い戦士の分身体が、天井から現れたダイヤモンドと所有者を攻撃しようとする。

「まずい……ぐっ……」

『大丈夫ダ。ちゃんと、準備してきタ』

ダイヤモンドの所有者が、声を直接ニックの心に届けてくる。

《念信《テレパス》》ではない。それ以上に静かに響くように感情に染み渡ってくる。

「待て、待ってくれ……！　カラン……！」

どうして来たんだという糾弾めいた感情。

ここまで来させてしまったという後悔。

だがそれ以上に、死ぬ前に、大地を踏みしめて凜《りん》として立つカランの姿を見られた喜び。

すべての感情がニックからカランへと伝わる。

カランは、微笑みを浮かべた。

『これは《並列《パラレル》》じゃなイ。作り出した分身に貯蔵された魂を充塡《じゅうてん》させて動かしてル。《並列《パラレル》》よりも強力だけど、セキュリティをこじ開けちゃえば、なんてことはなイ』

カランが奇怪な剣を構えた。

切っ先を白い戦士に向けて、その名を問う。

「……聞こえるゾ。お前の魂の慟哭《どうこく》。オマエは魂の燃焼だけを利用されて、白い戦士の皮を被せられタ。本当のお前の名は」

『ベルゼ＝アドリード』

ダイヤモンドとカランが同時に名を告げる。

その瞬間、まるで金縛りにあったかのように白い戦士が動きを止めた。

「冒険者パーティー【レインボーマイン】。迷宮での鉱石採取で落盤に巻き込まれたが一命を取り留めル……それがきっかけなのカ？　そこのお前、ファラ＝デイビス。太陽騎士団職員。夫の病気を治療するために多額の借金を背負ウ。ベンジャミン＝ユーゴ。ザバ＝ロッジ。ケンジロウ＝キシユウ」

　姿形がまったく同一のはずの白い戦士の名前を、カランは即座に看破した。

　そして名前をもとにすぐさまプロフィールを突き止めていく。

　沈黙した白炎の騎士を前に、ダイヤモンドが蠱惑的《こわくてき》な調べを響かせる。

　その発信源は、カランが手にした剣だ。

「あれが……ダイヤモンドの力なのか……？　聖剣にはなれないって話じゃ……」

『ちょーっとイメチェンしてみたんだ』

「うわっ」

　気付けば、ダイヤモンドの幻影がニックのすぐ側に佇《たたず》んでいた。

『ふふっ。「歪曲剣《わいきょくけん》」改め、「響の剣」ダイヤモンド。よろしくね』

『分解したパーツが楽器になって音の結界を作っているわけか……。そして結界の中心が、カランというわけじゃな……』

　ニックに握られている、剣状態のキズナが驚愕しながら説明した。

　だが、ダイヤモンドはさも呆《あき》れたとばかりに肩をすくめた。

『ご明察……って言いたいところだけど、まず回復しときなよ。マジで死んじゃうやつだから』

「もう魔力も体力もねえ。ゼムもレオンも意識がねえ……っつーか、生きてるかも怪しい」

『はいはい。ちょっと分けてあげるから。後ろで倒れてる猫ちゃんにもね』

ダイヤモンドが指を弾くと、輝きと共に魔力がニックに染み渡っていく。

ついでにゼム、レオンと『進化の剣』のうめき声が聞こえた。完全に失神していたところに魔力を与えられ、なんとか意識が覚醒した様子だ。

「器用なもんだな……つーか、そんな力があったなら言えよ……」

魔力の移譲や魔力回復は、通常の治癒魔術よりも数段上の高難度の魔術だ。

だがダイヤモンドは音や光の演出効果や音によって詠唱や儀式を代用している。即座に大量の魔力をニックたちに分け与えた。

「カランも、戦っていたんだな」

『ごめん。隠れて色々と動いてたんだ』

カランの代わりに、ダイヤモンドが答えた。

「……そうか」

ニックの言葉には、様々な感情が混ざっていた。

逡巡《しゅんじゅん》。後悔。結局戦わせてしまったという罪悪感。

カランもそれを感じ取ったがゆえに、ニックを振り向かなかった。

「……こんなことを言うのは虫がいい話だってのはわかってる。お前を助けるって言ってこのザマだし。つーか、お前のやりたいこととか無視して怒鳴っちまった。お前がこうやって復活するって、信じてやれなかった」

「ウン」

「これで人生終わりかって思ったときにお前の顔が見えて……嬉しかった」

その喜びに満ちた声に、カランの背中が震えた。

「……こっちは、寂しかっタ」

「オレもだ……。ここにお前がいてくれたらって、何度も思った」

その優しさに満ちた言葉に、カランの心が怒りに燃えた。

「つらかったんだゾ！　寂しかったんだゾ！　どうすればいいか自分で考えて決めなきゃいけなかっタ！　自分の言葉で説得して仲間を増やさなきゃいけなかっタ！　助けてくれる仲間の責任を取らなきゃいけなかっタ！　ワタシに懸けてくれる人がたっくさんいて、だけどそいつらのことも疑わなきゃいけなくテ！　何が本当で、何が嘘で、どうすれば解決するのか、一生懸命考えて……苦しかっタ！」

「……何があったかはよくわからねえが、めちゃめちゃ苦労したのだけはわかる」

「ダイヤモンドはテキトーなくせにスパルタだっタ！　ヘクターはもっとテキトーだっタ！　サムライアリーもアリスもマーデも嘘が多いしいちいち疑わなきゃいけなイ！　みんなから本当のことを聞くために何度も何度も話をしなきゃいけなイ、だから……」

カランが涙ぐみ、そして怒鳴る。

その言葉にニックは苦笑を浮かべ、そして寄り添うように語りかけた。

「ああ。だから、次は……一緒にやろうぜ」

「ウン」

「お前とずっと一緒にいる。お前が楽しいときも。お前がつらいときも」

「嘘ついたら、怒るからナ」

「オレはもう、お前に嘘はつかないよ」

「もし嘘ついたら、何するかわからないゾ」

「お前に殺されるなら本望だよ。お前の顔を見て、オレのことを天国に連れてく天使かと思った」

「……馬鹿！」

カランが涙を拭い、顔を真っ赤にして怒鳴る。

そこにダイヤモンドがぱんぱんと手を叩いて割り込んだ。

『はいはい、積もる話は後でね。まだ何も終わってないし。ていうかボクはスパルタじゃないよ！』

「鬼軍曹とか呼ばれてるくせに何言ってやがる……。で、いけるのか」

ニックの問いかけに、ダイヤモンドがにやりと微笑みを浮かべる。

『……「襷《たすき》の剣」は膨大な量の魂を取り込んでいる。やつが本気になれば誰にも止められない……ように見える。けれど魂とは自由自在に扱えるエネルギーではないのさ』

ダイヤモンドの口調はいつものように楽しげだが、その瞳は厳しく白炎の騎士を見据えている。

『魂一つ一つは契約に縛られていると同時に反抗する意志を奪われ、やむを得ず隷属しているにすぎない。彼らと話し合い、呪縛からの解放を促すことは不可能じゃないんだ……ま、ぶっつけ本場だから上手くいくかは博打《ばくち》だったけど』

「博打って、おい」

『だって、あちさらんの魂がこっちの持ってる名簿に載ってるかどうか、ちゃんと照合しないとわからないからね。だから太陽騎士団から借りた行方不明者リストや、マーデの信用金庫が握ってた債務者リスト、その他魔神崇拝者疑惑のある者の名簿などなど、数十万人分のデータをとにかくボクの中に詰め込んで、いつでも取り出せるようにしておいた。名前とデータが照合できたら、後はこちらから意志を伝えて説得するだけ』

「それができるなら凄《すご》いが……問題があるな」

ニックの視線の先には、恐らく本体と思われる白炎の騎士がいた。

驚いたようにカランを、そしてダイヤモンドを見つめている。

『ところで「襷《たすき》の剣」！　まだショック受けてんのー!?　こないだは色々とやってくれたけど、ようやく意趣返しができたみたいで感慨深いねぇ！　ばーかばーか！』

「バッカ！　挑発してんじゃねえよ！　戦力差が覆ったわけじゃねえんだぞ！」

ニックは戦々恐々としていた。

カランとダイヤモンドが思いも寄らない手段で白い戦士を妨害したことは理解した。

だが、それは白い戦士が持っている力の数百、数千分の一を奪ったにすぎない。

絶望的なまでの戦力差が覆ったわけではないことをニックはよく理解していた。

『俺から……魂を奪った、だと……？』

今までのような容赦がない攻撃が来ると思いニックは身構えたが、意外なことに白い戦士は衝撃を受け、立ち止まってカランを見つめていた。

「奪ったんじゃないイ。牢《ろう》の鍵を開けただけダ。出るかどうかはそいつら自身の判断」

『同じことだ！』

「……そもそも、人の魂は誰かのモノじゃないイ。コレクションして愛《め》でるものじゃないし、便利に使って消費していいものでもないイ。それを勘違いしてるやつに、未来は作れないイ」

炎のようなオーラがぶわりと白炎の騎士から溢れ出した。

まるで感情と同期しているかのようだ。

『お前……カラン……。ツバキ＝カラン……。なぜだ、なぜそんなことができる。どうしてそんな風になった』

「どうしテ？　オマエのせいだロ。オマエがワタシを殺そうとしたから死なないように強くなっタ。オマエの首を絞めてるのは、オマエ自身ダ」

『わかるぞ。お前はまだ呪いを克服できていない。聖剣のサポートで誤魔化《ごまか》しているだけで、聖剣自体の魔力量も大したものではない。そんな矮小な存在が……なぜだ……？』

「うっさいばーか。おまえのせいだって言ってるだロ」

カランは耳をかき、大仰にあきれかえった。

それを見た白い戦士が怒気を放つ。

『……言葉を慎めよ小娘。お前が勇者の器ならば、次世代の人となるべく生き残る存在が、口八丁だけで生きる脆弱な輩《やから》などとは認めん』

そして白炎の騎士の分身体が、一斉にカランの方を向いた。

カランの説得が追いつかないほどの物量攻撃を仕掛けるつもりだとニックはすぐに気付いた。

「まだ回復しきってねえんだが……くそっ！　ゼム！　レオン！　起きろ！　まだおねんねの時間にゃ早いぞ！」

「くっ……人使いが荒いですね……」

「ばっかやろう……どんだけここで粘ったと思ってやがる……いい加減休ませろ……！」

ゼムとレオンがよろよろと立ち上がる。

それをカランが嬉しそうに見つめた。

「ニック。ゼム。それとついでにレオン。ありがとウ。……でも大丈夫ダ」

「大丈夫って……」

白炎の騎士が、声の届かない場所から遠距離攻撃を放とうと魔力を結集させている。

まるで炎というよりも太陽だ。

ただの魔力の放出でさえも肌を食い破らんとするような痛みを感じる。

これが『襷《たすき》の剣』の本気なのかと恐怖を感じた。

アルガスに対しては放つ隙がなかった。大魔術や儀式魔術の気配があれば、その兆しを叩き潰されたからだ。だがこの場にそんな神業を出せる者はなく、あらゆる技巧はひたすら大いなる力に蹂《じゅう》躙《りん》される。

「あれはどう見ても大丈夫じゃねえよ！」

「大丈夫ダ。最強の助《すけ》っ人《と》を用意してもらえタ」

ニックは一体なんのことだと思い、だがすぐに気付いた。

カランの視線の先に誰かがいる。

しかしニックは不安を払拭することができなかった。

太陽のような光に比してそれはあまりにも小さく、矮小だと言って何の差支えもない。

「ここに来るまでもめちゃめちゃ強かっタ。だから大丈夫ダ。多分」

「……多分って言ったな？」

ニックの問い詰める目を、カランは無視した。

「いや、大丈夫じゃないだろ、勘弁してくれよ……。どうにかできるもんなのかアレは。スタンピードの魔物にだって殺されそうになったたっつーのに」

「めちゃめちゃ文句言ってるが」

「大丈夫だっテ！」

飄々《ひょうひょう》とした男だった。

日本刀を腰に差した、南方風の冒険者。迷宮都市に住まうならば知らぬ者はいない伊達男《だておとこ》。

「あれは……フィフスか……！」

現れたのは、S級冒険者フィフス。

通称、【一人飯】のフィフスであった。

「一度だ。一度なら何とかできる。後は頼んだぞ！」

遠くからでも、その声はよく響き渡った。

ニックは遠目からでも、彼の焦燥がよく理解できた。

こんな馬鹿げた相手を敵に戦うなど無謀もよいところだ。

こんな地の底まで助っ人に来てくれたことへの感謝を抱きつつも、たった一人で何ができるのだという落胆を覚える。

「……遠く遠く果ての、魔獣惑星帯に眠りし我が本体よ。今一度、呼び声に応え微睡から覚めよ」

だが、違っていた。

その焦燥は白炎の騎士に対するものではない。

ここにはいない、何か恐ろしい者への恐怖に由来している。

「なんだ？　何が起きる」

「ワタシも初めて見ル。あれがフィフスの本気……みたいダ」

フィフスが愛刀を高々と掲げ、何もないところを斬り裂いた。

それは既視感のある光景だ。アルガスの体に穴が開き、『襷《たすき》の剣』が顔を覗《のぞ》かせたように。

その空中の傷痕から、何かが現れる。

ニックはその何かが果たして何なのか、一瞬わからなかった。

よく似ているものは何度も目にしながら、脳が拒否した。

あえて表現するならば建築物。モニュメント。あるいは一種の奇岩。

だが当然、そのどれでもない。

白銀に光るそれは、刃《やいば》だ。

人や魔物などより太く大きいそれは、柄《つか》だ。

巨大な日本刀を、巨大な拳が摑んでいる。

拳の大きさは幅だけで人間の背丈の倍ほどはある。

その拳が窮屈そうに空間の傷から出てきて、蟬《せみ》や蝶《ちょう》が脱皮するように窮屈な穴から少しずつ少しずつ手首が現れ、前腕が現れ、そして肘と二の腕、肩が現れる。

恐ろしいまでに大きな右腕が、その大きさに相応《ふさわ》しいサイズの日本刀を片手で操っている。

『そうか、多次元構造体じゃ』

唐突に『絆の剣』が答えた。

「たじ……なんだそれ？」

『フィフスは白仮面が持っていた剣と同じで、この次元から見えるのはごく一部にすぎぬ。フィフスは、複数次元にわたって同時に存在している。あの巨大な腕こそが本来のフィフス。日常で目にするやつの姿は月が湖に落とした影にすぎぬのじゃろう……』

「あれが本体って……んなバカな……？　外食が大好きな普通のおっさんだったろ!?」

『趣味はともあれ、詠唱から察するに本体の魂や自意識は眠っておるのじゃろう。この世界のフィフスは本地が何を感じ、何を考えているのかはよくわかっておらぬ……と思う。独立行動できる眷《けん》属《ぞく》と言った方が適切かもしれんな。外食が好きなおっさんの姿も間違いなくフィフス自身じゃ』

説明を聞きながらも、ニックはフィフスの頭上に現れた腕から目を離すことができなかった。

圧倒的な力の気配はただ大きさによるものだけではなかった。

放たれる魔力は『襷《たすき》の剣』に勝るものではない。しかし刀を握る手は優美であった。刀そのものが腕の延長であるかのような、泰然自若とした風格。

巨大なだけの魔物には決して出せない、練磨に練磨を重ねた先に宿る風格が放たれている。

人間離れした大きさの腕は、ただ生来の強さを持つ生物ではない。間違いなく人間のそれであった。

「……秘剣、流星群」

巨大な腕が、その大きさに似合わぬほど俊敏に動いた。

ニックは、自分が羽虫ほどの小さな存在となって武芸の達人の動きを眺めているのかと奇妙な錯覚を抱く。

剣閃はそれほどまでに速く、静かで、そして自然であった。

白炎の騎士たちが集めた魔力の塊、すべてを灰燼《かいじん》に帰す暴力の波動を斬り裂き、無に帰していく。

「すげえ……！」

ニックは子供の頃から、S級冒険者を夢見ていた。

いざというときに迷宮都市を守る英雄の姿。

それを夢見て、そしてアルガスにそうなってほしくて、冒険者の道をひたすらに走り続けていた。

あのとき見た理想の姿がそこにある。

『……ほう。アルガスのように覚醒し損ねた愚者にしては、なかなかのものじゃないか。だが俺を止められるほどのものではないな』

大きな魔力を散らされた白炎の騎士は、まるで気にした様子もない。むしろ面白がっている気配さえあった。

「うるせえ……！」

巨大な腕は軽やかに白炎の騎士を斬る。

だがそれを操っているフィフスは汗を流し、青い顔をしていた。

魔力が急速に失われ、体力を消耗している。

『ははは！　S級冒険者と謳《うた》われておいてその程度か！　アルガスにさえ及ばないぞ！』

剣の閃《ひらめ》きは優美そのもので、様々な技巧を身に宿しているはずの白炎の騎士はまさしく快刀乱麻の勢いで斬られていく。

だがそれでも白炎の騎士の優勢を覆すものではなかった。

魔術による攻撃が放たれ、剣撃や弓矢が放たれ、巨大な腕は少しずつ傷を負っていく。

『カラン……俺に抵抗できるほどの力もない。ただ人に頼るばかり。お前は結局、一向に成長しなかったな』

そしてフィフスを無視して白炎の騎士はカランに語りかける。

しかしカランは、そんな馬頭《めず》などまるで気にしてはいなかった。

言葉に応える代わりに、静かに、指を天に掲げた。

そこには何もない。

だがニックは、何もない空間になぜか視線を持っていかれるような不思議な気分に陥った。

予兆。予感。気配。胸騒ぎ。

何とも言えない奇妙な感覚がニックの感覚を突き刺す。

そして感覚を突き刺したものはやがて力と実体を帯び始めた。

「魔術の本質の一つはコミュニケーション。それを否定するとは『襷《たすき》の剣』、いつも理性的なあなたらしくありませんね」

涼やかな声。

白い戦士は、そしてその分身たちは、一斉に声の主の方を見た。

声の主の方に惹《ひ》き付《つ》けられている。まるで引力が働いているかのように。

「あれは……ティアーナ……いや、違う……？」

声の主は、流れ落ちる水のように艶めいた金髪の魔術師だ。

背は小さく、まるで社交の場に初めて出た年若い貴族のようだ。

顔つきはどこかティアーナのようだが、どこか男性的な気配もある。

人と異なるのは、青さを帯びた黒い肌、そして身に纏《まと》う恐ろしいまでの存在力だった。静かにそこに佇んでいるだけだというのに、白い戦士を上回る気配をその場にいる全員が感じ取っていた。

「魂の存在力が強すぎて、みんな意識せざるをえない、ってことらしイ」

「それより、誰なんだあいつは……？　ティアーナじゃないよな……？」

ニックの疑問に答えたのは、謎の魔術師に対峙《たいじ》する白い戦士の方だった。

『お前はベロッキオ……？　なぜだ。どういうことだその体は』

その名前に、ニックはどこか聞き覚えがあった。

「あたしの師匠よ……。ていうかニック、ゼム、あなたたちよく生きてたわね……。心配かけて、まったくもう……」

ニックの後ろに、ティアーナが現れた。

一瞬、ニックとゼムは呆《ほう》けたような顔を浮かべる。

「……ティアーナさん、髪切りました？」

久しぶりに見るティアーナは、自慢の長髪がずいぶんと短くなっていた。

首と肩の中間でばっさりと切られている。

「色々あったのよ！　あんたらが私のことを置いてけぼりにして戦ってる間にね！」

「……め、面目ねえ」

「すみません」

「まったくもう……でもお説教はあとよ」

だがティアーナは恨み言を切り上げて、視線をベロッキオの方に向けた。

この瞬間を見逃すまいと、真剣な眼差《まなざ》しで。


ベロッキオは背中で弟子の視線を受けながら、『襷《たすき》の剣』に語りかけた。

「説明の必要がありますかな？　あなたが探し求めてやまなかったもの……可能性に満ち溢れた魂が目の前にある。あなたのすべきことはたった一つ。私を正式な所有者と認定することですよ」

『嘘をつくな……そのツギハギの体がまともであるはずがないだろう……！』

ツギハギ、という言葉にニックは奇妙な納得を感じていた。

あれは、自分に似ている。

というより《合体《ユニオン》》している状態の自分らに似ていると気付いた。

それも二人や三人の気配ではない。十人以上の気配を、一人の人間が内包している。

『襷《たすき》の剣』のように複数人の魂が支配されているわけでもなければ、『絆の剣』のように同調し、足並みを揃《そろ》えているわけでもない。ある程度統率されているが、支配的ではない奇妙な魂の在り方だった。

『ツギハギ……そうか。あやつらは魂と肉体を同時に《合体《ユニオン》》しているのではない。先に器を完成させ、我のような祭器や精神の同調プロセスを省いておる……いやしかし、それで器が持つはずが……。一日も持たずに崩壊してしまうぞ……？』

キズナの疑問や懸念の先を、『襷《たすき》の剣』は承知していた。

敵意に満ちた目でベロッキオを見る。

「おわかりのようですね。これが罠《わな》であると。そして抗おうとしている。ですがその抗いは、よりよき魂を持つ者を収集し保管するというあなたの命題に反する行為です。私から目が離せないはずだ。この魂の輝きを欲し、たまらなく欲情しているはずだ。そうでしょう、『襷《たすき》の剣』よ」

『ぐっ……ぐがっ……貴様……！』

それが図星であるかのように、白炎の騎士はうろたえた。

炎のようにゆらめく魔力が消えて聖衣がほどけ、カリオスとしての顔が浮かび上がる。

「強き魂の残滓《ざんし》が宿る死体をかき集め、神の肉体や魂に似せて作った急増の人形の体。こんなものは役に立ちません。膨大な技巧の器《スキルスロット》を持ち、魂の天井《レベルキャップ》のない、無限の可能性を持ちながらも、その代償として余命は……七時間といったところでしょうか」

ベロッキオは蠱惑的な笑みを浮かべ、娼婦《しょうふ》のようにカリオスを抱きしめた。

「何を考えている……俺にアクセスをするな……！」

「所有権を移譲。すべての魂への拘束を解け」

ベロッキオが言った直後、白い戦士の分身体が動きを止めた。

そしてカランが『響の剣』を再び構えると、ダイヤモンドの幻影が荘厳な歌を歌い始める。

普段のポップでビビッドな歌とはまったく違う、切なく静かな音色。

鎮魂歌だと、誰もが思った。

ダイヤモンドとカランは死にゆく魂へと思いを馳《は》せる。

拘束を解かれた魂の光が、『襷《たすき》の剣』に再び呪縛されぬようにダイヤモンドとカランが上へ上へと彼らを誘《いざな》う。

まるで花火のように美しく、そして寂しい。

「やめろ……！　貴様ら逃げるな！　俺と契約したはずだろうが……！」

「そんなの無効ダ。こっちは拒否権を与えて、逃げるならこっちだって指し示してるだけダ。お前と一緒にいてやるって意思があるなら、それを禁じてないし禁じることもできなイ」

カランの淡々とした宣告に、カリオスが凄まじい憎悪を込めて睨む。

だがそれは行動となる前に、ベロッキオがすべてを封じた。

「《死魂爆雷《デッドマンズバルーン》》」

あらゆる魂が天へ昇る中で、抱擁が爆熱へと変じる。


ニックが目覚めたときは、ただひたすらの静寂があった。

「終わった……のか……？」

隣にはゼムとキズナが青い顔をしている。

目は覚め、なんとか体を起こしているものの、指一本動かす体力もない様子だった。

ニックも同様に、今までにないほどの消耗をしていた。

今までは敵がいることの緊張感で保てていたものが解放され、このまま死ぬのではないかという虚脱感や欠落感を覚える。寿命や魂といったものがダメージを負っているのではないかとニック自身、自分の状態を疑った。

「ニック、寝るナ！　死ぬゾ！」

「本当、無理しすぎだよ。正直、生きてるのが一種の奇跡みたいなものだっていうのに」

いつの間にかカランが隣にいた。

そしてアリスもいた。なぜか鏡を大事そうに抱えている。ニックの顔がその鏡に映るように。

「死なねえよ、多分。さっき回復してもらったばっかりだし……ただ、眠い。本当、死ぬほど眠い」

「本当、無茶しすぎダ」

「まったくだ……今回ばかりは生き残ったのが奇跡だな」

ニックの視線の先にあるのは、虚無だ。

名も知らぬ誰かの死体が転がっている。アルガスに屠《ほふ》られた冒険者や魔物だ。

鬼が茫洋《ぼうよう》とした目をして、ニックと同じように遠くを見つめている。アルガスの成れの果てだ。

魂の炎はすべて消えた。

『襷《たすき》の剣』は、残骸が転がっているだけだ。

生き残っているのは、見知った顔ばかりだった。

驚いたことにベロッキオは生きており、ティアーナと何やら談笑をしていた。

顔のつくりが似通った者同士、まるで姉妹のようだ。

「ティアーナの師匠、爺《じい》さんをイメージしてたが……年の近い女だったんだな」

「あー、えっと……色々と説明が難しイ」

そんな会話をしてるうちに、ティアーナがニックに気付いた。

一瞬喜び、そして複雑な表情を浮かべる。

百面相のような顔を浮かべながらつかつかと歩み寄り、ニックの前で仁王立ちとなった。

「……このバカ！」

そしてニックの首根っこを掴まえ、開口一番に罵倒した。

「悪い」

「悪いじゃないわよ！　ったく……どんだけ心配したと思ってんのよ……はぁ……。最近怒ってばっかり。冒険者ってのはなんでこう、向こう見ずな連中ばっかりなのかしら」

「まったくだゾ」

「カラン！　あなたもよ！　無茶ばっかりして！」

「えエッ!?」

怒られると思っていなかったカランが大いに驚く。

それを見て、ニックとティアーナはくすりと笑った。

「……ま、いいわ。ニックはカランにちゃんと謝りなさいよ。カランも半端に流されないで、ちゃんと怒るときは怒ること。いいわね！」

ティアーナがそう言って、再び師匠のところへと戻っていく。

相変わらず嵐のような女だとニックは苦笑する。

そして痛みを堪《こら》えつつ上体を起こし、カランの方に向き直った。

「……なぁ、カラ」

名前を呼びかけた瞬間、カランがニックを抱きしめた。

「お、おい」

カランの吐息と体温が伝わる。

羞恥に顔を赤らめるが、それを突き放す体力もなければ、意思もない。

今まで意識してこなかったカランの温かさと柔らかさに身を委ねた。

「もう勝手にどっか行くナ」

身も心も沈み込むような感覚を、ニックは今まで恐怖していた。

それを自覚してしまえば、一つの冒険を終えるような気がしていたからだ。

例えば、報いを得て、報いを受けさせる冒険はきっとできなくなる。

ニックの人生を歪《ゆが》ませた何かに理由を問い、贖《あがな》いを求める戦いは捨てることになる。

「ああ。行かねえよ」

「死ぬのも駄目ダ」

傷ついた仲間のために身を捧《ささ》げ、仇《かたき》を討つことはできなくなる。

敵を倒せるのであれば命などいらないなどと言えなくなる。

「死なねえよ」

「嘘もつくナ」

仲間のためだと言い聞かせて本質から目を逸《そ》らし、安易な戦いを重ねて何かをやり遂げたのだと自分を騙すことはできなくなる。

「全部わかった。お前こそどっか行くなよ。オレの隣にいてくれ。オレには、お前が必要みたいだ」

それらはすべて、戦いの中で摩耗して自分の本心を偽ることだ。

孤独を突き詰めたストイックな冒険などではなく、そういう冒険を目指すために心通わせる人と向き合う勇気がなかっただけだ。

嘘をつくなという言葉は糾弾でもなければ、足枷《あしかせ》でもない。

もう何も偽らなくてよいというカランの優しさだ。

その優しさに応えるように、ニックはカランを抱き返した。

今度はカランが羞恥に頬《ほお》を染めたが、痛いくらいにニックを抱く腕に力をこめた。

「いてっ」

「あ、ゴメン」

関節が悲鳴を上げる寸前にカランがニックの体を離す。

どうやら体力は回復しているみたいだとニックは苦笑しながら安堵を覚えた。

「ところで、見世物じゃないと言いたいところなんだが……アリスと一緒にいるってことは味方ってことでいいんだよな？」

ニックは、先程からこちらを見る視線に気付いた。

それは奇妙な人物だった。

アリスが抱える『鏡』の中にいるのか、それとも『鏡』がどこかに繋がっているのかよくわからないが、とにかく『鏡』の女性がこちらを見ている。

「……覚えてない、のカ？」

カランの言葉に、ニックは首をひねった。

「オレの知り合いか？　いや、『鏡』の中に知り合いなんて……いや、ガキの頃そんな夢を見てたような……。なんか妄想で話しかけるイマジナリーフレンドがそんな感じだったような……」

マーデは悩んでいるニックに、くっくと笑った。

陰謀家らしからぬ無邪気さに、アリスもつられて笑う。

「おや、ニックくん。見え透いたナンパをするじゃないか」

『美人を慰めながら口説かれるとはね。存外に器用な男のようだ』

茶化すような言葉に、ニックはひどく嫌そうな顔を浮かべた。

「そうじゃねえよ。いや、本当に……会ってないのか……？」

『私はマーデ。アリスの雇い主でね。今回の一件を注視し、支援していた。少々珍しい姿をしてるだろうが、聖剣のようなアーティファクトさ』

「太陽騎士団には見えないが……まあ、仲間ならそれでいいさ」

『おや。【サバイバーズ】のリーダーは随分と大らかなようだ』

「ここに至ってあれこれ詮索してもな。それより……まだ後始末が終わってねえ」

『……彼か』

ニックの視線の先には、茫洋としたまま不気味に立ち尽くす鬼……アルガスの姿があった。

傷が回復する様子はなく、何かを言う気配もない。

『彼は……強制的に生まれ変わったようなものだ。五体、臓器、神経……脳も変質している。過去の記憶はあるまい。共通するのはその魂だけだ。こちら……というより、ニックの味方をしたことが一つの奇跡のようなものだろう』

「そうかい。なぁ、もう少し回復してくれないか？」

『できなくはないが……何をするつもりだ？』

「引導を渡してやんねえとな」

『……立ち会うというのか？　この状態で？』

マーデが絶句した。

カランやアリスも同様に驚愕している。

「なあ、『武の剣』。あいつと、オレが戦ったとして、勝算はあるか？」

『はい、ニックさん。勝算はほぼありません。初手で拳もしくは足の末端部を破壊され、二合で脳神経もしくは脊椎を切断されて肉体が滅び、三合で魔術的振動を伴う打撃によって魂魄への不可逆的な傷を負うでしょう。奇跡が起きれば五合までは互角に戦えるかもしれません』

「お前容赦ねえな」

『ここで世辞を言っても仕方ないでしょう。それに、立ち会うことに勝算を求めてどうしますか。負けるからやらない。勝つからやる。そういう戦いを求めているわけではないと判断しました』

「合ってるよ」

よろよろとニックは立つ。

ニックが悲壮な決意を込めて一歩踏み出したとき、一人の男がそれを止めた。

「……待ってくれ。【サバイバーズ】」

フィフスは、先程白炎の騎士と戦っていたときよりは回復した様子だった。息は荒いが、それでも足取りはしっかりしている。

「フィフスさんか。ありがとう。あんたみたいな人に助けられて光栄だが……邪魔はしないでくれ」

「ちょっと前まで迷宮都市で右も左もわからなかったようなやつが、Ｓ級冒険者よりもでかいことをやってのけたんだ。俺の方こそ敬意を払わなきゃいかん」

冒険者のダンディズムを体現したような男に、肘で胸を叩かれる。

ニックは誇らしさと気恥ずかしさを感じつつも、疑問を口にした。

「あれ？　オレたちのことを知ってるのか？」

「別に事情通ってわけでもないが、多少はな。そのあたり親睦を深めたいところだが……」

「それどころじゃないって顔だな」

「ご名答。野暮用《やぼよう》があってな。邪魔したいわけじゃない。少し話を聞いてくれ」

ニックの言葉にフィフスは肩をすくめた。

「今ここで言うのもどうかと思うんだが……俺の本命は『襷《たすき》の剣』じゃないんだ」

「……え？」

言葉の意味を摑めず、だがニックは不穏なものを感じて反射的に短剣の柄を握った。

だがフィフスは慌てて首を横に振る。

「ああ、違う違う。俺が実は黒幕だったとかそういう話じゃない。俺はそもそも大規模スタンピードの対策班のリーダーなんだよ。ついでに、大規模スタンピードを鎮圧しきれずに瘴気《しょうき》が拡大しちまうと魔神の復活もありえる」

「魔神の復活……」

「お前たち、『襷《たすき》の剣』しか見てなかったな？　確かにあいつはこの事件の首謀者だが、首謀者を倒すんじゃなくて事件を解決するのが目的だぜ」

図星を突かれて、ニックは思わず目をそらした。

同様の者も何人かいたようで、ニックと同じく気まずそうな顔をしている。

「ま、大規模スタンピードを加速させてたのはあいつだから別に間違っちゃいないんだが……まだ、めでたしめでたしってわけでもない。手伝えるやつは手伝ってほしい」

「手伝うって……何をだ？」

「魔神復活の儀式だ。恐らくそれは実行中のはずで、できる限り早急に止めなきゃいけねえ。ここは最下層じゃないからな。もっと下に、何かがあると俺は睨んでる」

「けど迷宮を作り出した『襷《たすき》の剣』はいないよな？」

「今ここにいないということが、完全な破壊や死を意味するとは限らん。あるいは死んでなお計画を実行するような段取りを組んでいたかもしれん……というより、死んだときに儀式が止まるような親切設計のはずがない」

勝利の酩酊《めいてい》感が薄れ、じっとりとした汗が流れるような、生ぬるい空気をニックは感じた。まだ何も終わってはいないと痛感させられる。

「……聖剣は、変質しない限りは半不死性を持つ。そんな話を前にしてたな」

『そうです。ですが、その……そういうことを、想像してるってことは……』

『武の剣』がおっかなびっくりに話す。

その暗澹《あんたん》たる予測に答えたのは、その予測そのものであった。

「ご明答。俺はお前たちと違って変質していないからな」

かつん、かつんと足音が響く。

更なる地下に繋がっている階段からひょっこりと、まるでなんてことのない散歩でもするかのような気楽さで現れた男がいる。

まさかという思いを裏切るように、『襷《たすき》の剣』カリオスが歩いてきた。

先程までの白い戦士としての姿や強靱《きょうじん》な魔力は失われている。

まるでごく普通の、冒険者らしい姿だ。

「てめえ……まだ生きてやがったか！」

『……「襷《たすき》の剣」、ボクも人のことを言えたもんじゃないけど、キミも相当しぶといね。いい加減年貢の納め時だよ』

ニックが自分を奮い立たせて叫ぶ。

ダイヤモンドの幻影がさも呆れたとばかりに肩をすくめる。

同時に、皆が共に周囲を探っている。

アリスやカランは、どんな攻撃にも対処できるよう、静かに剣を構えた。

だがニックたちは違和感にすぐに気付いた。目の前の存在からは、ついさっき対峙していたときの感情の奔流、野心や敵意といったものがまるで感じられない。

敗北という結果を受け入れていると言っても過言ではなかった。

「リミッターを外部的にとっぱらったが、本質の部分は何も変わっちゃいないさ……もっとも、この数百年の努力が水の泡となっちまった。まったく、やってくれたもんだぜ。輝ける才能を持ち、俺の支配を受け入れる人間を見つけるのがどんだけ大変だったと思ってやがる」

「……オマエはオマエなりの理想があって活動してル。けど手口は悪辣で、狡猾《こうかつ》で、クソだッタ。人を試す側に居続けて、同じ目線に立てなかッタ。だからみんな、オマエの手元から去ったんダ」

「……言うようになったじゃねえか。田舎《いなか》の小娘がよ」

「そういうところだゾ」

率直な反論にカリオスは呆気《あっけ》にとられ、だが、くっくと笑い始めた。

「俺が負けた以上はそういうことなんだろうな。だがそういうことはできなかったし、やるつもりもなかった。俺は本質的に泥棒だからな。それに気付いたときは苦しんだが、開き直ってからは楽しかったぜ」

その露骨な言葉に、カランは不快感を覚えることも、眉を顰《ひそ》めることもなかった。

それが一つの悲しい事実であることを理解していた。

「魂を保全し後世に伝え残すための襷《たすき》……ってコンセプトが俺だ。俺は魂の本質的な合意がなくとも資源として保管も利用もできる。それに気付いたときに俺の可能性は大きく拡大したし、可能性に気付かせてくれたカリオスには感謝してる」

「カリオスってのは誰だったんダ」

「ヴァイパー盗賊団のカリオスは……特に珍しくもなんともねえ、ただの盗賊だった。少し前の俺がお前にやったようなことを生業にしてるようなクズだったが……まあ、そうだな。友達だったんだろうな。こいつだけは、さっきのお前の説得には応じなかった」

思わぬほど純朴な言葉に、驚きが走る。

だが、それ以上の説明はなくカリオスは話を続けた。

「……ま、今となってはどうでもいい。結局残ったのは『カリオス』だけだった。それが事実だ。こいつが俺の記憶を模造品の『襷《たすき》の剣』に埋め込んでくれた」

「それならなんでワタシたちの前に現れタ。二人ともども死にたいってことでいいのカ」

「まあ待て。俺はもう死ぬ。この体もただのハリボテだ。俺が敗北したという結果も覆らない。そしてスタンピードが拡大し続けるって結果もな。魔神復活の儀式は誰が何をしようと止められない。俺の手を離れてるんだよ。最下層に行けばわかるだろうさ」

「はぁー……そんなことだろうと思ったがな」

フィフスが苦み走った顔を浮かべる。

「俺自身……つまり複製体の聖剣も魔神復活のための供物にして、ついさっき炉に投げ込んだ。もう少しで俺の意識も記憶も消える」

「炉？」

「魔神復活の贄《にえ》を焚《く》べるための炉だ」

カリオスの言葉にいち早く反応したのは、鬼であった。

目にも留まらぬ速さで駆け抜け、地下へと向かう。

「おいおい……相変わらず人の話を聞かねえし俺とはウマが合わなかったな……。ま、いいさ。もう俺とは縁が切れた。次は、お前らだ」

カリオスがそう言って、ニックたち【サバイバーズ】の顔を眺める。

「なんのつもりだ」

「魔神を倒し、勇者になれ。この状況を覆したお前らであれば、きっと成し遂げられるだろう」

希望に満ちた言葉ではあるが、それは呪いであった。

全員が薄ら寒さを感じる中、『襷《たすき》の剣』カリオスの姿は、煙のようにかき消えた。

「くっ、下層に降りるぞ……！」

フィフスが号令をかけて、全員がそれに従った。


鬼の後を追うのは非常に容易《たやす》かった。

難関であったはずの『修羅道武林』は、鬼の凄まじい暴力によって突破されていたからだ。

魔物はすべて息途絶え、そして罠は力業で突破されている。

ニックたちはただひたすら走るだけでよかった。

「す、すまねえ……」

「気にするな。むしろ本来は休ませてやりたいところだが、もう少し付き合ってくれ」

だが、走るどころか歩くことさえも不可能な状態の人間も多い。

ニックとゼム、そしてキズナは意識こそあるものの体力は尽き果てている。レオン、『進化の剣』は気絶したままだ。フィフスが分身して全員を担いで移動している。

「師匠、そろそろ《分離》しないとまずいのでは……。その体、寿命が極端に短いんですよね……？」

「まだ危機は去っていませんよ」

ティアーナが心配そうにベロッキオに告げる。

だがベロッキオはどこ吹く風といった様子だった。

カランとダイヤモンドは、何も語らずにフィフスの後ろについて走っている。

各々が不穏なものを感じながら『修羅道武林』をひたすら駆けて、その先にあったものは地獄のような広間であった。

煮えたぎるように熱く、腐臭が立ち込め、そして死屍《しし》累々と魔物の死体が転がっている。

魔物はここを守る番兵のようなもので、熱と腐臭の正体は広間の中央にあるものだ。

『襷《たすき》の剣』カリオスが言っていた炉とはこれのことだろうと、全員がひと目見てすぐに理解した。

まるで卵のような神秘的な球体がそこに鎮座している。

それは太陽のように熱い。内部に大きな熱源があることがすぐに感じられた。卵の殻は本来、熱を逃がさないためのものなのだろう。それでも漏れ出る凄まじい熱気に、目を開けることすら苦痛だった。

ニックたちのいるところからは一キロ近く離れているというのに、遠近感が狂うほどに大きく見える。そして熱もまた途方もない量が放たれている。

「師匠、これは……」

「ひどく雑な仕組みではありますが……魔力の抽出器でしょう。死体やアーティファクトのコア、魔力結晶など、とにかく魔術的なエネルギーを溶かして均質化し、贄としている」

「贄とはつまり……」

「魔神復活のための供物です。しかしこれは……まずい。ダイヤモンドさん、どう見ます？」

『……一週間後かな』

ベロッキオに問われたダイヤモンドが、いつになく渋い顔で答える。

『襷《たすき》の剣』と戦ってるときでさえ、ダイヤモンドがここまで表情を歪めてはいなかったとニックは気付いた。これ以上酷《ひど》いことがあるのかと胸が騒ぐ。

「まずいですね。これは、真剣に滅びますよ」

ベロッキオもまた血相を変えている。

「待て待て待て。考えろ。『襷《たすき》の剣』はクソ野郎だが、人を試すことに終始してた。ギリギリで何とかする方策はあるはずだ」

『その度合いが問題なのだ。最悪、人類を途絶えさせなければよい、数人生き残ればよいという判断であれば、もはや意味はない』

『そりゃそうだけど！　今この場でできることを考えてよ！』

「わかってる！」

フィフス、マーデ、ダイヤモンドが喧喧囂囂《けんけんごうごう》と議論を始めた。

「ティアーナ。帰っていいか。もう疲れた。寝てえ」

「………………それは私も我慢してるんだから言わないで」

「だよなぁ」

ダイヤモンドたちが、【サバイバーズ】を置いてけぼりにして話していたことに気付いて、気まずい表情を浮かべながら振り返った。

『悪いニュースと、超悪いニュースがあるんだけど、どっちから聞きたい？』

「吟遊詩人《アイドル》が囁く、救いのある嘘が聞きたいんだが」

『じゃ、悪いニュースからね。「襷《たすき》の剣」は完全に消えたけど、魔神の贄となった。ある意味勝ち逃げされた状況に近い。計画は止められていない』

「……計画ってのは、アルガスを覚醒者にするってことだよな。それは」

『別にアルガスである必要はないんだよ。限りなく候補に近かっただけで。誰かが魔神と戦って、その過程で覚醒者に至れば彼の目的は叶う』

「それで俺たちに白羽の矢を立てたってか。迷惑な話だ……って、おい、ちょっと待て」

ニックがはっと気付いて、ダイヤモンドに尋ねた。

『なに？』

「……これよりもっと悪い話があるのか？」

ダイヤモンドたちは、ニックの問いかけに答えず説明を続けた。

つまりは、それが答えであった。

『……魔神復活は、スタンピードが最高潮に達した瞬間に行われるはず。魔物と人、魔物と魔物の闘争の果てに生まれた贄を元にこの世界に顕現する肉体を構成する。だけど……』

「下手なスタンピードよりも嫌な魔力が大地に集まってきています。高密度の魔力が具現化し、まるで産声を上げる寸前のような……まあ、つまり」

「魔神が受肉して復活するってことだ。それも一週間程度で」

ベロッキオ、フィフスが説明を重ねていく。

「……そうなったら、オレたちだけでどうにかなる話じゃないだろう。騎士団や軍の総力戦であって、まず情報を持って帰るのが優先じゃないか？」

『間に合わない。覚醒の度合いが高すぎて天使が降臨する。地上は焼き尽くされるよ』

ダイヤモンドの死刑宣告めいた言葉に、全員が沈黙する。

ニックは、嘘だろう、の言葉さえ出せずにいた。

皆がその言葉を真実として受け取っている。

意識を手放したいという誘惑に、ニックは耐えていた。

未だ意識を取り戻せず、フィフスに背負ってもらっているレオンがひどく羨ましかった。

だが、そんな現実逃避のような羨望を抱いている中で、ニックはあることに気付いた。

「なぁ。アルガスはどこへ行った？　ここに来たはずだよな？」

『あれ？　そういえば……』

ダイヤモンドは耳に手を当て、注意深く周囲を探る。

少なくとも視界の範囲内にはいない。鬼が確実に屠ったと思《おぼ》しき魔物の死体が転がっているというのに、その張本人だけが消えている。

いち早く気付いたのは、マーデであった。

『あやつ……中へと行ったのではないか』

「中って、あの殻の中か？　あの傷じゃ無理だろう！」

「それに、殻は神の作り出した絶対防壁でしょう。打ち破れるとは思えませんが……」

『可能だ』

フィフスが持っている聖剣が言葉を放った。

「『進化の剣』、目を覚ましたのか」

『死ぬかと思ったがな……。ともあれ、今のアルガスであれば破壊はできるだろう。やつはアーティファクトに不可逆的な傷を与える力を持っている。やつはその力を欲し、望む形へと進化した。

それは神の力であっても例外ではない。……もっとも「襷《たすき》の剣」には無数の分身体を作られて回避されてしまっていたがな。だが、ああして鎮座しているものであれば攻撃は有効なはずだ』

「アーティファクトを傷つける……？」

『聖剣やそれ以上のアーティファクトには半不死性が宿る。神ともなれば真実の不死に近い。だがその不死性を支えるロジックはどれも共通している。ゆえに……』

「細かい仕組みを聞いてるんじゃねえ。だったら……魔神を倒せるのか？　今のうちに？」

『……あやつはあやつで「襷《たすき》の剣」によって様々な呪詛《じゅそ》を与えられている。生命活動をしているのが一種の軌跡のようなものだ。完全破壊には至らぬとは思う』

「そうか……」

なすすべのない無力感に満ちた沈黙を突き破るように、凄まじい音が響き渡った。

それと同時に熱風がニックたちのもとに届いた。

「なんだ？　もしかして、もう復活するとか言わねえよな……？」

全員に絶望感が広がる。

背筋から力が抜けるような無力感と倦怠感《けんたいかん》の中で、一人だけが魔神の殻を睨み付けた。

「……いえ、復活の予兆ではありませんよ。内部からの破壊工作です」

ベロッキオだ。

見れば高揚し、口元には微笑みが浮かんでいる。

「師匠？」

ティアーナが、また何かこの人が考え始めたと危惧を抱いた。

だがベロッキオは弟子の心配などを無視して行動を始めた。

「フィフスさん。少し手伝っていただけますか。そこに到達するまでの肉壁になってください」

「……恐ろしいことを考えてやがるな」

フィフスが渋面を浮かべた。

だが、ベロッキオは笑って首を横に振る。

「ははは、死んでくれと頼んでいるわけじゃありませんよ。できる限り粘ってほしいとは思いますが、死ぬ前に退避してください」

「そうじゃない。あんたのやろうとしてることはわかる。魔神の外殻に、できるだけ最小限のダメージで辿り着きたいんだろう。そして内側に入って破壊する。アルガスが今やってるようにな」

「……ええ、まあ、そんなところです」

「アルガスはもはや死ぬ以外の結末はないようだが、あんたは違う。生きるためにあらゆる手段を講じて今ここにいるはずだ」

「そ、そうです！　そもそも、今の体は長く持たないはずです！　むしろ早く分離して元の姿に戻ってくれないと本当に死にますよ！」

フィフスの忠告に、ティアーナが追随した。

だが、ベロッキオは首を横に振る。

「《死魂爆雷《デッドマンズバルーン》》は成功し、防御にも成功しました。が、少し予想外のことが起きましてね」

「予想外？」

『襷《たすき》の剣』は数多くの魂を捕獲し、それを集約、平均化した高い位階にある存在でした。彼との戦闘は通常では決して得られない霊的体験です。その結果、私の魂の位階も上がり今の状態で安定化してしまいました」

「……安定？」

「分離できないということですよ。一方で、そもそもの素体の寿命の短さは解決できていません」

「え……」

その言葉に、ティアーナのみならず全員が絶句した。

「い、いや、私だって《合体《ユニオン》》を何度もしましたし、『襷《たすき》の剣』と戦いましたがそんなことは……！」

「魔道具や聖剣を媒介として高位魔術を使うことの利便性はなんですか？」

ベロッキオが、杖で床をこんと叩く。

さあ授業ですよと言わんばかりに。

「……魔術の非習得者でも行使できること」

「根拠は」

「コアに魔術言語を刻み込むことで儀式、詠唱を簡略化すると同時に、過剰な魔力による暴走や魔力欠乏からの弱体的発動を抑止。結果、安定した魔術行使ができます」

「はい。正解です」

ティアーナに似た若い女性の顔に、ベロッキオの柔和さと狂気が混ざった独特の笑みが宿る。

「本来、《合体《ユニオン》》をこうして使うのは禁呪。生きている人の部位をかき集めての《合体《ユニオン》》などもはや死霊術に近いものです。仮にこの場を切り抜けて生き長らえても、学校や学会からの追放どころではありませんん。よくて死刑、悪くて凍結刑あたりでしょうね」

その言葉に、ティアーナはアリスたちを睨んだ。

恐らくはそれに気付きながら、黙っていた。

「……世界が滅びるか否かの瀬戸際で功労者の首を刎《は》ねるほど落ちぶれちゃいないよ。太陽騎士団は半壊状態だ。どうとでもなるさ」

「禁呪を罰するのは太陽騎士団ではありませんよ。神殿の、それも秘匿された暗殺部門が動きます。何より自分自身が外法に手を染めていることはよく理解していますよ」

くっくとベロッキオが笑いながら、話を続けた。

「しかし悪いことばかりではありません。『襷《たすき》の剣』と直接相対した結果、彼から凄まじい魔力を奪い取ることができました。魔神と戦って勝てるほどではないにしても、この迷宮都市の魔術師としては最強格の実力を手にしているでしょう。なに、死ぬと決まったわけではありません。ここまで来たらもっと面白いことをやってみませんか？　ワクワクするでしょう？」

「仕方ねえな……俺も命張るか」

「仕方ないなじゃないわよ！　だったらその体の寿命の問題を解決する方が建設的でしょう！」

ティアーナは、理解している。この人が嘘をつくはずがないと。

そして、この緊急時の判断を見誤ることもないと。

フィフスは、先程とは別の魔術を行使した。

「《多重存在《ドッペルゲンガー》》」

「これは……フィフスが増え……いや、全員装備が違う」

大盾を装備しているフィフスや、軽装のフィフス、そして魔術師のローブを着たフィフスなど、様々な服装のフィフスが突然その場に現れる。

ニックは、これが本来フィフスの得意とする魔術だと気付いた。

たった一人でありながら《多重存在《ドッペルゲンガー》》という魔術で分身を作り出し、パーティーとしての連携行動を成立させる実力者。それが世間一般に知られる冒険者フィフスだ。

「さっきのは俺の本体……魂がリンクしている上位存在を召喚する魔術だ。そう何度も使えるもんじゃない。つーか、マーデから借りた儀式用の触媒がなきゃ無理だ。もう消費しちまったよ」

『なるほど……。《多重存在《ドッペルゲンガー》》のような高度な魔術を日常的に使える者がいるなど眉唾じゃったが、何のことはない。今この世界にいるフィフス自身が本体のペルソナの一つ。そして他の次元に存在する別のペルソナを、本体を通して借りていた……というわけか』

「本体と言っても、何を考えているかはよくわからんがな。ま、面倒くさい話はやめとこう。時間が惜しい」

そう言ってフィフスたちは一糸乱れぬ陣を組み、最後尾にベロッキオが立った。

「では、行きましょうか」

「ちょ、ちょっと待ってください！　ニック！　キズナ！　私と《合体《ユニオン》》してよ！　私たちでなんとかできないの！　ちょっと！」

「無茶を言うものではありませんよティアーナ」

「ですから！　あなたが言わないでください！」

ティアーナの叫びを無視して、フィフスとベロッキオが魔神の殻へと走っていく。

小さくなる大人たちの背中。

それはあまりの熱の強さに、赤銅色の光のようにしか見えない。

まるで遠く遠くから照らす小さな星のように。

誰も二人の決死の行動を止めることもできず、固唾《かたず》を呑んで見守っていた。

やがて、閃光《せんこう》が迸《ほとばし》った。


光が収まった頃、ティアーナがぽつりと言った。

「どうなった、の……？」

「悪い結果ではなさそうだ」

アリスが指を向けた先の魔神の殻には、大きな亀裂が走っていた。

殻から放たれる熱がより一層激しくなる。

更にもう一度、小さな爆発が起きて亀裂が更に大きくなる。

そこから濃密な熱と魔力が噴出し、そして何かがそこから脱出した。

何かを背負い、だぁん、だぁんと跳躍をしながらニックたちの眼前に現れた。

「アルガス……」

「師匠！」

アルガスは、先程の戦闘のときよりも更に満身創痍《まんしんそうい》であった。

もはや死体や残骸と言っても差し支えない有様だ。

ニックは、なんと声をかけるべきか迷った。

だがしかし、アルガスの意思を雄弁に語るものがあった。

それはアルガスに抱えられたものだ。

右手の方は、フィフスとベロッキオを乱暴に抱きかかえていた。

アルガスはそれを手放し、横たえる。

『……まだ息がある！　フィフスくんはなんとかなりそうだ……！』

フィフスは全身に激しい火傷《やけど》を負いつつもまだ息があった。

ダイヤモンドが慌てて治癒魔術を唱える。

だがダイヤモンドは、ベロッキオの方はちらりと見るだけで意図的に無視した。

ダイヤモンドも、他の仲間も、もはやこれは助かるまいと即座に理解していた。

「師匠……どうして……」

今のベロッキオの体は、死体の肉と人形を組み合わせた人工物だ。

四肢の肉はただれ落ち、金属製の骨が露出し、もはや人と物の境目さえ曖昧になっている。

人形を作ろうとして、作りかけで放置された何か。

誰かの死体であることにさえ気付かれない、そんな死体だ。

「……そう怒らないでくださいよ。いや、怒られるのも悪くはない。この歳《とし》になると怒ってくれる人もそうはいませんから……」

何かを探すようにベロッキオの腕が動く。

ティアーナはすぐに察した。

ベロッキオを抱きかかえ、自分の煙草《たばこ》のパイプを取り出してベロッキオに咥《くわ》えさせる。

「人に火をつけてもらうのは好きじゃないんですよ……いかにも貴族めいた仕草で……。しかし……悪くはないものだと……」

「師匠？」

静かに、ベロッキオは事切れた。

ティアーナの嗚咽《おえつ》が響き、カランが何も言わずに寄り添う。

カランは視線だけで、こちらのことは任せろと言ってくる。

ニックは心の中でカランに侘《わ》び、アルガスの方を見た。

「……ずいぶん伊達になったじゃねえか。冒険者くずれには似合いのツラだぜ」

ニックの挑発的な言葉に、ティアーナとカランが驚く。

だが、それを止めることもなく見守っている。

「お前、言ったよな。オレは冒険者らしくねえって。オレの流儀じゃねえって。けど、【武芸百般】は全滅した。殺されて魂も奪われて、その魂も今やどっかに消えた。お前とつるんでた『襷《たすき》の剣』も、ほまれ高い武器なんかじゃなくてただの盗人《ぬすっと》だった。流儀もなにもあったもんじゃねえ。お前が大事にしてたもんは全部消えた。それで満足か？」

鬼となったアルガスは、静かにニックを見ている。

人間のようで人間ではない。魔物と言っても差し支えない姿だが、ひたすらに瞳は静かだった。

「なんか言え！　なんか言ってくれよアルガス！　どうして大事なことに限って言ってくれねえんだ！」

『聞いても無駄だ。発声器官はオミットされ言葉を放つことはできない。今のこやつは、ひたすらにアーティファクトを破壊するためだけの存在だ』

『進化の剣』が冷徹に言い放った。

「そんなことは聞いちゃいねえ黙ってろポンコツが！」

『……ふん、黙るともさ。だがこやつの成し遂げたことは見ればわかる。そら』

アルガスは『進化の剣』の言葉に応じるように、左手に握っていたものを差し出した。

ベロッキオたちを横たえたときとは違って、それらは乱暴に床に投げ出される。

「これは……魔道具……？」

ニックの疑問に、マーデが答えた。

『これは「襷《たすき》の剣」の残骸と……魔道具……何かしらの宝珠……。そうか、魔神に捧げられた贄だ。殻を破壊すると同時に魔力源を奪ったわけか』

『どれも一級品のアーティファクトだ。恐らくこれら以外にも破壊した贄はあるんだろう。殻の魔力も大きく減ってるね……これなら時間は稼げそうだよ……！』

「使徒を通じて天使の降臨や終末戦争を引き延ばす手立ても考えられるわけだね。これは……助かるかもしれないよ……！」

ダイヤモンドとアリスが安堵の言葉を漏らし、他の面々にもその空気が伝わっていく。

しかしニックはにこりともせず、アルガスを睨みつける。

静かに佇むアルガスの口元が動いた。

それは声とはならず、だが何を言っているか、ニックはなんとなくわかった。

よくやった。

一人前の、冒険者だと。

「だから今更じゃねえか……！　オレはあんたをS級の冒険者にしてやろうと……！」

ニックが摑みかかろうとする。

だが、遅かった。肉体を保つことができずに、アルガスの体が崩壊していく。

『……物理的な意味での肉体も、霊的な意味での肉体も、保てぬ状態だったのだろう。アルガスはすべてを使い果たし、この結果をもたらした』

マーデの悼む言葉に、ニックは苛《いら》つきを隠さずに噛み付いた。

「なんでも知ってるって口ぶりだな。じゃああんたが教えてくれよ」

『……もちろんだ。すべてを話そう。だから今は生き延びることを考えろ』

「ここにいたら死ぬみてえな言い方だな」

『死ぬ。あの亀裂が噴出口となって熱と魔力が漏れ出している。このままでは爆発する』

「嘘だろ……って言いたいが、本気みてえだな」

ニックは驚き、だがますます熱風が強くなっていることに気付いた。

もはや息苦しさを感じるほどだ。

今すぐ爆発してもおかしくはないと、気配だけで理解できる。

『だがそのおかげで魔神の顕現まで数ヶ月から一年程度は引き延ばせるだろう。生きる芽が出てきたまま、全員ここで無駄死にするわけにはいくまい』

「……完全に終わったってわけじゃないんだな」

『ここまで魔神の体が具現化していると、自動修復がなされるだろう。可能な限りの遅延はできたが、発生プロセスそのものは止められない。一度は確実に魔神がこの世に顕現する……アリス』

「ええ、もちろん」

アリスが乱暴にニックとゼムを肩で担いだ。

ティアーナは涙を拭き、ベロッキオの遺体をロープでくるんで抱える。

フィフスもよろよろと起き上がり、《多重分身《ドッペルゲンガー》》を使って器用に自分自身とレオンを背負わせた。

「殿《しんがり》はワタシがやル。先頭は頼んダ」

『よし、撤退だよ！』

全員が、元来た道をひたすらに駆け上がっていく。

ほどなくして、迷宮都市が揺れるほどの大爆発が起きた。

終末にはワインを

凱旋《がいせん》、と言うにはひどく落ち着いていた。

だが敗北と言うには妙に爽やかな気配だ。スターマインホールで事の成り行きを見守っていた冒険者たちは、ニックたちを盛大に出迎え、そして事の顚末《てんまつ》を知って大いに驚いた。

この迷宮都市を危機に陥れた『襷《たすき》の剣』を破壊できたこと。

しかし魔神の脅威は去っていないこと。

手立てはこれから考えなければならないこと。

ある者は多いに落胆し、現実を忘れるために享楽に耽《ふけ》った。

ある者はニックたちに嫉妬し、功績を挙げるためスタンピード中の迷宮に果敢にアタックした。

ある者は迷宮都市の復興に私財を投じて尽力した。

ある者は当たり前のように日常生活を続けた。朝日がのぼるよりも早い時間に店のシャッターを開けてパンやドーナツを焼き、客にむけてコーヒーとともに提供した。

そして【サバイバーズ】は、休んでいた。

キズナはずっと《合体《ユニオン》》をしていた反動で、スターマインホールの地下で治療、というよりかは修理を受けている。命には別状はないらしいが、まだ話せる状態ではなかった。

ティアーナは、サンダーボルトカンパニーにいる。そこの社員らと共にベロッキオの遺品整理をしつつ、彼らとベロッキオについて語り合い、悲しみを共有していた。

カランはまだ忙《せわ》しなく活動している。立派な迷宮都市テラネの法衣《ほうえ》貴族として活動するカランを見て、ニックは大いに驚きつつもどこか納得していた。誰にでも胸襟を開いて会話することのできるカランに、少々の寂しさと誇らしさを感じていた。

ゼムは消耗が激しく、しばらくスターマインホールの病室で寝込んでいたが、動けるようになった直後に遊びに出かけている……と思いきや、夜の街で暮らす人々の相談に乗っているようだ。カランに陳情して食料や生活物資の援助などをお願いしていた。建設放棄区域《ガーベージコレクション》にも顔を出しているようで、一種の顔役のような立場になりつつあった。

皆が思い思いの生活を続ける中で、ニックはとある酒場の前に来ていた。

何気ない路地裏にあるが、治安の悪さやうらぶれた雰囲気はない。立派な木の扉の、どこか高級さを感じさせる佇《たたず》まいさえある。

周囲の飲食店と同様にカーテンが閉まっており、休業中かと思いきや扉には「本日貸し切り」の看板がぶら下がっている。

「ここでいいのか、本当に……？」

「まごまごしてないで、早《はよ》う入れ。おぬしが主賓なのじゃからな」

ニックの疑問に答えるように、扉が開かれた。

そこにいたのは、懐かしい顔であった。

「あ、女将《おかみ》。久しぶりだな……っていうか、ここもあんたの店なのか？」

「妾《わらわ》の本業はコンサルティングよ。ま、料理の真似事《まねごと》も嫌いではないがの」

くっくと笑いながら女将はニックを店内に案内する。

以前の女将の店とは違い、宿を兼ねた酒場ではなく酒場のみのようだ。廊下や壁の板は高級感があり、賓客をもてなすというコンセプトらしきものを感じる。

「そうかしこまるな。前におぬしを世話してやったときの店の方が高いんじゃぞ」

「え、そうなのか？」

「居心地がよかったじゃろう？　もちろんこの店はこの店の居心地というものはあるがの。今回の騒動の功労者はおぬしで、会計はやつらじゃ。せいぜい高い酒を飲んでやれ」

「……なんかキャラ変わってないか？　髪染めたみたいだし」

「ふふふ、そういうこともあるさのう」

もう少し素直な人間だったように思うが、恩人の無事にニックは安堵《あんど》した。

無事だったみたいで安心した、丁稚《でっち》は元気にしてるか。あやつは炊き出しに行かせておるよ。などと何気ない雑談を交わせることに、妙な面白みや幸福を感じた。今の世の中、それを味わえる機会が少ないとニックは肌で感じている。

ニックが案内されて歩く廊下の奥には、小さな個室があった。

窓は分厚いカーテンで閉ざされており、古めかしいオイル式のランプが温かい光で部屋を照らしている。わずかに廊下の方にも光が漏れていて、そこから人の気配が感じられる。

部屋の中ではアリスが先に座り、すでに一杯引っ掛けていた。

「はえーよ」

「これ、客が来る前に飲む者がおるか」

「サムライアリー秘蔵の酒だ。金貨を積んでも飲めるものでもないし、味わわせておくれよ」

まるで勝手知ったる我が家のごとく振る舞うアリスに、ニックと女将が苦言を呈する。

だがアリスはまるで気にせず、ワインをグラスに注いでニックに差し出す。

そのテーブルにある席は三つだ。

一つにニック、斜め前にアリスが座り、そして座るわけではないがニックの対面にマーデの鏡が置かれている。

『もっと言ってやってくれ。この子は少しばかり手癖が悪い』

「だそうだが？」

「証拠物件を預かるのは騎士の正当な権利だとも。この店、サムライアリーの管理物件であることが露見しないように色々と工作しているだろう？」

「それを知りながら酒を楽しむおぬしは、袖を下を受け取ったようなものじゃの。料理を持ってくるから悪巧みでもなんでもしておるがよい」

そう言って、女将は肩をすくめつつ厨房《ちゅうぼう》へと去っていった。

「お前ら、知り合いだったのか？」

「彼女はサムライアリー。結界魔術の妙手で、『襷《たすき》の剣』に聞かれないよう作戦を練るのに手伝ってもらった。カランちゃんのことも助けてくれてたよ」

「え、そうなのか……？　どっからどう見てもやり手の女将にしか見えないんだが」

目を丸くするニックに、アリスは安心したような微笑《ほほえ》みを浮かべた。

「ところでニックくん、体調の方は問題なさそうだね。安心したよ」

「…………まあ、大丈夫だ」

ニックは、何やら複雑な表情を浮かべながら頷《うなず》いた。

「もしかして、調子が悪いのかい？」

「調子が悪いわけじゃない。普通だよ。それが怖い」

「怖い？」

ニックの歯切れの悪い言葉に、アリスが首をひねる。

「相当な時間《合体《ユニオン》》してたんだが、反動が想像より全然少ねえ。正直、死んだり寝たきりになってもおかしくなかったと思うんだが……」

『「修羅道武林《しゅらどうぶりん》」は、そういう場所だったのだと思う』

マーデがニックの疑問に答えた。

「そういう場所って、どういうことだよ」

『あそこはもとより、人間を覚醒に導くための試練として建設された場所だ。高等な魔術に耐えうる魂として錬磨されたのであれば、反動ダメージの減少にも説明は付く。そもそも《合体《ユニオン》》の反動とは魂が無理矢理《むりやり》高い位階へと引き上げられたことによる摩擦なのだからな』

「先生は流石《さすが》に博識だな」

『……私を先生と呼んでくれるか』

マーデはどこか嬉《うれ》しさを隠しながら尋ね返す。

「呼ぶさ。オレを探していてくれたんだろう。アリスも……そう、オレのことを保護してくれてたんだな。悪い。忘れてて」

「被害者には事件のことなんて忘れてもらう方が、騎士としては嬉しいんだけどね」

ニックは、迷宮『修羅道武林』から戻って数日、死んだように眠っていた。

体力や魔力を使い果たしただけではない。【武芸百般】に関わる物事に一応の決着がついた。アルガスの死をもって。

大きな喪失を経験したニックの精神は、長い休養を必要としていた。

だが休養によって得たものもある。

「なんか寝てたら色々と思い出したわ」

それは、記憶だ。

『……そうか』

「けど、それが本当のことかどうかはわからねえ。親父《おやじ》も、お袋も、マーデ先生が何者なのかは直接は教えちゃくれなかった。まさか与信王なんて仰々しい二つ名があるとは思ってなかった」

マーデの正体も思い出した。

ニックの両親は、マーデの部下だった。

そしてニック自身も、マーデと話をしたことは何度となくあった。

『だが、薄々気付いてはいた。恐らく会話が漏れ聞こえていたこともあったのだろう？』

マーデの問いかけに、ニックは首肯した。

「ディネーズ冒険者信用金庫。オレの親にとって旅商人は偽りの姿……いや、偽っていたわけでもないか。生地とか黒油とかの取り扱い商品の中に、融資や保険があったってだけの話だ」

『ついでに、退職代行をすることもあった』

「なんだそりゃ……って、『襷《たすき》の剣』か」

『ああ。他にも古代の奴隷契約に縛られた長命種族がずっと貴族や王族に臣従を強いられたり、門番として雇われていたり……ということが時折あった。そんなときに古代法に照らし合わせて解呪や契約解除の魔術を使うということもしていた』

「じゃあ……アルガスにはそういう善意で近づいたのか？」

『目的は「襷《たすき》の剣」の弱体化であった。だがリチャードとロビンは粘り強く何度も交渉し、友誼《ゆうぎ》を結んでいたと思う』

「……そのあたりの会話も、少し覚えてる。景気や天気、ただの世間話をしたり、人生相談してるように見えて、親父たちは情報交換と交渉をしてた」

『ほう？』

「最近、雇い主が横暴で困るとか。あるいは親父が競竜の感想にかこつけて、『スパートのタイミングは慎重に見極めなければならない』とかなんとかかな。あと、冒険者の冒険譚《ぼうけんたん》や英雄譚を引用して、『あれこそ真の男というものだ』とか『勝つか負けるかではない。本当の敵に挑む勇気を持つ者こそが冒険者だ』とか『男は多くを語らず背中で語る』とかな。……あ、アルガスが冒険者にこだわってたのって、親父の受け売りが多いんじゃねえか？」

『リチャードは、真顔で冗談を言う男だった。一見、おおらかでダンディズムに満ちた旅の男だったが、中身は割と軟派でな。本気なのか嘘《うそ》なのか私でさえ一瞬迷うときがあったさ』

マーデが、何かを懐かしむように微笑む。

「……アルガスは『襷《たすき》の剣』と手を切る方法を探してはいたが、迷ってもいた。親父たちの会話も、少し覚えてる。そう、あれは……まるで親父たちがアルガスの人生相談に乗っているような、そんな印象だった」

ニックが目をつぶり、記憶の中の両親の姿を思い描く。

この店でどんな会話をしていたのか。

あのときと同じ席に座り、あのときの会話を耳の奥底、記憶の水底へ潜り拾い集める。

「アルガスは確か……今の雇い主に雇われ続けるべきか、新しい仕事を取りに行くべきか迷っていると、そう話した。親父は、新しい仕事をするのが人生の冒険というものだと背中を押した。だが、あの日アルガスは話をするうちに、次第に表情が曇った。必ずしもアルガスが『襷《たすき》の剣』から離れることが良い方向に向かうわけじゃないと気付いた」

『……ああ』

「アルガスは『襷《たすき》の剣』との契約に縛られてたと同時に『襷《たすき》の剣』もアルガスに縛られてた。互いが互いに、ルール違反をしてねえか監視するような状態だ。実際、『襷《たすき》の剣』はアルガスとの契約破棄によって自由に力が使えるようになっちまったわけで」

『……その情報を持ち帰っていれば、「襷《たすき》の剣」の暗躍を防ぐ手立てを練ることができただろう。だがそうはならなかった。何故《なぜ》、二人は殺された？　アルガスは、リチャードたちに裏切られると思った？』

その質問に、ニックは渋い表情を浮かべて顎に手を当てた。

「……オレが思うに、あれは単なる偶然だ」

『……偶然か』

「オレたちが乗ってた馬車が盗賊に襲われた。冒険者くずれが結成した盗賊団で、集団戦法は稚拙だったが腕は悪くない。バカだが強いって、冒険者の典型だった。『襷《たすき》の剣』が手を差し伸べてなけりゃ、早々に太陽騎士に捕まるか、建設放棄区域《ガーベージコレクション》に転がり込むようなタイプのな」

「調べたのかい？」

アリスが尋ねた。

「ああ。だがそのあたりはアリスの方が詳しいんじゃないか？」

その言葉に、アリスの表情が陰る。

ニックの両親の死亡した現場を調査したのは、アリスであった。

アリスが太陽騎士として管轄する場所で起きた事件だ。

本来であれば真っ先にアリスが到着し、盗賊を捕らえなければいけない立場であった。

だが、アリスは太陽騎士団内のエリートだ。上役や都市の貴族との会議、あるいは会議という名の接待に時間を取られ、現場で活動する時間は限られており、抑止できたはずの稚拙な強盗事件さえ見逃してしまっていた。

「……もちろん、覚えているよ」

「別に皮肉を言ってるわけじゃねえよ。むしろあんたには助けてもらったんだ。あんたのことも今まですっかり忘れてて……まあ、悪いと思ってる」

ニックが恥ずかしそうに視線をそらした。

「ふふ、構わないさ。あのときのように甘やかしてあげようか？」

「やめてくれ、ガキじゃあるめえし。それよりも、事件の話だ」

「なぜ偶然だと思った？」

「……アルガスから『あいつらに喧嘩《けんか》を売るな』と言われてた冒険者やゴロツキがいた。バックにヤクザ者が付いてるとかなんとかな。けどその中に、どうもヤクザ者とつるんでる様子もないのに妙に警戒されてる連中がいた。強いことは強かったと思うが、特筆するほど何かがあるようにも見えなかった」

「姿を見せない上役がいたんじゃないか？　『襷《たすき》の剣』みたいに」

「ああ。同士討ちを避けるためにイザコザは避けろって言ってたように思う。……だが同時に、こうも言ってた。万が一ってこともある。向こうから因縁を付けられたときとか、どうしても退《ひ》いちゃいけねえ理由があるとか。そういうときは……」

そこでニックの声が、沈む。

「躊躇《ちゅうちょ》なく、殺せ」

アリスとマーデは、その暗い響きに耳を傾ける。

「間違いなくそう言われた。後始末も仲間に任せろってな。幸いそんなことは一度もなかったが、あれは本気だった」

「魔神崇拝者と対立したなら、半端に禍根が残るよりも命を取って片付けろ。その後始末はアルガス氏が請け負う。キミの両親の仇《かたき》を取ったときのように。そうだね？」

ニックがアリスの質問に首肯する。

だが、マーデが異を唱えた。

『おかしくはないか？　魔神崇拝者の中で同士討ちしてしまったら、殺したことも「襷《たすき》の剣」に露見するはずだろう。殺さず和睦する方が得策に思うが』

「いや……案外そうでもないと思う。盗賊のような魔神崇拝者は恐らく、『襷《たすき》の剣』が何か仕事を命じる前に死んでしまうことも珍しくはないだろう。ある程度の損耗は計算に入れていたんじゃねえか。あるいはアルガスが規律維持のために見せしめ的に殺すこともありえた」

ニックの言葉に、アリスが頷いた。

「だと思う。それに盗賊相手とはいえ、完膚なきまで皆殺しにするなんて、あのときしかしなかった。【武芸百般】にいた頃に盗人《ぬすっと》と遭遇したことはあったが、無力化する程度で、太陽騎士団に任せてたしな。だから……恐らくオレたちを襲った盗賊も、魔神崇拝者だったんじゃないだろうか」

その言葉に、マーデは得心がいったように頷いた。

『……なるほど』

「カランちゃんとダイヤモンドさんに聞けば裏は取れると思うよ。『襷《たすき》の剣』に触れて、誰が魔神崇拝者だったのかを詳細に把握してるはずだから」

「そこは任せる。どっちでもいいさ」

ニックが、面倒くさがるように肩をすくめた。

「ともかくアルガスは後腐れをなくすという名目で……だが実際は、ディネーズ冒険者信用金庫と交渉してた事実をすべて隠すため、全員を殺すってことにしたんだと思う。魔神崇拝者が迂闊《うかつ》な強盗をしてたってことで、『襷《たすき》の剣』に対して粛清だったって言い訳もできる。むしろ恩を着せられるだろうよ」

「魔神崇拝者側の駆け引きってことかい」

「ああ。それに仮にあの場で親父とおふくろが助かったとしても、どこかでアルガスと接触していた事実を元に身元が割り出された。結局、親父とおふくろは詰んでたし、あの場でアルガスに殺されなかったら『襷《たすき》の剣』に気付かれてもっと悲惨なことになってても不思議じゃねえ」

ニックはそう言って、諦めの滲《にじ》んだ溜《た》め息《いき》をついた。

「けれど、それは結局のところキミの関知しない事情にすぎない。殺害したアルガス、そしてキミをその状況に巻き込んだ人々に怒りを覚えるのは、正当な権利だ」

「わかってるさ。恨みはある。今もな。……ただ、ちょっと考えちまうんだ」

「考える？　何を？」

「あの野郎は、結局何を考えて、何をしたかったんだろうな」

「ニックくん……」

「納得したかったんだ。オレの親を殺しておいてどの面下げてオレを育てたのか。あいつが自分の師匠のオリヴィアも殺したことも……オリヴィアが死を受け入れてオレを守ったことも。もうそれを聞けねえのが、苛《いら》つくよ。勝手に死にやがって」

ニックはそんな言葉を吐き捨てる。

だが空気の重さに気付いてそれを払拭するように話題を変えた。

「あ、いや、そんな深刻な話じゃねえよ。気にしないでくれ。別にそれがわからなきゃ死ぬようなことでもねえし」

『しかし、ニック。その痛みは大事なものだ』

「そうかもしれねえ。けど、もう会えないと思ってた先生に会えたことは純粋に嬉しいし大事なことだよ。……今も心配してくれてるのもわかる。ありがとうな」

穏やかに感謝を伝えるニックに、マーデは顔を赤らめる。

『し、しかしだな。私は長い間、きみを助けようとしなかった』

「けどあんたはアルガスとも交渉を続けて、こっちの安否を確認して見守ってくれてた。なら恨む筋合いはねえよ」

『そう、だが……』

「親父もおふくろも、あんたを雇い主とすることのリスクは重々わかってたはずだ。冒険者が魔物に殺されるのと同じように。オレを守るために死んでったなら……誇りに思うよ。あんたは？」

『私は、数多くの人間を雇ってきた。あの二人、そしてきみと旅をするのは楽しかった。二人は私が破壊されないよう、そしてきみが生き延びられるように可能な限りの手を尽くし、今回の勝利に繋《つな》がっている。誇りに思うともさ』

「ならいいじゃねえか」

屈託のないニックの言葉に、マーデもつられて微笑む。

『人生の問いに、納得を得るのは難しい。得られぬまま倒れる者も少なくはない……いや、得られる者の方が少ない。戦いが終わった以上、平和の中で考え続ける他ないだろう』

「そうだな……って、いや、待て待て。全部終わったって空気になっちゃいけねえだろ」

『うん？　どうした？』

「魔神が復活するんだろ。これからが戦争の本番だろうが」

ニックが、緊張と共に言葉を絞り出した。

新たな、そして最後の戦いが来るという予感を呑《の》み込《こ》むために。

「おや、魔神と戦いたいのかい？　それなら助かるよ」

だがその言葉に、アリスは嬉しそうに頷いた。

『であれば歓迎しよう。前線に行きたいか、後詰にしたいか、そこはパーティーとして相談したまえ。私にもその程度の要望を通すコネクションはある』

そしてマーデも同じく顔をほころばせている。

「待ってください頭取。ニックくんは功労者だ。太陽騎士団の臨時職員にもなっているんだから、こちらに配置してもらわなきゃ」

『しかしだな』

二人が和気あいあいとニックの処遇の綱引きをしている。

それを見てニックはますます困惑を深めた。

「待て待て待て。なんか……魔神討伐に参加してもしなくてもいいみたいなノリはなんなんだ」

「だって、ニックくん自身、魔神のことはどうでもいいと言ったじゃないか」

「……………………そういえば、言ったっけな」

ニックは、渋い顔で顎に手を当てて思い出した。

『そもそも魔神討伐は総力戦だ。ディネーズ聖王国のみならず多国間の協力の下、魔神討伐のための混成軍が編成されるだろう。個人個人の武勇だけで解決できる問題でもなくなる』

「え、そうなのか？」

『もちろん志願すれば混成軍に入れるとは思う。【サバイバーズ】と【一人飯】の功績は大きいだろう。なにより、純粋な強さとしてきみらは聖王国内の騎士やS級冒険者たちと比較してもトップクラスだ。「修羅道武林」をくぐり抜け、「襷《たすき》の剣」の猛攻を耐え抜き、そして打倒したきみらは大きく成長している。だがそれでも死の危険は高い。「修羅道武林」のときよりもな』

「……あのときよりも、か」

ニックがうんざりした様子で言葉を返した。

『迷宮都市のみならず、周辺の土地、そして数ある迷宮すべてがが焦土と化すような激しい戦闘……いや、戦争となるだろう。これぱかりは避けられない。犠牲者もどれだけの数に上るだろうか』

「それは、天使が来るからか？」

『天使が来たら大陸すべてが残らない可能性もある。それよりは遥《はる》かにマシだ』

「……そんなこと言われて、戦わなくてラッキーって引き下がっていいのかよ」

ニックがうんざりしながら尋ねる。

だが、マーデとアリスは冗談一つ交えずに頷いた。

『その権利は、ある』

「ああ。誰にも奪われることのない神聖な権利だ。すでにキミらは、魔神戦争における先鋒《せんぽう》として戦果を挙げているのだから」

「戦果。戦果ねぇ……。好き勝手やっただけだがな」

ニックが、皮肉げな表情を浮かべながらカーテンを開け、窓の外を見る。

そこには日常が戻りつつある。

物売りが練り歩き、冒険者や商人が行き交っている。

やがて焦土になるとは思えぬほどに、平和だ。

『そんな言葉で戦いの価値、勝利の価値が毀損されることはない。迷いなく捨ててよいものではないものだ。迷い、考え、話し合い、その上で決断してほしい』


「よう」

「おはようだゾ」

「お久しぶりです」

「ふぁーあぁ……ねむ」

「まったく、揃《そろ》いも揃ってしけた顔しとるのー。迷宮都市を救ったんだからしゃんとせんかい！」

久しぶりに、【サバイバーズ】の五人が集まった。

場所は、冒険者ギルド『フィッシャーメン』の、端っこのテーブルだ。

何度となく来た場所であり、不思議なまでの懐かしさをニックたちは感じていた。いつもここで何気ない雑談をし、趣味について語り、報酬を分け合い、そして冒険について話し合った。

「なんか……妙に気まずいな」

ニックがぽつりと言うと、一拍置いて盛大な非難が飛んできた。

「あんたのせいでしょーが！」

「こればかりはニックさんの自業自得です」

「そうだゾ。ゼムとキズナを巻き込んで突っ走っテ」

「死ぬかと思ったのじゃぞ！　一回どころか百回は死んだわバカモノ！」

そして口々にニックを除く四人が愚痴と叱責で盛り上がり始める。

あれは大変だった、あれはつらかった、あれは死ぬかと思ったと、リーダーに対する不満が迷宮チキンのようにぐつぐつと沸き、煮えたぎる。

「わ、悪かった！　悪かったって！」

「ほんっとーに悪かったと思ってるんでしょーね？」

「……二度としねえ。すまなかった」

ニックが、神妙な顔をして頭を下げた。

「まったく。そうしてよね。ま、次やったら生きてるかさえわかんないけど」

「ああ。オレたちが生き残ったのは、奇跡……いや、奇跡って言葉だけで済ませていいもんでもないな。オレたちを助けるために死んでった連中もいるんだ」

「……そうね」

「ティアーナは、大丈夫か？」

ニックが、心配そうにティアーナに尋ねる。

だがティアーナはむしろ意外そうな表情を浮かべた。

「ん？　ああ、こっちのことは変に気を使わなくていいわよ。あの場では狼狽《うろた》えたけど……よく考えたらちょっとイライラしてきた」

「イライラ？」

意図が摑《つか》めず、ニックがきょとんとした。

が、ティアーナはその言葉通り、わなわなと拳を握りながら話を始める。

「……師匠は、《死魂爆雷《デッドマンズバルーン》》をやるチャンスを虎視眈々《こしたんたん》と狙ってたのよ。なんでかわかる？」

「そりゃ、『欅の剣《たすき》』を倒すためじゃ……」

「それは結果論。完全に好奇心が目的にすり替わってたわ。手段と目的が逆転するのが師匠の悪癖なのよ。だから過度に感謝しなくていいわ。後始末の諸々《もろもろ》は全部弟子任せだったし。っていうかまだまだ残作業があるのよね……あ、吸っていい？」

カランが頷くと、ティアーナが煙管《きせる》に葉を詰めて火を付ける。

疲労が具現化したような紫煙がティアーナの口から吐き出される。

「な、なんかずいぶん疲れてるな」

「サンダーボルトカンパニーにハボックさんとか他のお弟子さんとかいて、今まで知らなかった師匠のこととか色々聞くうちに、思ってた以上のダメ人間だってことがわかってきたわ。こう……なんていうか……同じ学校にいたわけじゃないのに、同窓会でダメ教師の愚痴で盛り上がってる感じがするっていうか……」

ティアーナがくすりと笑う。

今、ティアーナはサンダーボルトカンパニーの臨時職員のような身分になっていた。そして、社長であるハボックはベロッキオの一番最初の仲間であり、そして弟子であったそうだ。

「ベロッキオ師匠の破天荒な行動の尻拭いをしてきたのがあの人ってわけね。一戦交えてちょっと気まずかったけど……なんか話してたら妙にウマが合うのよ。で、ハボックさんと一緒に師匠の遺品整理したり、デッドマンズバルーンの構成員の処遇を太陽騎士団と相談したりしてるうちに……未解決のタスクとか封印しなきゃいけなそうな魔道具とか色々掘り起こして……」

「封印しなきゃいけない魔道具ってなんだよ」

「聖剣を破壊するための魔剣を作ろうとしたけど、結果的に持ち主の魔力を吸い取りすぎて殺しちゃう失敗作とか……。聖剣に封じ込められた魂を破壊する目的の爆弾だけど、結果的に狙いが定まらずに周辺一帯の生き物を爆殺しかねない代物とか……。他にもヤバいのが幾つかあって、三分の一くらいは処理できたんだけど……」

「聖剣を破壊できるとしたら、古代文明級のシロモノじゃぞ。確かに常人ばなれしておったが」

キズナが呆《あき》れとも賛辞ともつかない感想を漏らした。

「そーよ。まったく困ったもんね。でも……」

「でも？」

ニックが聞き返すと、ティアーナが笑った。

「ちょっと楽しいかも」

「お前も根っからの冒険者だな」

ニックが笑うと、ティアーナが「うるさいわね」と憎まれ口を叩《たた》いた。

寂しさや悲しさが混ざりつつも、未来に目を向けている。

そのティアーナの姿を眩《まぶ》しく、そして心強くニックは思った。

「で……ゼムは、忙しそうだな」

「現状でさえ難民状態の人がたくさんいますしね。色々と大変ですよ」

ゼムは眠たげな目をしながら肩をすくめる。

しかし、どこか充実した雰囲気がある。

「なんか楽しそうだな」

「不謹慎ですが、ちょっと楽しんでいるかもしれません。建設放棄区域《ガーベージコレクション》の人と協力してバラックを作ったり、炊き出しをしたり。まあ……これから来る魔神戦争を考えると、ずっとこのままというわけにもいきませんが」

ゼムは今、家をなくした人や迷宮都市から疎開できなかった人、建設放棄区域《ガーベージコレクション》などが一体となった自治会の幹部のような形になっている。馴染《なじ》みの酒場《キャバクラ》で怪我人《けがにん》を治療したり、食事の手配を手伝っていたら自然とそうなっていった。

しかも、『襷《たすき》の剣』を倒して一時的に平和をもたらしたということで、自治会の看板のような扱いになっているらしい。

その美貌のみならず、分け隔てない性格、そして誰もが認めざるを得ない武勇によって、ゼムの言葉には多くの人々が耳を傾ける状況になっていた。

「冒険者の仕事もよいですが、本来の神官らしい仕事も悪くはないですね。神官くずれにしては少しできすぎといいましょうか」

「本来の神官様が裸足《はだし》で逃げ出すようなところで働いてるんだ。むしろ神官より立派じゃねえか」

「おかげで酒場に行くと、いやあ、実に……モテましてね。不徳の極みですので、立派な神官とは自称できません」

ゼムが意地の悪い笑みを浮かべ、ニックがくっくと笑った。

他の三人は相変わらずのゼムの悪癖に苦笑するのだった。

「……ゼム。預かってるものがあル」

そして笑いが静まった頃、カランが神妙に話を切り出した。

「預かっているもの？　なんですか？」

「えっと、受け取るか受け取らないかは自分で決めてほしいんだけド……」

カランがあるものをテーブルの上に出した。

それは、一枚のメダルだ。

ペンの意匠が描かれているもので、これは知識を尊ぶメドラー神を意味する。

メドラー派の神官だけが持つことを許された、一種の身分証明のようなものだった。

「む……しかもこれは……上級神官のメダルですね」

ゼムの表情が険しくなった。

ニックたちは、ゼムの経歴をよく知っている。まだ正式な神官だった頃、上級神官に推薦されたことで同輩たちから妬みを買っていた。

直接的には、ゼムの苦難は冤罪《えんざい》で訴えた少女が原因ではある。

しかしゼムは、ゼムを妬んだ神官たちがその子を唆したことを察していた。

「おいおい、カラン……」

「い、いや、わかってル。ただ、ワタシの一存で蹴っていい話かもわからなくテ……」

ニックに怒られる気配を察し、しょぼんとカランが肩をすくめる。

「大丈夫ですよ。少々複雑なものを感じはしますが、事情もわかります」

「これまでの功績を評価して、この地区の上級神官となってほしイ……って話なんだけド……それは表向きの話っていうカ」

「破門された神官が活動して、正規の神官の仕事を奪ってしまっては神殿の面子《メンツ》が丸つぶれですからね。……しかしこの状況の迷宮都市で私のように活動できる神官など、そうはいないでしょう。一部の神官は我先にと迷宮都市から退避しましたから、信頼を取り戻すのは一苦労です。神殿にとっても苦肉の策、ということでしょう」

「ぶっちゃけそういうことだと思ウ」

「ただ疑問もあります。私が神官を辞めた経緯を考えると色々と批判もあるでしょうからね」

「それなんだけド……。なんか、メドラー神殿の偉い人がゼムについてロディアーヌの町に問い合わせたら、色々とおかしなことになったっテ」

「ロディアーヌ？」

「僕が神官をしていた町です」

「ふーん……で、おかしなことって？」

「ゼムの記録を求めても出してこなイ。何度も催促して、ようやくその町の大神官が病いで臥《ふ》せってて回答が遅れるって連絡が来たって言ってタ。雑な裁判をしたから書類が揃ってないんじゃないかって疑ってル」

「……ほう」

「で、回答が来ないから問題なしでメダルの発行を押し通せたっテ。詳しいことはメドラー神殿で聞けると思ウ」

「……ちょっと面白くなってきましたね」

ゼムが微笑む。

その危険な気配に、全員の体にぞわりと恐怖が走った。

「あー、ゼム。マジで大丈夫か？」

ニックが心配そうに声をかける。

「大丈夫ですよ。何も報復のために無茶《むちゃ》をしようとか考えていません。今の生活の方が大事ですしね。ただ、何も知らずにいるよりは知っておきたいとは思ってます」

「じゃあ、受け取るカ？」

「もらえるものはもらっておきましょう。なに、面倒事があればまた破門されればいいんですよ」

ゼムの茶目っ気たっぷりの言葉に皆が驚き、そして笑った。

「流石じゃの、ゼムは。この図太さを見習うがいいわ」

「まったくだ、負けたよ」

キズナの言葉に、ニックは笑いながら降参とばかりに手を上げた。

「すごいナ、ゼムは」

「いや、一番すげーのはお前だよ」

ニックは改めてカランを見て、驚きを隠せずにいた。

サングラスはつけてはいないが、服装は白いスーツのままで、やり手のセールスマンや芸能プロデューサーと言われても信じてしまいそうな佇まいだった。服に着せられてるという印象さえなく、ごく自然と着こなしている。

「そ、そうかナ？　これ、ダイヤモンドのセンスだし似合ってるかわかんなイ」

「似合ってるよ。立ち居振る舞いも堂に入ったもんだし」

「う、ウン」

カランは気恥ずかしげに、髪をいじりながら視線を外す。

だがニックはそんなカランに気付かずに話を進める。

「しかしそういう格好の似合うやつってだいたい過労気味というか……休んでるか？」

「そういう格好の似合うやつって、なんか褒められてるのかわかんないゾ」

「…………ほ、褒めてる」

「嘘だゾ。絶対に嘘」

「そ、それより、休んでないならそういう言い方にならねえよな。ちゃんと休めって」

図星だったようで、カランは反論できずに渋々頷いた。

「だって、やること多すぎダ。ウチの上司は迷宮都市の都市機能を半年以内に移転するから馬とドラゴンをとにかく借りてこいって言うし、ダイヤモンドは青空チャリティーライブやるって言うし、もーみんな言うことやること無茶苦茶ダ」

「そもそも、一体どういう流れでダイヤモンドと一緒に芸能プロデューサーだか官僚だかわからん仕事をするようになったんだ。ざっくりした話しか聞いてないから全然わからねえよ」

「あー、それは……」

カランが、ニックの質問に頷いて話を始めた。

全員が興味津々に耳を傾ける。ティアーナもある程度は聞いていたが、それでも多忙さゆえにすべての経緯を知っているわけでもなく、ニックたちと同様の心境であった。

「まず、呪いから目が覚めた後、すぐにダイヤモンドから『聖剣の所有者にならないか』って誘われたんダ」

呪いを克服して体を動かせるようにするためダイヤモンド……聖剣『響の剣』を手にしたこと。

探偵ヘクターから探偵の仕事のいろはを教わったこと。

正式な官職と身分を手にしたこと。

デッドマンズバルーンや『襷《たすき》の剣』に対抗する手がかりを探すうちに、ディネーズ冒険者信用金庫に辿《たど》り着《つ》いたこと、ティアーナを間一髪で助けたことなど、順を追って話していく。

それは、冒険者の生き様とはまた違った、一つの冒険小説であった。

すべてを奪われた少女が立ち上がる、勇敢で、誇らしく、どこかユーモラスでもあるが、これを聞いた人はきっと思うだろう。そんな英雄がいるわけないじゃないかと。

だが、ニックたちはそれがここにいることを知っている。

「な、なんで泣いてるんダ。泣くことないだロ」

気付けばニックは、涙を流していた。

「いや、なんか……すまん。本当、すまねえ」

「オレが不甲斐《ふがい》ないから、とか言ったらぶっ飛ばすゾ」

カランが腕を組んで、不機嫌そうにふんと鼻を鳴らす。

「わかってるよ。すまねえ……っていうのも、違うな。よくやった。お前は立派だよ」

その言葉で、カランの何かに罅《ひび》が入った。

それは鎧《よろい》であり、枷《かせ》であったものだ。

【サバイバーズ】のカランは、ニックを信用していた。ニックが判断を誤っていないか疑ったこともあるし、そもそも、金貨や銀貨といった現金を預かっているのはカランだ。全員が変な使い道や横領をしないか監視する立場にあった。

だがそれでもカランが積極的に自分の意見を出したのは、メンバーとして、仲間としてのものであり、ニックのリーダーの素質を疑ったことはほぼない。一人前になるため、また騙《だま》されないようにするため、考えることを要求され、カランはそれに応え続けた。カランはいっぱしの冒険者になったと思っていた。

だがカランは【サバイバーズ】が実質の解散状態となり、自分の意思で『響の剣』を握り、テラネ領主館古代文化保全部災害調査室室長という仰々しい名の職を手にし、誰かに命令する立場になって、ようやく感じた。

誰を疑い、誰を信じるべきか。何を学び、何を見て、誰の話を聞き、あるいは聞かないか。そして部下を率いて何を目指し、どこへ行くべきか。その重責を担った瞬間に襲いかかる絶対的な孤独は、自分の持つ聖剣の優しい言葉や、部下たちの労《いたわ》りだけでは決して癒やせないものがある。

だからカランは、今まで頭と体に叩き込まれた教えで身を鎧った。

あのときニックだったらどう考えるだろうか。ティアーナだったらどう言うだろうか。ゼムだったらどう聞くだろうか。キズナだったらどこを観察するだろうか。

それは必ずしも各人を模倣できたわけではない。なぜならばニックたちによる基礎的な教育に加えてダイヤモンドとヘクターが施した様々な専門教育、そしてカラン自身の「根本的に正直者である」という素質がすべて結びついたとき、「話を聞く」、「真贋《しんがん》を嗅ぎ分ける」、「人を口説き落とす」という能力は、他の【サバイバーズ】のメンバーの能力を凌駕《りょうが》していたからだ。

だがそれでもカランは鎧に頼り、願い続けていた。

ここにみんながいてくれたら、と。

カランは鎧に問い続けた。みんなだったらもっとうまくやれていたのではないか。重苦しくのしかかる問題を、謎と嘘に満ちた世界を、スマートに解き明かしてくれるのではないかと。

それは『欅《たすき》の剣』を倒した後にも苛《さいな》まれ、だが今、カランはニックに言われてようやく納得することができた。

最高の結果をもたらしたかどうかはわからない。

それでも最善を尽くしたのだと。

「ウン……がんばったんダ……みんな、いなくて寂しかったけど……がんばったんだゾ……！」

しばし、カランは泣いた。

それを【サバイバーズ】の皆が、優しく見守り続けた。


カランが落ち着いた頃、ティアーナはおずおずと質問した。

「ところで、呪いの方は大丈夫なの？」

「ウン。あれから体力も戻ってきてル。これは制服みたいなもんだから着てるけど、本当は脱いでもいいくらいダ」

「そう。よかった……本当によかった」

「てか、その服着てるってことは……ダイヤモンドはいるのか？」

「いるわけないだロ。いたら絶対に話に交ざってきてル」

「それもそうか」

カランが着ている白いスーツは、半分は《合体《ユニオン》》をしているときの鎧のような思念外装……装着者のイメージと魔力から作り出した物質である。

そしてもう半分は、この世に存在している生地だ。魔力を豊富に含んだミスティック・モスという蛾《が》の繭から取り出した糸によるもので、『響の剣』の魔力が備わることで様々な力を発揮する。

『響の剣』と別行動を取っている現状でも、カランの筋力不足を補うサポート機能はある程度発揮できるらしい。

「ダイヤモンドは今もバリバリ働いてル。ワーカホリックなんだヨ。あいつこそかなり無茶したんだから休めばいいのニ」

「ふむ……」

その言葉を聞いて、ゼムが顎に手を当てて何かを考え始めた。

「ゼム、なにか気になるのカ？」

「……キズナさんは、あれから大丈夫ですか？」

「む？　わ、我か？　なぜじゃ？」

ゼムに体調を聞かれて、キズナは妙に驚きながら聞き返した。

「それは、あれだけ酷使させてしまったわけですから心配にもなりますよ」

キズナを心配しつつ、少々の非難を込めてゼムはニックを見た。

「そこも謝るしかねえ。どれくらい《合体》《ユニオン》してたんだっけ……」

「……一〇五時間四三分一〇秒。我が製造されて以来、新記録じゃの」

「ひゃ、ひゃくごじかん!?」

その言葉に、ティアーナとカランが絶句した。

「いや、我に限らず儀式魔術《合体》《ユニオン》を詠唱し、合体事故や死亡を除外して正常な術式として成立した記録としても世界新記録と言っても過言ではないじゃろう」

「よくもまあ生きてられたもんだな……」

「我がことながら、少々驚きです」

ニックとゼムは、実際そのくらい活動していた、あるいは体感としてはもっと長かったかもしれないとしみじみ思い出していた。

今、無事でいられるのが一種の奇跡のようだとニックは思う。

「……病院行くわよ」

「え、いや、大丈夫だって。ゼムに診てもらったけど何ともねえし。それに『修羅道武林』は、覚醒に近づいた人間とか高等魔術とか使っても反動が減るような場所になってるんだとか……」

「ってことは、何かしらの変化があるってことでしょう？　それは進化や成長と言えるものかもしれないけれど、今までと何かが変わったならそれを突き止めるべきよ」

ティアーナの言葉に、ニックは反論が思いつかなかった。

「……キズナはどう思う？」

「……恐らく、完全な覚醒には至らずとも一割か二割程度の覚醒はしておるのじゃと思う。体や精神にダメージはないじゃろう。フィフスなどのＳ級冒険者はもとよりそんな状態であったはずじゃ。『何か頭一つ抜けている』、『常人離れしている』という存在は、冒険者をやっていれば一人二人は心当たりがあろう」

「それは確かにな」

ニックはキズナの言葉に頷く。

同じ人間とは思えない存在の心当たりは、一人や二人どころの話ではなかった。

「健康上の問題はない……むしろ、より頑健さを増しているはずと思う。じゃが異常がないか調べるべきという話は道理じゃの」

「わかった。じゃあオレとゼムと……あ、あとレオンもか。そういえばあいつ、今どうしてるんだ？」

「進化しまくって体にガタが来てるから入院中だゾ。『進化の剣』もメンテしなきゃいけない状態だとカ。治るっぽいけド」

「あー……かなり無茶したしな」

「気にするでない。あやつの自己保全機能はおそらく他の聖剣と比しても群を抜いておる。むしろよからぬ陰謀を考えておらぬか注意した方がよかろう」

「お前は大丈夫か？」

「だ、大丈夫ってなんじゃい！　陰謀なんて考えておらぬわ！」

「いや、そうじゃなくて、お前も体はなんともないのかって話だよ。怒んなよ」

「わ、我だって別になんともないわい。生まれたときから健康第一で安全第一じゃからの！　医者など頼ったことなどないわ」

「そりゃそうだろ。聖剣には半不死性があるとかなんとか自分で言ってたじゃねえか」

ニックはキズナの様子を訝《いぶか》しんだ。

医者嫌いということもなかったはずだが……と思っていたら、カランが指摘した。

「わかっタ。キズナ。ダイヤモンドから呼び出し食らってるのに行ってないんだロ。体に異変がないか調べたいって言ってるんだから、一応顔出セ」

「うぐっ」

「昔はダイヤモンドと色々あったみたいだけド。でもキズナも大変だったからちゃんと診てもらった方がいいと思ウ。キズナが冒険者ギルドの財産として扱われないように市民権とか用意してあげたり色々やってくれてるゾ」

「べ、別にあやつが怖くて逃げておるわけではないわ。じゃが、あやつの顔も立ててやらねばの」

妙に子供っぽい様子のキズナを見て、ニックは微笑ましく感じた。

キズナと同じ聖剣は偏屈者揃いで、今や仲間として胸襟を開いて話せるのはダイヤモンドと『武の剣』くらいだ。仲良くしてやってほしいと思う。

「とりあえず、全員の近況はわかったか……じゃ、ようやく本題だ」

「本題？」

「これからどうするか、って話だ。ここも魔神戦争の戦場になっちまうらしいしな。都市機能の移転と、そのための旅団が組まれるらしい」

「ええ、存じておりますが……」

「今、冒険者としての仕事はねえ。ないっていうか、いつもみたいに気楽にギルドに顔を出して迷宮に出かけるとか、賞金首をとっ捕まえるとか、そういう仕事はない」

「ウン。冒険者ギルドと太陽騎士団の一部は、魔神戦争のための王国騎士団に接収されル。一応、希望者だけって建前だけど、義務とあんまり変わらなイ」

「けど【サバイバーズ】に関しちゃ例外だ」

「例外？」

ティアーナが言った。

「『襷《たすき》の剣』を倒した功績があるから、魔神戦争の招集に応じなくてもいいんだとよ」

「田舎《いなか》にでもすっこんでろってこと？」

ティアーナが皮肉めいた表情を浮かべる。

だがニックは真面目に頷き、言葉を返した。

「それもアリだろうな。あるいは戦わなくてもいいポジションを志望することもできる」

「引っ込んでていいっていうより、功績を挙げてほしくなさそうなニュアンスを感じるけどね。人類の存亡の危機でも……ていうか危機だからこそ、そーゆーのあるんじゃないの？」

ティアーナの言葉に、ニックがやれやれと肩をすくめた。

「野良の冒険者にでけえ顔されたくねえって連中は多いだろうが、行かなかったら行かなかったで何を言われるかわからねえ。いや、何か言ってくるやつが生きてるならまだマシかもしれねえが」

魔神と戦えば、全滅もありえる。

ここにいる全員が当然のこととして受け止めていた。

「……この国とか大陸とか滅んだとして、ギャンブルってできるかしらね」

成立するだろ」


「できるんじゃねえの。地面に線でも引いて、石ころ弾《はじ》いて、勝った負けたとかやってりゃ博打《ばくち》は成立するだろ」

「つまんないわね」

ティアーナは煙管から口を離し、ふうと煙を吐く。

「メシはあると思うカ？」

「運良く人間側が勝っても、レストランも酒場もかなり減るだろうな。流通網が全滅して、遠くの食材が入ってくるってことはないだろうよ」

「あー、それは……つまんないナ」

「女性にお酌していただくお店はどうでしょうか」

「それはありそうだが……文明が滅んだら女遊びがもう遊びじゃなくて切実な生存戦略になっちまうんじゃねえの？」

「あ、そういうの苦手です。結婚するつもりもありませんし」

ゼムが降参とばかりに肩をすくめる。

その不真面目な態度に、皆が呆れ気味に笑った。

キズナ以外は。

「じゃあ、魔神討伐。真面目に考えてみるか」

「我は反対じゃ」

ニックの言葉に、キズナがすぐさま反対する。

「え？　反対？」

ニックが驚いて聞き返した。

「……反対と言ったんじゃ。魔神を倒す勇者など、貧乏くじもいいところじゃろう。やめとけやめとけ。せっかく拾った命、無駄にするものでないわ」

「いや、待て待て。お前いつも、魔神を倒す勇者になれとか、なんかそういう心構えみたいなのを説いてただろ」

「それはこっちのセリフじゃ。やれたらやるとか、機会があればとか、全然本気で魔神討伐とか考えておらんかったじゃろ！」

「やらねえとは言ってねえだろ」

「やれたらやるとゆーのはやらんやつのセリフじゃ！」

「そうだけどよ。魔神を倒すってのが冒険者の一番の栄誉ってのは誰だって認めるところじゃねえか。そもそも、お前がやりたかったことじゃないのか？」

「それは使命であって我のやりたいことではない」

キズナははっきりと否定し、首を横に振った。

ニックは驚いてキズナを見た。そこには何の冗談もない、ただ真摯な瞳があった。

「おぬしらも見たじゃろう。『襷《たすき》の剣』は使命に忠実であった。忠実であったがゆえに、あのようなことになった」

「リミッターを外したとかなんとか言ってただろ」

「それさえも使命を果たすためじゃ。あやつは変質していなかった。それに……あやつはあやつで、人類の滅亡というものを避けるための行動であったからの」

その言葉に、ニックは複雑な表情を浮かべた。

『襷《たすき》の剣』に舐《な》めさせられた辛酸を思うと、流石に擁護する気にもなれなかった。

「おっと、勘違いするでないぞ。あやつのやり方を肯定するつもりは一切ない。じゃが、覚醒した人間が現れなければ数千年後には恐らく滅びの危機を迎える。それは純然たる事実じゃ」

「あー、そういうことか。気の長《なげ》ぇ話だな」

「そして『武の剣』オリヴィア、『歪曲剣《わいきょくけん》』ダイヤモンドは……説明の必要もなかろう。あやつらはどこかで自分の使命に見切りを付け、変質した。『進化の剣』はちょっと危なっかしいがの」

「……お前も、あいつらみたいに使命に見切りを付けようとしてる、ってことか？」

ニックが恐る恐る尋ねるが、キズナは肯定も否定もしなかった。

「それはわからぬ。結果としてもたらされるものじゃ」

「そりゃそうだが……気付いたら変質してましたじゃ困るだろ。お前の命の問題なんだから。そりゃダイヤモンドみたいに面白おかしく生きるのもアリとは思うがよ」

聖剣にとって使命を捨てるということは、不死性の喪失だ。

本来の聖剣は核となる部品さえ生き残っていれば、その中に封じ込められた設計データを元に寸分違《たが》わず復活できる。だが変質とは、元となる設計データとの乖離《かいり》を意味する。

「我は、父上……テラネ魔導工廠《こうしょう》の賢者アイネスより与えられた使命に従っておった。いつの日か我を手にする者と共に世界を救うことを夢見ておった。そのために命を費やすものであり、それ以外のことで命を粗末には扱えぬ。そうしてずっと……」

「……ずっと、冒険者ギルドに封印されていた」

「しかしそれも道理じゃ。聖剣に与えられた使命とは、工廠が存在していた頃の国や文明の価値観を基準にしておる。現代の人々を尊重するものではない。もし仮に我がギルドの幹部か何かであれば封印どころか破壊を進言していてもおかしくはない」

「……別に、お前が『襷《たすき》の剣』みたいになるってことはないだろう」

「それを怖がっているのではない。ただ、失望しておるのじゃ」

「失望？」

「聖剣に使命を与えた賢者たちの視点は遠大であった。だが、偉大ではなかった。時代の移り変わりに囚《とら》われず、そして人命にも囚われておらぬ。罪深いほどに無邪気であり、軽薄であった。人を助けるとは、世界を救うとは、どういう重みを持つのか知らずにいた」

キズナの声は震え、しかし、凛《りん》として響く。

「今まで多くの者が失意のうちに倒れた。多くの者が弟子や我が子同然の者のために倒れた。その次の番が、おぬしらではないと誰が保証する？」

「……誰も保証なんてしちゃくれねえ。むしろ、助けてくれって縋《すが》られる方になっちまったな」

「しかし我らがやるべきことはやった。魔神復活を一年近く引き延ばした。だからもう、ええじゃろ。おぬしらはすでに世界を救った勇者じゃ」

キズナの言葉は道理だ。

だがキズナを除く全員が、それもそうだと頷くことはできないでいる。

「……ま、無理強いをするつもりはねえけどよ。それじゃあキズナは、どうしたい？」

「そうじゃな……本を書きたいのう」

「本って、作家デビューでもするのか？」

「うむ。我は冒険譚が好きじゃ。人を戦わせる剣としてではなく……死ぬ者のいない絵空事で語ってみたい」

「んじゃ、オリヴィアを目指してみるか」

「あやつはダメじゃ。ホラをもっともらしく吹くのではなく、最初からちゃんとフィクションという体を取らねばならぬ」

キズナが夢を語る。

それは朴訥《ぼくとつ》とした、爽やかな夢だ。

叶《かな》うことを想定していない、夢らしい夢。

だからゼムは気付いた。

「……キズナさん。聞いてほしくないこととは思いますが、聞かねばなりません」

「な、なんじゃ」

「あなたは、我々の死を、あるいは何らかの形での破滅を確信している。ですが、本来であれば想定しているものをあなたは想定していません。いや、想定しつつ隠している」

「想定？　な、なんのことかわからぬの」

「私がキズナさんの立場であれば、必ずこう言うでしょう。魔神に勝てるはずがないと。勝算がまったくないことを証明し、それを武器にして皆を説き伏せます」

ゼムの言葉に、キズナは渋面を浮かべた。

ニックとティアーナはその意図を摑みかねた。

それは現実離れしたものであり、冒険者としての経歴の長いニックも、そして魔術や世界情勢に詳しいティアーナも、その知識ゆえに気付けなかった。

ゼムの次に気付いたのは、カランだった。

「ってことは……勝てるのカ？　ワタシたちデ。魔神ニ」

「嘘だろ⁉」

「嘘でしょ⁉」

ニックとティアーナは度肝を抜かれた。

キズナは、さも失望しましたとばかりに斜に構えて悪態をついた。

「……まったく、カランもあの性悪女の悪影響を受けおって。はー嘆かわしい嘆かわしい。そもそも我の所有者の一人でありながら別の聖剣を手にするなど、浮気じゃぞ浮気！」

「えっ、それって浮気なんですか？」

「ゼム、そこに興味持たないで。……っていうか具体的にどうすれば勝てるのよ？」

ティアーナの問いかけに、キズナは不承不承といった様子で答えた。

「《合体《ユニオン》》じゃ」

「それはいつもやってるじゃねえか」

「それは二人での話じゃ。四人でやれば……確実に勝てよう」

全員、その言葉に衝撃を受けるとともに納得も抱いていた。

キズナが持つ勝算というのはそれしかない。

「キズナ。あれだけ強かった『襷《たすき》の剣』、アルガス、そして魔神の卵を見て、それでも勝てるって言うんだナ？」

カランが指折り数えるように強者の名前を挙げる。

だがキズナは、その程度のものと言わんばかりに鼻で笑った。

「理論値の話をするのであれば、何の問題もない。今までは机上の空論にすぎなかったが、『修羅道武林』を攻略し魂を練磨したおぬしらであれば……成功の可能性が現れたと言ってよいじゃろう」

キズナの言葉で、皆の表情に希望が灯《とも》った。

だがキズナの表情は晴れないままだ。

「……だが失うものは大きい。反動で命を落としても不思議ではない。あるいはもっと恐ろしいことになるやもしれぬ」

「もっと恐ろしいこと？」

「一番あり得そうなのは四人分の精神が制御しきれずに暴走してしまうことじゃな。こちらが脅威になってしまっては元も子もなかろうて。そうなれば神が遣わした天使と我らの最終戦争じゃ。終末のラッパが我らのために鳴るじゃろうの」

キズナが皮肉げに語る。まるでその未来が来ることを予期しているがごとく。

「……キズナ。やけに具体的だがお前一人だけのアイディアか？　他の連中は……ダイヤモンドやマーデは関わってるか？」

「おらぬよ。我が我の中だけで計算し、結論付けた」

「なんで相談しない？　相談した方が安全に……」

「安全になるかもしれぬ。じゃが、安全かなどはどうでもよいほどに大きな利益がある。これを誰かに話せば、リスクを犯してでもやるべきという賛同者は絶対に現れるじゃろう。否応《いやおう》なく魔神戦争に巻き込まれる」

「しかし巻き込んだのはオレたちって気もするがな」

「そこ！　屁理屈《へりくつ》うるさいのじゃ！」

ニックの言葉にキズナがぷんすかと怒る。

至極真面目な、世界の命運に関わる話題でありながらも、まるでどこの迷宮を探索するか、次は何をするかという気楽な冒険者そのものだ。

それがかけがえのないものに、ニックは感じた。

「そもそも『襷《たすき》の剣』が一番悪いし、そやつらを止められなかったマーデやアルガスやダイヤモンドが悪いのであって我々は被害者ポジションじゃ！　それを理解しているから皆おぬしらに戦争に参加しなくてよいと言っておるのじゃぞ！　ちょっと強くなった程度で英雄願望をこじらせて、まーったく恥ずかしいわい。冒険者を夢見るはなたれ小僧と同じではないか！」

「英雄願望をこじらせていたのはお前じゃねえか。あとカラン」

「ニックはそういうの斜に構えて、『現実わかってます』みたいなポジションだゾ。小さくまとまってるフリしてS級に憧れてる、ありがちな冒険者ダ」

「お前ほんと痛いところ突くな」

カランの鋭い舌鋒《ぜっぽう》に、ニックが抗議する。

皆が笑い、キズナの頬《ほお》もほんの少しだけ緩む。

「……なあキズナ。お前が大事にしたいのって、こういう何気ない雑談なんじゃないか。ギルドでくだらねえ話をして、冒険して、帰りに何かメシを食ってさ」

「……まあ、それはそうじゃ」

「オレもそうだし、続けてえよ。【サバイバーズ】は、いいパーティーだと思う。成り行きと勢いで作っちまった割に、けっこうでけぇことしたよな」

「でけぇことっていうのも成り行きだけどね」

「ま、いいじゃありませんか。明日のことなどはどこ吹く風。気ままな姿こそ冒険者というものです。明日にはしゃれこうべとなって野ざらし、ということも珍しくはありません」

ティアーナが皮肉を吐き、ゼムが悲観と楽観の混ざった自虐を放つ。

いつもであれば、ここから迷宮へと向かったものだった。

キズナは【サバイバーズ】と共に、いつもそうしてきた。

「……ただ、魔神が暴れまわった後、気楽な冒険はできねえんだよな」

ニックは背もたれに体重を預けて、窓から外を見た。

それは、静かな覚悟と絶望に満ちた街並みだ。

魔神復活の話は、ほとんどの市民が正確に状況を捉えている。すでに『修羅道武林』の出現やスタンピードによって、「それはそうだろう」と納得していた。

最初から逃げるつもりの者は逃げている。行くあてのない者や、最初から逃げるつもりのない者は都市に残り、当たり前のような日常を続けている。一時は外からの冒険者や傭兵《ようへい》の流入によって治安の悪化は起きたが、迷宮都市はそれさえも受け入れ、呑み込み、あらたな日常を作り出した。

新たな酒場《キャバクラ》ができた。そして破滅を待つ人々が集う退廃的で静かな気配の店と、諦めずにあがく人間が集う、精力的で暴力的な店に二極化している。

冒険者ギルドに、初々しい新人が現れなくなった。熟練の冒険者ばかりだ。新人がいるにしても傭兵や兵士として腕を鳴らした人間が転身してきたケースで、危険な光を目に宿す強者ばかりだ。

都市そのものが戦争に備えて都市機能を変革している。

「我とてわかっておるわ……選択の余地などはないと。じゃが、それでも、我を手に取った者が死にゆく戦いに赴くのは、つらい。剣であり武器である我が身が恨めしい」

「そうだな。聖剣も、冒険者も、因果な商売だ」

ニックがキズナを慰めるように言った。

やがて、キズナは決意したように全員の瞳を見て告げた。

「……マーデとダイヤモンド、あとはサンダーボルトカンパニーを呼んでほしいのじゃ」


スターマインホールはまたも姿を変えていた。

最初は豪《ごう》華《か》絢爛《けんらん》なコンサートホールでありライブ会場だった。国内最高峰の性能を誇る照明、音響、空調設備が整い、ここを訪れる客に非日常感と快適さを提供する。

そして少し前は要塞であった。デッドマンズバルーンの猛攻を凌《しの》ぐためにティアーナが指揮を執り、周囲の建築物やホールの倉庫に残されていた建材を利用して防壁や物《もの》見《み》櫓《やぐら》、落石トラップなどが増築された。立てこもった冒険者たちはここを守り通したことを誉れに思い、ティアーナを「籠城姫ティアーナ」とか「鉄壁の令嬢ティアーナ」と口々に語っている。後にティアーナがそれを知って「あいつらバカじゃないの？」と呆れた。

そして現在は、司令塔となっている。

迷宮都市テラネの頭脳がここに集結し、対魔神戦争の作戦を練るためのヘッドクォーターとして利用されることとなった。

迷宮都市テラネ領主館付きの文官。名だたる魔術研究所の研究者や賢者。太陽騎士団の上位の参謀や大隊長。その他様々な知恵者が集められて、そこかしこで侃侃諤々《かんかんがくがく》の議論が交わされている。

「ずいぶんやかましくなったわね」

ティアーナがホールの廊下を歩きながら、勝手知ったる我が家のごとく呟《つぶや》いた。

「ここを提供するかどうか迷ったんだけどさー。一応聖剣だから、こういうときにやることやっておかないとうるさいんだよー。税金みたいなもんだね」

その隣で、ダイヤモンドが解説している。

以前のような剣に映し出された幻影の姿ではなく、生身の人間の姿だ。

「気前いいじゃねえか」

「もっちろん、掛かった分はしっかり回収するよ。別の街にもっと大きなハコ作りたいんだよねー」

「お前、本当にタダじゃ転ばないやつだな……」

ニックが呆れ、ダイヤモンドはうひひと意地の悪い笑みを浮かべる。

そしてダイヤモンドに案内されて行き着いた先は、以前と同様に剣の格納庫であった。

ここはどんなときでもダイヤモンドのプライベートスペースらしく、上階で騒がしくしている研究者や官僚は入れないようだ。

「やあ。久しぶり……というほどでもないけど」

『元気そうでなによりだ』

アリスとマーデは先に到着していた。

また、彼女らとは別にもう一人、ニックが初めて会う人物がいた。

「ティアーナから聞いてるよ。ウチの社長が世話になったみたいだね」

「サンダーボルトカンパニーのハボックさんかい？　【サバイバーズ】のニックだ」

ニックとハボックが握手を交わした。

活動的な雰囲気を纏《まと》っているが、「ベロッキオ師匠より遥かにまとも」というティアーナの評が正しいようで内心安堵する。

「本題に入る前に、カランちゃん。その後の調子はどうだい？」

「ウン。体力は戻ってきてル」

「そういえば『響の剣』にはならないのか？」

『修羅道武林』から迷宮都市に戻って以降、カランは『響の剣』を手にしてはいない。すでに二人は所有者と聖剣という関係ではないのか、ニックは気になって質問した。

「カランちゃんが吟遊詩人《アイドル》になってくれるならずっと側にいてあげてもいいんだけど」

「ヤダ」

カランは端的に首を横に振った。

「ほらね。振られちゃった」

あーあとダイヤモンドが芝居がかった大仰な態度で、肩をすくめた。

「オマエだって、ワタシみたいなポッと出が吟遊詩人《アイドル》になるとか思ってないだロ」

「ま、それはそう」

「吟遊詩人《アイドル》を目指してちゃんと努力してる子の力になってあげた方がいイ。その方が、きっとワタシより凄《すご》いことができル」

「……惜しいなぁ。そういうてらいのなさは英雄や吟遊詩人《アイドル》の資質だよ。この世の澱《よど》みや濁り、この世の悪を知りながらも、善と美があることに疑いがない」

ダイヤモンドは少しばかり寂しさを滲ませながら語った。

だが、すぐに気を取り直して明るい表情を取り戻す。

「さて、それよりも相談があるって話だったね？　なんでも言ってごらん！」

「相談があるのは我じゃ」

今まで黙っていたキズナが、真剣な表情で話を切り出した。

それは、先日語ったばかりの、四人での《合体《ユニオン》》の話であった。

魔神と戦う上での想定される魔力量や力量。

必要な儀式や準備。実現の可能性。

話が深まれば深まるほど、半信半疑だったダイヤモンドやマーデの顔が険しくなっていく。

キズナは、あらゆる質問に明瞭に答えた。すべてを予測していたかのように。

「これは……なるほど。『襷《たすき》の剣』や『進化の剣』の情報を元に、『絆《きずな》の剣』を完成させるといった方が正しいね」

ハボックの言葉にキズナが頷く。

「うむ。我は他の聖剣と比べ、不安定で完成度が低い。コンセプト先行で作られたと言っても過言ではない。本来想定されているスペックを発揮できたことは今までに一度もなかった」

「最大三人、それも三つ子の兄弟だったたっけ？」

ニックが思い出しながら話す。

「そりゃそうだよ。《合体《ユニオン》》は二人を対象に実行するだけでも超高等魔術さ。三人、四人ともなれば、果たして古代文明でも実現できた人が実在したかどうか……」

「じゃが、あるということはわかっておる。そもそも、そのために鍛造されたのが我なのじゃから」

「お父様たちのこと、キズナは信頼してるね」

「技術面において疑いはない。ま、今振り返ると色々と思うところはあるがの」

「……ならよかった」

ダイヤモンドが安堵したように言葉を漏らした。

「お父様ってのは……古代に聖剣を作った賢者のことか？」

「うん。まあ、そのときの国を代表する最高峰の知恵者ではあったけど、ただの官僚で、ただの研究者だよ。彼らはボクらを自分の子のように愛してくれたけど、かといって……彼らの残した使命《テーマ》が正しいかどうかは別問題なんだよねぇ」

聖剣には使命《テーマ》がある。

ダイヤモンドとオリヴィアはそれを捨てた。

『進化の剣』は逸脱しつつあり、そして『襷《たすき》の剣』は遵守したまま暴走した。

キズナはどうなのだとダイヤモンドは問いかけている。

「嫌じゃ嫌じゃ。嫌に決まっておろう。こうして封印を解かれ自由に活動できておる。魔神復活を一時的にでも阻止した。やるべきことはやった。もう義理は全部果たしたわい」

「……うん。そうだよ。キミは、いや、キミたちはもう世界を救ったのさ」

「じゃが、思いついた。というよりも、思いついてしまったと言うべきか」

キズナが深々と溜め息をつく。

「……『進化の剣』の肉体の器を作り出す力。『襷《たすき》の剣』の、魂を劣化させることなく保全しコントロールする力。そして『響の剣』の、魂に声を届けさせて自我を確立させる力。『武の剣』の、肉体と魂に均衡をもたらす力。そして、我を何度となく使ってきた冒険者たち。すべてが揃えば、理論上は可能じゃ」

『えっ、私もですかぁ⁉』

「あっ、お前、起きてたのか」

声の主は、ニックの懐にある『武の剣』であった。

『昨日くらいには起きてました。いや、その、声かけて良いタイミングかどうかわからなくて……。気付いたら真面目な話をしてたっぽいですし……』

オリヴィアとしての記憶や能力が失われている『武の剣』は、ニックたちの修業やアルガスたちとの戦闘でひどく消耗していた。更には魔神の魔力にあてられて、『修羅道武林』を脱出すると同時に気絶するように休眠状態に入っていた。

「おまえ案外コミュ障だな……なんか言えよ」

『す、すみません。それより、今の話は……』

「事実じゃよ。……ただ、それを実行するためには莫大《ばくだい》な金と魔力リソース、そして現存する聖剣の協力が必要となる。我だけが『できる』と言っても意味のない話じゃ」

「使命のために死にゆく子に協力するつもりはないよ。それが世界を救う唯一の方法であるとしてもね。ボクは吟遊詩人《アイドル》であり、吟遊詩人《アイドル》を育てることこそ使命としてるのさ。世界を救うなんて、そのための些事《さじ》にすぎない」

「我もじゃよ。冒険をして、飯を喰《く》らい、その日々を書き綴《か つづ》ることができれば幸せじゃよ。【サバイバーズ】の静画も動画も相当な量になった。そのうち出版してくれ」

「おっ、いいねぇ！　テーマソング作らせてよ」

「じゃあ決まりじゃの。他の者も、否はあるまい？」

キズナが、アリスとマーデをちらりと見る。

「ニックくんたちが話し合って決断したのであれば、否はないよ」

『だが無事に生きて帰り、犠牲者となってほしくはない。それこそが今まで犠牲となった者の望みだからだ』

「死なばもろともといった自暴自棄じゃないわい」

アリスとマーデの言葉に、キズナはあかんべえとせんばかりに答えた。

「『武の剣』はどうじゃ？」

『…………あの、その前に一つだけよろしいですか？』

おずおずと『武の剣』が尋ねた。

「む、なんじゃ？」

低姿勢だが、妙に圧のある声にキズナが少々驚きながら聞き返した。

『今の私の所有者はニックさんなんですけど』

「お、おう。そうじゃの」

『ということは武の道を人々に伝導する者としての義務があるわけでして、それを他の聖剣がないがしろにするのは越権行為ではないでしょうか』

場が微妙な沈黙に包まれた。

誰も、こういう話の流れになるとは思ってもいなかったようだ。

「……お前、意外とナワバリ意識あるんだな」

『ニックさんもニックさんですよ！　私をあれだけ酷使して振り回しておいて、用が済めばハイさよならって捨てるようなものじゃないですか！　私とは遊びだったんですか！』

「誤解を生む言い方はやめろ！」

『だって、だって、あんまりですよ！　私、起動してから一ヶ月くらいしか経《た》ってないんですよぉ！生きるか死ぬかの戦いで奇跡の大勝利を摑んだばっかりなのに、すぐ死んじゃうなんてやだー！』

「お前ちょっとオリヴィアに似てきたな」

『また別の人の話するー！　やっぱりニックさん私に冷たいですー！』

『武の剣』が人目も憚《はばか》らずに嗚咽《おえつ》し始めた。

何とかしてくれという視線がニックに集まる。

「いや、なんかお前には塩対応だったところはあると思う。本当すまん」

『ぐすっ……もうちょっと大事に扱ってくれますかぁ……？　ていうか声かけてくれてもよかったんじゃないですかぁ……？』

「わかった。大事にするし声もかける」

『大事に扱うなら、死にに行くような真似しないでくださいよぉ……』

「死にに行くわけじゃねえよ。勝って生き残るにはどうすりゃいいかって話をしにきたんだ。そういう話の流れだったじゃねえか」

そうだろ、とニックはフォローを求めるように周囲の仲間を見る。

面白がって眺めているダイヤモンドが咳払《せきばら》いをして口を挟んだ。

「ま、危険がないとは言わない。というより、冒険者向けの依頼難易度にさえ換算できない最難関だろうね。でもこっちだって最強のカードが揃っちゃったのさ。キミもそのカードの一枚だ」

『それは……協力したくないってわけじゃないですけど……』

「所有者を守りたいなら積極的に関与するんだ。……剣であるボクらは因果なもので、所有者の力になることはできても自分のために引き下がってくれとは言えないのさ。ボクらは力を与える側なのだから。それを拒むなら、キミから契約を切って自由になる他ない」

『それは……わかってます。私だって、レプリカでも聖剣のはしくれです』

渋々といった様子で『武の剣』が引き下がる。この話を止められないことそのものはわかっていたようで、『武の剣』がこれ以上抗議する気配はなかった。

「ニックはこういうところ無神経だから、ちょっと怒られるくらいで丁度いイ」

「うるせーな」

カランがにやにや笑いながら茶化し、ニックがぼやく。

だがその言葉で仕切り直しの空気となった。

「じゃ、方針としては決まりだな。魔神と戦う。そして、勝つ」

ニックの言葉に、全員が力強く頷く。

「で、キズナの作戦をやるとして……オレたちはどうすりゃいい？」

「うん。ニックくんたちはね……」

そこまで言いかけて、ダイヤモンドは固まった。

その奇妙な様子に、ニックはごくりと唾を飲み込む。

「修羅場をくぐり抜けてきたんだ。今更、どういう無理難題が来ても驚かねえさ」

「いや、そうじゃなくて……」

「うん？　なんだよ」

「……ないんだよね。全然ない」

「え？」

ダイヤモンドが、とぼけたような顔で答えた。

「多分、半年くらい何もやることないかも」

それぞれの帰郷

こうしてダイヤモンド、ディネーズ冒険者信用金庫、サンダーボルトカンパニーの共同で『絆《きずな》の剣』改修計画が始まることとなった。

ニックとしては聖剣がよからぬ連中に利用されないか心配ではあったが、それをキズナに話すと一笑に付された。

「よからぬ連中はすでに身内におる。マーデとかダイヤモンドとか『進化の剣』とか」

それを言われるとニックも頷《うなず》かざるをえなかった。彼らを凌《しの》ぐ陰謀家はこの世にいるかもしれないが、すでに『襷《たすき》の剣』はこの世にはおらず、その後手後手に回った者ばかりだ。

改修計画においてニックたちの仕事はなく、四人全員が暇になった。

冒険者ギルドに仕事がないか尋ねても、ニックたちは持て余されていた。すでに誰にも負けない功績を挙げてしまっている。スタンピード対策はもはや個別のパーティーによる散発的な冒険ではなく、数十人や数百人で迷宮をアタックする組織的な行動として実施される。今更ニックたちが加わっても和が乱れるだけと判断され、「悪いけど仕事はないよ」と追い出された。

かといって、趣味にふけるような生活も難しかった。

吟遊詩人《アイドル》のライブはしばらく中止だ。チャリティーライブなどはやっているが、それらはあくまで難民状態の市民を元気づけるためのボランティアだ。資金が潤沢で生活に不自由していないニックがそこに交ざるのは気が引けた。

他の面子《メンツ》も似たような状況だった。ティアーナはサンダーボルトカンパニーの一員として精力的に働くつもりであったが、すぐに問題に気付いた。発言権が強すぎるのだ。

ティアーナは学生としては優秀だが、魔術の研究者としてはまだまだひよっこである。サンダーボルトカンパニーの研究員と対等に議論をするには数年の月日を要する。

しかしスターマインホールを守り通してデッドマンズバルーンを解散に追い込み、『襷《たすき》の剣』の破壊に貢献し、ベロッキオの最期を看取《みと》ったティアーナの言葉は決して無視できない。ティアーナは、自分の存在がプロジェクトを引っかき回しかねないと気付いてしまった。

ゼムとカランも似たような状況だ。都市の秩序が乱れて誰でもいいから話を纏《まと》め上《あ》げるステップにおいて二人とも強みを発揮できたが、徐々に話が整理されていくと身動きが取りにくくなった。

そこでキズナを除く【サバイバーズ】はどうするべきか話し合った結果、一つの筋道ができた。

各自思い残すことがないように、身の回りの整理をすることだ。

「気の重い里帰りですね……。やるべきことをやって、さっさと帰りましょうか」

ゼムは迷宮都市テラネを出て、とある宿場町へと向かっていた。

迷宮都市テラネから乗り合い馬車に乗り、静かに景色を眺めている。

「その割には緊張してないじゃないか」

「ちょっとした愉快な気持ちもありますから。ニックさんたちには内緒にしておいてくださいね」

御者がからかうような言葉をかける。

「別にいいじゃないか。あんたの武勇伝が増えるわけだしね」

「そうならないことを願っていますよ。エイダさんも、足が治ったからといって腕試しに喧嘩《けんか》を売ったりしないでくださいね」

御者は、エイダだった。

以前ニックたちと共にステッピングマンの真相究明に協力し、そしてニックに《奇門遁甲《ステッピング》》の基礎を教えた師匠でもある。

「しかし娘さんはよいのですか？」

「レッドに預けてるよ。あんたと一緒にいさせる方が心配なのさ」

「失礼な。僕はちゃんとわきまえていますよ」

「それはわかるが、心配なのは娘の方なんだよ」

そこには何も反論できず、ゼムは苦笑だけを浮かべた。

「今のところ、娘を疎開させるかどうかまだ迷ってるんだよ。金を稼げて地方も見て回れるなら助かるってもんさ。……で、まずはあそこの宿場町に寄るんだね？」

「ええ。少し挨拶を済ませてきますので待っていてください」

ゼムの故郷はロディアーヌという名の町だ。

ゼムたちが辿《たど》り着《つ》いた先は、その手前にある落ち着いた宿場町だった。

住民は少ない。宿や食事処を営む人間ばかりで、他は道具店や武器防具、金物の修繕を営む職人がいる程度だ。槍《やり》を持って正門に佇《たたず》む門番はいるが、正規の騎士ではなく住民が交代で役目を担っているだけで、物々しさはまったくない。

ゼムはその中の一軒の宿へと向かった。

「すみません、ヴェルキアさんはおりますか」

それはゼムの恩人、女将《おかみ》のヴェルキアが営む宿であった。

ロディアーヌの町から追放されて流浪していたときに、この宿に泊まった。

そして女将に、女を教えてもらった。

傷つき自暴自棄になっていたゼムは一週間ほど怠惰な時を過ごし、ようやく再び立ち上がれる程度には回復することができた。

神官としての服や武器のメイスなども、実は女将から預かったものだ。

あれから一年ほどしか経《た》ってはいないが、それでもヴェルキアの顔がひどく懐かしい。

「ああ、ちょっと待っておくれ。子供がぐずっててね」

奥の方から妙齢の女性の声と、少し遅れて赤子の泣く声が聞こえる。

ゼムは、あれ、ちょっと待てよと冷や汗を流した。ヴェルキアと別れた時期から逆算すると、その赤子の声は、もしかしてと、胸がざわつく予感がしてくる。

「あっ」

そしてヴェルキアは、赤子を背負ったままゼムの前に現れた。

「ど、どうも。ヴェルキアさん」

「あんた、ゼムじゃないか！　久しぶりだねぇ……っていうか見違えたねぇ！」

色々と話すべきことはあったはずだが、赤子の前ではゼムの頭からすべてが吹き飛んだ。

一方でヴェルキアは、ゼムの葛藤など気にせずにがははと笑いながらゼムをテーブルに案内した。

赤子はゼムの出現にきょとんとしている。

「ええと、ヴェルキアさん、その子は……」

冷や汗を流すゼムの問いかけに、ヴェルキアもまた、何とも苦しそうな笑顔を浮かべた。

「三分の一くらいの確率であんたの子だと思う」

「……三分の一？」

その曖昧な答えに、ゼムはますます困惑を深めた。

「父親候補が他に二人くらいいるっていうかね」

正直、ゼムは糾弾されるのを覚悟でテーブルに着いた。

だがバツの悪い顔をしているのはヴェルキアの方だ。

「お客さんかい？」

そのとき、奥の方からのっそりと男が現れた。

がっしりした体格の精悍《せいかん》な男で、戦士でもやってそうな佇まいだ。

薪割《まきわ》りをしていたのだろう、たくましい腕には薪が抱かれている。

「こっちが父親候補その一のジェット。もう一人はどこにいるかわからないね。ジェット、この神官のゼム様がこの子の父親候補その二さ」

ヴェルキアのあまりにもあんまりな紹介にゼムと、そしてジェットと呼ばれる男は絶句し、そして一瞬遅れて理解した。

どちらもヴェルキアを抱いた、あるいはヴェルキアに抱かれた男同士なのだと。

「あ、いや、ゼム様がここに来たのは偶然だよ……偶然だよね？」

「え、ええ。ここが目的地ではなく、書状をロディアーヌの町に持っていく途中でして……」

「ああ、そういえば神官さまの話は聞いたが……な、なるほどなぁ」

ゼムとジェットはしばらく見つめ合い、そしてどちらも同時にくっくと笑い始めた。

「悪いな神官様。いや、兄弟って言った方がいいか？」

「三兄弟とは思いませんでしたよ」

「兄弟、一杯やってくかい？」

「ちょいと、まだ日が高いうちにやめておくれ」

やれやれとヴェルキアが肩をすくめつつ赤子をあやす。

誰かが怒り、誰かが怒られるはずの状況は、意外にも笑いに満ちていた。


赤子が昼寝をしたあたりで、改めて三人で話し合うこととなった。

ゼムにとっては何気ない近況報告ではあったが、それはヴェルキアたちにとってはあまりにも衝撃的な話であった。

「マジかよ……。あんたがあの、迷宮都市を救ったっていう【サバイバーズ】なのか……？」

「うーん、救ったんでしょうかね？　魔神復活そのものは阻止できてませんし。ああ、でも色々と証拠になるものはありますよ」

ゼムはとある羊皮紙を二人に見せた。

それは迷宮都市テラネの神殿、四派すべての神殿長と、領主のサインが連名で記載された書状であった。ゼムの名誉回復を目的としたものだ。

「ジェットさんはロディアーヌから追放された神官の話はご存じですか？」

「あんたのことだろう？　いや、冤罪《えんざい》とは聞いてるぜ。疑っちゃいねえさ。ロディアーヌの町の神官どもは俺も好きじゃねえしよ」

がははとジェットが笑う。

その優しさにゼムはくすりと笑い、少々の妬みと安堵《あんど》を感じた。

ヴェルキアと共に歩む人生を過ごし、もしかしたら自分の子供かもしれない赤子を育てている。

そんな人間がゼムのような間男を慰めようとしている。

ゼムは人生の数奇さと面白さを噛みしめていた。

「まったくです。あんな町の神官には騙《だま》されてはいけませんよ。元神官の僕が言うのもなんですが」

「しかし、なんだって戻ってきたんだい？　迷宮都市の方が居心地がよいだろうに」

「僕は無実です。獄に入れられるいわれなどなく、里帰りをはばかられることもありません」

ゼムが涼しい顔で告げる。

何一つ曇りはなく、だがそれは社会では通用しない弁だ。

すでにゼムは罰を受けきった上で冒険者となったのだから。

「でもそりゃ……」

ゼムの正気を少しだけ疑ったヴェルキアがおずおずと反論する。

が、そこでゼムがにやっと笑った。

「……と、僕一人が騒いでも詮無いことです」

「なんだい、冗談かい」

ヴェルキアがほっとしながら言った。

しかしゼムの笑みは消えていない。これからが本番とばかりに。

「いえいえ、あながち冗談でもありません。僕が迷宮都市の上級神官として推薦された過程で、少々不可解なところが出てきました」

「不可解？」

「神殿がロディアーヌの町に裁判記録を求めても、神殿長が病に臥《ふ》せっているとかで中々提出されない。しびれを切らして密《ひそ》かに迷宮都市の神官が調査をしたところ、本来であればなされるべき手続きが省略されていることが判明しました。他にも幾つかサボタージュや、寄付金の横領と思《おぼ》しきものが出てきましてね。秘密の調査ではなく、公の調査をしなければなりません。とはいえ今は魔神復活も近く物騒な状況です。冒険者としての経験のある者に白羽の矢が立ちました」

「ってことは、つまり……」

「僕は天啓神メドラー神殿、迷宮都市テラネ支部の上級神官として、ロディアーヌの町を監査に来たというわけですよ」

一瞬の沈黙の後、二人が破顔し爆笑した。

「すげえな！　やるじゃねえか！」

「ほーら言っただろう！　あたしの宿に泊まった男はツキが回ってくるって！」

するとその笑い声で、寝ていた赤子が目を覚ました。

やれやれ赤子には勝てないとばかりにヴェルキアとジェットが赤子をあやす。

ゼムはそれを、慈しみの目で見ていた。

心が洗われたところでゼムは宿を発《た》ち、ロディアーヌの町へと向かった。

ヴェルキアたちからロディアーヌの町の現状を聞かされ、ゼムは警戒を深めていた。

今のロディアーヌの町は治安が相当乱れているらしい。

なんでも、ロディアーヌの町の近くに迷宮が発生してしまい、更にはスタンピードを起こしてしまったのだそうだ。

同時に、この町から追放したはずのゼムが冒険者となり、迷宮都市テラネで大きな功績を挙げた。

外からは魔物の攻勢があり、そして内からは今の神殿長を批判する声が日に日に高まっている。

そして神殿長はどちらも武力で収めようとしている。

この状況でゼムが訪れるのは、まさしく爆弾を放り投げるようなものだ。

ヴェルキアたちはゼムの出世ぶりを祝いつつも、「あんな場所は放っておいて帰った方がよいのではないか」と心配するのも無理はなかった。

心配は的中し、蜂の巣をつついたような騒ぎとなった。

ゼムが訪れることはすでに知られており、神官や門番も戦々恐々としているとのことだった。中には恐怖で夜逃げしようとしている者も出ているとか。

ゼムは冤罪で追放されたのではないかという噂《うわさ》が流れていたのだ。

被害を受けたという少女ミリルの周囲の子供らが、ミリルを露骨に避け始めた。

素行の悪い神殿長の息子が上級神官へと出世した。

その上級神官が、年端も行かない少女を手籠《てご》めにしているという話が漏れ始めた。

他の神官の狼藉《ろうぜき》も目立ち始めた。

悪人ゼムを追放したはずが、神殿は堕落したまま。

これではまるで逆ではないかと住民たちが感じ始めたところで、事件が起きた。

スタンピードの発生だ。

ロディアーヌの町の周囲は迷宮都市と比べたら平和も平和だが、それでも住民を脅かす迷宮、そして魔物がいる。

迷宮から溢《あふ》れ出《で》る魔物を事前に食い止めることができず、昆虫型の魔物、デッドクロウラーが外に出て街道を荒らした。更には羽化したマッド・モスマンが町に毒の鱗粉《りんぷん》を降り注いだ。

ロディアーヌの町の武装神官と、王都から派遣された騎士団が奮闘していたが、マッド・モスマンは強力な魔物だ。あわや町が陥落するか……と思われた瞬間、マッド・モスマンは撤退していった。スタンピードによって濃密になったはずの瘴気《しょうき》が薄れて、群れでの行動が難しくなったためだ。

その原因は、迷宮都市テラネで復活間近の魔神が再び眠りについたためだった。

それを成し遂げた勇気ある者の中に、新進気鋭の冒険者パーティーがあった。

その名は【サバイバーズ】。

軽戦士のニック。竜戦士のカラン。魔術師のティアーナ。

そして、神官のゼム。

まるで罪深い人々が報いを受け、そして無実の者は報われるように功績を挙げた。

ロディアーヌの町は日に日に疑心暗鬼に包まれている。

ゼムに罰を与えた今の神殿長は大きな嘘《うそ》をついているのではないか。

そして住民たち自身も、少し冷静になって考えればわかるはずの嘘に騙されたのではないか。

センセーショナルな嘘に騙される快楽を、望むがままに受け入れてしまったのではないか。

その審判の日がやってくる。

「お、お帰りなさいませ、ゼム様」

「長旅お疲れでございましょう。酒宴の用意を……」

「な、なあオレだよゼム！　お前のこと色々と面倒を見てやったよな！」

ロディアーヌの町に着いたゼムのもとに、面会希望者がひっきりなしにやってきた。

しかしゼムは、元々は同僚や上司だった人間のへつらいをすべてを無視した。

「神殿長との面会を希望しますが、それ以外の用はありません」

とだけ言って、勝手知ったる我が家のごとく神殿の空き部屋を自分の拠点とした。

権限を振るい、書庫や執務室に押し入っては様々な記録や書類を調査し始めた。

神官たちはゼムに抵抗できず、指を咥えて見つめるしかなかった。

ゼムはもとよりロディアーヌの町の秘密を握っている。

神殿の中で働き、雑務をこなし、治癒術士として人々の病や怪我《けが》を治してきた。自然とその中で行われる「厳密には正しくない手続き」、「公然の秘密」というものを把握している。

ゼムを懐柔しようとする神官には、その人個人の不正を突きつけて「問《と》い糾《ただ》されたくなければ協力するか邪魔をするな」と言い返した。

しかし、会話や交渉という手段以外に出る者も当然いた。つまりは暴力だ。

「消灯時間を過ぎてるってのにお客さんだよ。五人くらい、扉の前で息を潜めてる。足音からして、鈍器かなんかを持ってるね」

「激しい夜をお好みのようです」

だがそれも、エイダと協力して封殺した。

神殿長の息の掛かった神官もいれば、何か探られては困る秘密のある神官もいたのだろうが、ゼムには一切関係はなく、そしてゼムたちには誰も敵《かな》わなかった。

ゼムは当然、ここを追い出されたときよりは格段に強くなっている。冒険者経験のない神官に襲われたところで動揺一つ見せない。

エイダはニックよりも更に斥候能力を高めたような前衛職だ。筋力のみならず嗅覚や聴覚といった繊細な感覚も強化できるために、魔力や五感すべてを使って周囲を索敵できる。そして《奇門遁甲《ステッピング》》と、鋭敏な感覚を組み合わせた格闘技能は、ニックに引けを取らない凄《すご》みがあった。

「エイダさん、その……強くないですか？」

「バカ言うんじゃないよ。あんたらほどじゃないが、あたしだって経験は長いのさ」

こうしてゼムはひたすらに職務……神殿の監査を遂行することができた。神殿長は仮病でゼムに関する問い合わせも、ゼムからの面会要請も無視していたが、あらゆる偽装工作やゼムを叩《たた》き出《だ》す作戦が失敗したことを知り、病に伏せっているのと変わらぬ精神状態となりつつあった。

自分を破滅に追いやった人の醜態をゼムは聞いて、ただ、溜《た》め息《いき》を漏らした。

そんな肩透かしの日々が続いていたある夜のこと。

とある少女がゼムの拠点に訪れた。

燭台《しょくだい》の火がちらつき、二人の影を落とす。

ゼムは黙々と机に向かい、書き物をしている。

部屋の中に通された一人の少女のことなど一瞥《いちべつ》もしない。

だが少女は部屋に通されながらも、口を開くことなく、静かに待ち続けた。

「……僕からあなたに語る言葉はありませんよ、ミリル」

ゼムは書き物が一段落付いたところで、ようやく振り返った。

そこには、ゼムに冤罪を投げかけた少女がいた。

だが以前とはまるで佇まいが違う。

ところどころ綻んでいる粗末な麻の服。髪の毛の手入れも甘い。

手に入るものが少ない神殿暮らしの中で、背伸びをしてできる限り洒落《しゃれ》た外見を心がけてきたのか、昔の姿とはかけ離れている。

だが、もっとも昔と違うのは表情だ。明るく、奔放で、何もかも自分の思い通りだと言わんばかりの万能感に彩られていた眩《まぶ》しさは一切消えている。

「あ、あの……わたし、とんでもないことを……」

「あなたは利用された」

謝罪の気配を察したゼムが、機先を制した。

「え……？」

「あなたには今、受難が訪れているのでしょう。見ればわかります」

ゼムの言葉に、ミリルは沈黙した。

正しい答えだからだ。

「僕を陥れたことへの非難。あるいは、魔物がこの町を襲いに来たことの責任を求める人さえいるかもしれません。暴力に晒《さら》されましたか？　あるいはそこまでいかずとも、食事を渡されなくなったり、私物を盗まれたり。自分のところにだけ大事な連絡が来なかったり」

「そ、そうなんです！」

まるで見てきたかのように語るゼムに驚き、ミリルは思わず声を出して頷いた。

「見え透いたやり口です。どこにでもそういう人はいる。不満を溜め込み、はけ口を求める。そして皆を代弁しているんだと言わんばかりに、誰かにそれをぶつける。……それで？」

「そ、それで……」

「僕に許しを請えば、それがなくなると思いましたか？」

「ち、違います！　そうじゃありません！　そんな罰で、私が許されるだなんて考えていません」

「ほう？」

ゼムはその言葉を聞いて、初めてミリルの方に向き直った。

ミリルは一瞬喜び、しかし、卑下するように目をそらした。

「私が、私なんかが、生きてることがおかしいんです。私に騙されたのだと告発してください」

「真実を明かせ、と？」

「はい」

「それが通ったときに自分がどうなるかは想像しましたか？」

「……はい」

「あなたは僕を告発したことで何かを受け取りましたか？　金？」

「……金貨です」

「嘘の告発をして金貨を得たと。確実に獄に繋《つな》がれることになるでしょう。いや、その方がよいかもしれません。獄に入る前にすべてが露見したら、僕の倍は石を投げられるでしょう。石は、痛いですよ」

覚悟はできているとばかりにミリルは頷く。

いや、それすらも一種の救いに思えているのかもしれない。

ゼムが今のミリルに感じているのは、希死念慮だ。

一時の小悪魔的な性格は鳴りを潜めている。成長し、万能感に満ちた子供でいることもできなくなり、自分の悪事を勲章と思えるほどの悪に進むこともできない。

自分の罪深さに恐れおののき、漠然とした死を求める弱い凡人の子供。

どこかでボタンを掛け違えていなければ、人生の歯車が適切に回っていれば、こんなことにはならなかった。

これが微罪であれば、罪のない悪戯《いたずら》であれば、水に流して反省を促せばよい。

だがそうするにはすべては遅すぎた。

「……そうしたところで、本当に被害を受けた子は救われることはありません」

だからゼムは、真実を告げることにした。

その重みを与えなければ、誰にも救われないからだ。

「被害を受けた子……？」

ミリルは訝《いぶか》しげな顔をした。

てっきりゼム自身が受けた苦痛の話になるのかと思っていた。

だが、被害のある子、という言葉に、ミリルには思い当たるところがない。

「僕とあなたの一件以外に、あの日、別の事件があったんですよ。薬が名産であるロディアーヌでさえ治せぬ不知の病でこの町から去った……とされる少女がいました」

「去った……とされる……？」

「もちろん、真っ赤な嘘ですよ」

ミリルには、この町から去った少女に何人か覚えがある。

養子にもらわれた子もいれば、病になって去った子もいる。

死んだ子も、いる。

孤児院を兼ねている神殿暮らしなのだ。同世代の子が去るのは、決して珍しい話ではなかった。

「少し調べればわかる程度のゴシップです。本当は神官が少女を強請《ゆす》り、一夜を共にし、その後始末に困って放逐したという話です。お腹《なか》の中の子供ともども」

「えっ……」

「神官は出世頭であり、そしてここの神殿長の息子でした。ですが彼の出世を阻む男がいました。彼は町の人々から信頼され……いいや、信頼はされていたかどうかはともかく、魅力的には映っていたのでしょう。神殿長の息子の存在がかすむ程度には」

ミリルは、去った娘、神殿長の息子、どちらも知っている。

二人だけで礼拝しており、怪しいのではないかという噂になったこともある。

だがそのときは他の神官に怒られて、すぐに立ち消えた話でもあった。神殿長の息子も、娘も、さほど目立つ存在ではなかったのでミリルもすぐに忘れていた。

「そんな神殿長の息子には、お気に入りの娘がいました。あなたと同じ年頃の。はたしてそれが純朴な恋であったのか欲であったのか、それはわかりませんが……。ですが、どちらにせよ同じことです。神殿長の息子に逆らえばここで生きていけないことくらい誰しも理解しているでしょう。むしろ権威というものを過剰に恐怖している子の方が多いでしょうね」

去った娘は、ミリルのような無鉄砲さのある性格ではなかった。

従順で、頼まれれば嫌とは言わない、神殿を探せばどこにでもいる娘だった。

「だから子を孕《はら》んだことを隠すことを強要された。そして孕んだ子ごと、どこかへ売り払われた。文句一つ上げることさえできずに」

「……そ、それが、なんで、ゼム様の話に……？」

ミリルは話の関連に気付きつつも、聞くしかなかった。

「さりとて、こんなことをすればいつかは露見する。懐柔できる神官であれば問題ありません。問題は交渉の余地のない人です。それはきっと、出世などに興味がなく、仕事ばかりしている人間でしょう。排除しておいた方が後々のためになる。それに、仕事しか興味のない真面目な人間がトラブルを起こせば、その意外性ゆえに多くの人が信じる。詳細な調査をせずともあいつが証拠を隠滅したのだとするストーリーを作ることができる」

「わ、私、知らなかった、そんなこと……！」

「他にも幾つか、書類の偽装や薬の横流しが僕の責任となっておりました。なるほど、僕は僕が思っている以上に大悪党だったようですね」

くっくとゼムが笑う。

だがミリルにはそんな諧謔《かいぎゃく》を理解する余裕などなく、青ざめた顔でただ話を聞いていた。

耳を押さえたくなる衝動をこらえながら。

「あなたは協力者なのです。自分が知らないだけで。自分の手のひらの上ですべて踊っているように見えて。踊らされていました。もし万が一、僕の冤罪が晴れたとき。次の生贄《いけにえ》はあなたになるように、書類上の罠《わな》がある。その次に、あなたと手を組み僕を捕らえた神官でしょう。できる限り、神殿長自身の不正に到達しないよう、何重もの保険が掛けられている」

「そんな……」

「あなたは幸運でしたよ。別の者が監査に来たら全貌には気付かなかったでしょう。あなたを利用しようとした人間はきっとあなたを見透かしていました。あなたが自分の罪を棚上げして他の神官たちを訴え出るほどの強さを持ってはいないと」

「どうすれば……どうすれば、罪を贖《あがな》えるんですか……。死ねと言われたら死にます。今すぐ、窓から飛び降りて」

ミリルは激しく取り乱して許しを請う。

だがゼムは、冷たく拒否した。

「やめておきなさい。それが誰かの思うつぼなのは理解できたでしょう」

「で、でも……」

「……この町はやがて滅びます。神殿と共に」

「それは……魔神が復活するから？」

「いえ、僕が滅ぼすからです」

その言葉に、ミリルが絶句した。

「僕が報告書を上げることで、神殿長は職を解かれて獄に繋がれるでしょう。同じく罪を犯した人も。町の運営管理を担っていた神殿は機能しなくなります。本来であれば王が町の支配権を神殿から取り上げ、代官を派遣する。しかしそうはなりません」

「ど、どうなるんですか」

「魔神の本格的な復活に備えて、騎士団が町を丸ごと接収する可能性がもっとも高い。ここを戦うための砦《とりで》とするでしょう。後腐れなく好きに使える建物と人間がいるのです。魔神討伐のために様々な無茶《むちゃ》が正当化される。魔神を倒す崇高な騎士が、はたして人々に対して気高く振る舞うとは思わないことです。生死をかけた戦いの中では、聖者が獣に落ちることもある」

ごくり、とミリルが唾を飲み込んだ。

今でさえロディアーヌの町の治安は悪い。魔物との戦いで傷付いたまま手当を受けている人も少なくはない。

「あなたへ与える罰はありません。この町に生き続けることが一種の罰のようなものでしょう」

それはゼムの本心であった。

ミリルを罰する気持ちも、いたぶろうとする気持ちも、何一つない。

それに気付いたゼムは、自分自身でも驚いていた。

少し前であれば平常心を失っていても不思議ではないだろう。

だが、様々な冒険、堕落と再生の果てに、ミリルと直面しても心が粟立ちはしなかった。

ただ罪深い人に何を諭すべきかと、静かに考えていた。

「あなたは弱い。弱さや幼さを認められず、それを盾に人を陥れ、果てにはより弱い誰かが苦しむ一助となった。それを贖いたいのであれば、それは強く善なる者になることでしか叶《かな》わないことでしょう。いつか自分自身のような弱く、悪《あ》しき人間を救うその日まで」

ミリルはその言葉を、まるで天啓を受け取るような心持ちで聞いていた。


数日経過し、すべての仕事を終えたゼムは物悲しさを感じていた。

陰謀を張り巡らせていた神殿長とその息子は、哀れなほどに弱かった。

もしかしたら病に伏せっていると見せかけ、こちらが予想も付かないほどの神算鬼謀で罠を張り巡らしているかもしれないとゼムは内心恐れていた。

だが蓋を開けてみれば何てことはない。神殿の上層部は内輪もめを起こして、結論が出ていなかっただけのことだった。

神殿長の息子は自暴自棄になって酒浸りになり、ゼムから隠れ続けた。神殿長は書類の処分を部下に命じたが、自分自身が共犯となることを恐れた部下に反抗された。別の人間に押し付けようとしてまたその者も反抗した。

誰が生贄になるべきかという堂々巡りの議論の中で得られた決断はゼムを乱暴に追い出そうという稚拙な試みだけで、当然それも失敗に終わった。しかも神殿長に見切りをつけてゼムに証拠を提出し、自分の身分を保証してくれるよう取引を持ちかける者さえ現れる始末であった。

「おやさしいね、神官様は」

帰り道の馬車、手綱を引くエイダがそんな言葉をゼムに投げかけた。

「おや、そう思われますか？」

「だって、そうじゃないか。この町が滅茶苦茶《めちゃくちゃ》になるだなんて、思ってもいないだろう？　恐ろしい騎士団が来てお前らを奴隷のように扱いますよ、だなんて怖がらせてさ」

「手続きそのものは進めますよ。実際、騎士団が接収する程度のことをしなければ、この町は行政機能を保てないでしょう。もちろんそれによって住民は大いに苦労することでしょうが、それは私のあずかり知らぬこと」

「そうじゃないさ。戦争そのものの行く末の話だよ」

「ん？　どういう意味です？」

「聖剣を持ったどっかの勇者様が、魔神なんか倒しちまうだろうからさ」

エイダがそう言って笑った。


「ふーん、じゃあ丸く収まったってわけね」

ティアーナが、馬車の窓から景色を眺めながら感想を漏らした。

『不安だったのが馬鹿馬鹿しいくらい拍子抜けでした。むしろ……』

「むしろ？」

『にくからず思っていた女性に夫と子供ができていたことの方が衝撃でした』

「そ、そう……。ご愁傷さまと言ってよいのかしら……」

ゼムの話を一人で聞くのは毒が強いなとティアーナはしみじみ感じた。

『しかしこれ便利ですね……。これだけ遠く離れているのに会話できるなんて』

「本当よね……。《念信》《テレパス》には慣れていたつもりだったけど」

ゼムの言葉に、ティアーナはしみじみ頷いた。

実は【サバイバーズ】の全員、魔神の復活が早まったりなどのトラブルに備えて、マーデから念信宝珠を渡されていた。

それは通常の《念信》《テレパス》とは異なり、大陸の端から端までの距離があっても会話ができるという非常に強力なものだ。

実は【サバイバーズ】の全員が『絆の剣』を何度も使用しているために、キズナは四人が現在どこに居るかという位置情報を的確に把握できる。キズナが《念信》《テレパス》を使うのではなく中継に専念すると同時に複数の念信宝珠を使い、効果範囲を何十倍、何百倍にも拡大していた。

だがそんな凄《すさ》まじい力は今、ただの雑談に使われている。

『案外、このような魔道具が日常的になっている未来もあるかもしれませんね』

「あら。ゼムも想像力が豊かになってきたじゃない」

『荒唐無稽ですかね？』

「いいえ、ありえるんじゃないかしら。最近はありえないことばかりだもの」

『おぬしら、おしゃべりするのはよいが魔力の無駄遣いするでないわ！』

「だって、馬車の旅は暇なんだもの。それに私も気が重いのよね」

『それを言われると我も強くは言えぬが……』

ティアーナの向かっている先はディネース聖王国の首都、王都レグレス。

ティアーナの生まれ故郷だ。

『凱旋《がいせん》、というわけには参りませんか』

「一応、私も貴族に戻ったような扱いではあるんだけどね」

ティアーナは、エレナフェルト子爵家から勘当されたために平民となり、一人で生きるために迷宮都市へと向かった。

だが今は騎士爵という身分にある。

平民は騎士団に入団するか、A級以上の冒険者となることで騎士の身分を貰《もら》えるためだ。

ディネーズ聖王国において騎士という身分は少々特殊である。

貴族の中ではもっとも身分が低く、平民から貴族になるための道筋としてもっとも間口が広い。

ゆえに平時においては貴族社会や宮廷における発言権などないに等しい。

だが戦時、特に魔神復活が予告された状況とあってはまた別の話だ。

男爵や子爵といった上位の身分であっても騎士の通行を邪魔してはならない。

また、戦争や迷宮討伐によって不在の騎士の名誉を汚すような発言も慎まなければならない。不在であり抗弁できないことを利用して悪評を広めるのは、戦争における「意図的な誤報」、「利敵行為」とみなされて、平時よりも遥《はる》かに重い罪となる。

ティアーナとハボックたちサンダーボルトカンパニーは、この状況を見て考えた。

ベロッキオ師匠の名誉回復ができる、と。

サンダーボルトカンパニーの社員たちは皆、ティアーナがベロッキオを籠絡したなどという話がただの捏造《ねつぞう》で、貴族社会における足の引っ張り合いに巻き込まれただけだとよく理解していた。

またティアーナはサンダーボルトカンパニーの社員たちと交わった時間は短いが、その点で責められたことなど何一つない。自分にかけられた賞金額が低いと逆ギレしたことを掘り返されて、遊びのような喧嘩をしたくらいのものだった。

そしてティアーナもサンダーボルトカンパニーも、ベロッキオが身を挺《てい》して魔神復活を食い止めたことに、己の無力さを嚙《か》み締《し》めていた。

せめて死んだ師匠に何か恩返しができればと考えたところ、それはベロッキオの名誉回復であった。ついでにティアーナの名誉も回復できる。

そうした考えの下、サンダーボルトカンパニーはティアーナを送り出したのだった。

「こっちも丸く収まるといいんだけど……前途多難なのよね」

「おおい！　魔物が出た！　渡りだ！」

ロディアーヌとは違って迷宮都市と王都を行き来する馬車は多く、乗合馬車に乗る方がもっとも安全かつ速い。

そして冒険者であるティアーナは、魔物に襲われたときに杖《つえ》を携えて戦わなければならなかった。

「つたくもーしょうがないわね、雑談終了！　またね！」

『がんばってください』

ゼムの気楽そうな声を受けつつ、ティアーナは外に出て詠唱を始めた。

王都レグレスに到着したティアーナは真っ先に貴族学校に向かった。

首のすげ替わった学園の首脳陣をいじめてやろうという気持ちがないわけではなかったが、気の重い用件はさっさと片付けたいという気持ちの方が強い。

ゼムと同様にさっさと済めばよいのだが……と思ったが、ティアーナの予想以上に話はすぐに終わった。拍子抜けを超えて肩透かしでさえあった。

「わざわざ来ていただいたのに申し訳ございませんが、ベロッキオ殿の功績を鑑みて、処分撤回の手続きはすでに取らせていただいております。退職金や慶弔金の手続きもご遺族の方に手配済みです。ああ、いただいた書簡はご遺族に渡した方がよいでしょう。お預かりしてもよろしいですか？」

眼鏡《めがね》を掛けた、官僚然とした男がティアーナの面会に応じた。

「え、あ、お願いします。ところで、あなたが今の学園長ですか……？」

「おっと、名乗るのが先でしたね。現在の学園長のケプラ・アーンシェルです。我が学園も色々と問題がありましてね。あなたが学園を去ってから二人ほど学園長が交代となりました。私は完全に外部から招聘《しょうへい》されたので、あなたとは初対面ですね」

「えっ」

学園長のケプラは、そもそもティアーナやベロッキオが学園を追い出された経緯自体がある種の政治闘争の結果であることを正しく認識していた。

それをティアーナに打ち明けるということは、陰謀を画策した人間が何らかの失敗をしていることを意味する。ティアーナたちを失墜させた貴族……デルコット家の栄華は儚《はかな》いものだった。

ティアーナの婚約者アレックスを奪ったのは、リーネ・デルコットという貴族子女だ。ティアーナの悪評をばらまき、当時の学園長やベロッキオ共々、学園から追い出した。十代の少女らしからぬ才覚の持ち主であったが、肝心のデルコット家の当主が病死し、跡目争いによって家が分裂するという憂き目にさらされた。

更には魔神復活の予兆によってデルコット家の稼ぎ頭である竜による運送業に激変が起きた。軍や騎士団が竜を徴発し、魔神戦争のために民間人の竜の買い付けも著しく制限されてしまった。

その弱体化を見逃さずに学園内の別の貴族勢力が反旗を翻した。学園内での派閥争いは激化した。政治闘争によって学園の授業すらままならない状態となり、それを重く見た教育界が、とある人間を派遣して学園長に就任させた。それがケプラだった。

「わ、私にそこまでぶっちゃけた話していいんですか……?」

「構いませんよ。回りくどい説明をしても時間の無駄でしょう。今までの放漫経営を立て直すことだけが私の仕事ですので。派閥などにも属していませんし、クビになるならなるで願ったり叶ったりです。他にも私を待ちわびている学校は幾らでもありますので」

ケプラは下級貴族の人間だが、教師ではなく学校経営の立て直しや再建を生業としている。

騎士学校や私学校で起きたいじめ、もしくはいじめを通り越した暴行事件、あるいは閉鎖的な環境を悪用した洗脳じみた教育など、様々な教育問題を解決してきたプロフェッショナルだそうだ。

歯に衣着せない物言いをする男だが、実績の確かさゆえに高等貴族でさえ黙らせられるという気高く、そして奇怪な存在だった。

「ところで、あなたはどうしますか?」

「どう、とは?」

唐突で曖昧な問いかけに、ティアーナは首をひねった。

「ベロッキオ殿の名誉が回復するということは、あなたの名誉も回復するということです。復学の手続きも可能ですよ」

まったく予想もしていなかった言葉に、ティアーナは虚を突かれた。

「できるんですか？」

「ええ。迷宮都市での活動も単位や成績に加味しましょう。また、あなたに対して侮辱的な発言をする学生や教師がいればこちらでも全力で対処します」

失ったはずの日々が戻ってくる。

勉学に励み、魔術を研鑽《けんさん》し、栄達の階段を登る。

蒸し暑かったりじめっとしたり、どぶ臭い苔《こけ》と生臭い獣のにおいが充満する居心地の悪い迷宮で野営をして、命を削りながら戦う必要もない。

「……いえ、すぐに迷宮都市に戻る予定ですので」

「そうですか、残念です。知識、実力の両面を備えた学生がいれば皆によい刺激になると思ったのですが」

ケプラは、小さく溜め息をついた。

それなりに残念がっている様子に、少々嬉《うれ》しく思う。

「ではベロッキオ師匠の件、何卒《なにとぞ》よろしくお願いいたします」

下手をしたら一ヶ月は掛かるであろう用件がすぐさま終わってしまった。

実家に顔を出しておくか、あるいは何か美味《おい》しいものでも食べて王都見物して帰るか……などと、空白の予定をどうやって埋めるか楽しく想像していたところ、突然、変な女に絡まれた。

「あんた、よくも顔を出せたわね！」

「はあ？」

「しらばっくれないでよね！　あんたが来てるってことはそういうことなんでしょ！」

誰だこいつ、と思った。

そもそも、ティアーナには話がさっぱり見えていない。

「えっと……どちら様だったかしら？　同級生だったならごめんなさい、名乗ってくださる？」

ここはディネーズ聖王国の貴族子女のための学校、ディネーズ王立ジューイット貴族学園。

いきなり他人の襟首に摑《つか》みかかるような無礼な人間などいないはずであった。

「私、色々あって学校を辞めて迷宮都市に引っ越したのよ。野暮用《やぼよう》を片付けに来ただけだし友達も少ないから、誰かと勘違いしてると思うのだけれど……それで」

ティアーナは、極めて優しく接していた。

ここで場違いなのはお前の方だぞという気持ちを込めて。

それに、魔物を倒し、荒くれ者の冒険者に気迫を見せつけ、信じていた自分の師匠に狙われるという体験を経たティアーナにとって、たおやかな指で襟首を摑まれて凄まれたところで、子犬に吠《ほ》えられている程度の脅威さえ感じていない。

「あなたがどういう身分であれ、初対面の人間に暴力的な態度で接するのはどういう了見かしら？」

ひっ、という悲鳴が漏れた。

静かなティアーナの表情から放たれる凄みは、相手を完全に萎縮させた。

逆に怖がらせてしまったかとティアーナは内心で溜め息をつく。

だが、相手はまだ用があるのか、おっかなびっくりにティアーナを見ていた。

「……リーネよ。リーネ・デルコット。忘れたとは言わせないわよ」

「ごめん、完全に忘れてた」

あっ、この子だったか、とティアーナはようやく納得を得た。

婚約破棄されたあの日、アレックスの隣にいた少女だ。

長い黒髪をした、どこか大人びた装い。ティアーナとは正反対の姿をしていたことをおぼろげに覚えている。

「あなたねぇ……！」

「いや、ごめん。でもけっこう変わったじゃない？　私もだけど」

何故《なぜ》かリーネは、豊かな黒髪をばっさりと切っていた。

服装も、まるで乗馬か何かをしていたのかボーイッシュなパンツスタイルだ。

似合ってはいるが、この学園の中を歩く姿としては異彩を放っている。

「し、仕方ないでしょ！　こっちだって忙しいのよ……戦争の準備で男手は足りないし……！」

トラブルの匂いを感じて、ティアーナはうっかり口元に笑みを浮かべてしまった。

それを自覚してすぐに小さく咳払《せきばら》いをする。

だがそれを見たリーネは、逆に落ち着きを取り戻した。

「……本当にこっちのこと、何も知らないの？」

「だから知らないわよ。王都に着いたばかりだし、あんたのことなんてどーでもいーわ。そんなことより無礼な態度を取ってきたことを謝罪するべきじゃないの？」

「………ごめんなさい」

「わかればいいのよ、わかれば」

面倒事は終わったしさっさと予約した宿で休もうとティアーナが踵《きびす》を返そうとする。

「うっ、うえっ……うえええええん……ごめんなさい……ごめんなさい……」

だが、リーネが謝罪を何度も口にしながら泣いて嗚咽《おえつ》しだした。

廊下を歩く人が何事かと集まり始めた。

「ちょ、ちょっとやめてよ！　もう終わったでしょ！　許すから」

と、幾ら宥《なだ》めてもリーネは泣き続けた。

やむを得ずにティアーナは行きつけだった喫茶店にリーネを連れて逃げ込んだ。

「奢《おご》らないわよ。お茶を飲んだらそれで終わり。サヨナラ。私はあなたに何もしてないし、あなたも私に何もしてない。オーケー？」

ティアーナは注文をしたところで、リーネにそう告げる。

だがそれにもかかわらずリーネはぽつりぽつりと話を始めた。

もう何にも聞かずに出ていこうかなと思ったが、若干の好奇心が足を止めた。

自分が去った後に訪れたものが何なのか見えてきたからだ。

「あの後、三ヶ月くらいは平和だったのよ」

「私の犠牲の下に訪れた平和ね」

その言葉に、ずしんと空気が重くなる。

リーネの陰々滅々とした空気に、ティアーナは同情することもなくぴしゃりと言った。

「あのね、この程度の皮肉で済ませてるのを感謝してほしいくらいなんだけど。昔の悪女めいた仕草はどこにいったのよ、つまらないわね」

やれやれとティアーナは煙管《きせる》に葉を詰めて煙をふかす。

その煙が部屋の天井に上がりきったところで、リーネが再び話し始めた。

「邪魔だったのよ……」

「私が？」

「違うわ。元学園長よ」

まったく予想外の言葉が出て、ティアーナはいぶかしげな顔をした。

「誰だかわからないって顔ね」

「えーと、ごめん。ちょっと思い出す」

「別に、よく覚えてなくても不思議じゃないわ。ただ学園長はあなたとベロッキオ師を高く評価してた。初めての女子での首席卒業もきっと実現したんでしょうね。あの人たちが評価されて出世するのが、私のお父様にとって邪魔だったわ。派閥とか色々あったのよ」

その後、リーネは自分の家の事情を打ち明けた。

デルコット家は、人に飼いならされた竜を使っての快速便を格安で提供することが強みの運送業で成り上がった家だ。

だが成り上がりの家に対して、貴族社会というものは総じて敵対的だ。利益をかすめ取ろうという貴族もいれば、「似つかわしくない」と姿勢や家柄を問題にする貴族もいる。

そうした敵対的な貴族と戦うためデルコット家は貴族同士の派閥に属し、時にはダーティな手段を迷わずに取ってきた。

リーネも親のために政治の駒となることを厭《いと》わなかった。それだけのことだ。

リーネにとってのティアーナなど、栄光の道に存在した小石でしかなかった。

「つまり私はただのとばっちりだったってことね。アレックスも別に好きじゃなかったの？」

「ん？　悪くはなかったわ。でも彼氏って奪うまでが楽しいのよね。あんた嫌われてたから協力してくれる子もいたし」

「自業自得って言葉知ってる？」

この子、想像してたより最悪だなと思いつつもティアーナは何だか面白くなりつつあった。もう少し話を聞いておくかという好奇心が、面倒臭さを打倒しつつある。

「……わかってる。わかってるわよ。あたしは最悪よ。謝って許されるレベルじゃないもの。こういうことしなきゃ世の中生きられないって思ってた」

「間違ってないかもね。あんたよりも悪党の貴族だって珍しくもないと思うわ」

「そうね。もう懲り懲りだわ」

リーネが力なく笑った。

だが、自暴自棄とも違う。何かを諦めつつも、自分の人生そのものを諦めた気配はない。

ティアーナは、こういう人間は嫌いではない。

何かが違っていたら友達になれたのかもしれないと一瞬だけ思う。

「けど、なんで私に摑みかかってきたのよ」

「あ、そうよ。アレックスが失踪したの」


アレックス＝コルネー。

コルネー家は代々、王都の魔術師団の重役に就任する武闘派の貴族だ。アレックスの父親などは武勇伝に事欠かず、単身で迷宮に乗り込み小規模スタンピードを押さえつけた逸話さえあった。

そしてリーネが言うには、アレックスは親が団長を務める魔術師団に入団し、後方に控えたまま出世コースに乗って悠々自適の生活を送るはずだった。

だがそれは平時の話であって、魔神戦争勃発が明瞭に見え始めたこのご時世にあってはそんな甘いことを言える余裕などない。

新兵同様にアレックスは鍛え上げられることとなった。父も、祖父も、武闘派で鳴らした才覚は十分に引き継がれている。

と、思われていた。

「多分、逃げ込み先はここだと思うわ」

ティアーナは、リーネを案内してとある酒場に来ていた。

「え、でもここ、平民向けの酒場でしょ？」

「アレックスの浮気相手候補は幾つか目星をつけてた。あんたは連下《れんした》くらいに思ってたからびっくりしたわ。本命はここの歌姫よ」

「え、なにそれ。全然聞いたことないんだけど……ていうか、やってなくない？」

「営業してるかどうかと、いるかどうかは別問題よ。で、一応確認するけど」

「な、なによ」

「あなた、見つけてどうするつもり？　奪い返すの？」

そう問われたリーネの目が泳いだ。

「……あっきれた。あなた、行きあたりばったりね？　よくもそんなおつむでだいそれたことをやったものだこと」

ティアーナに皮肉をぶつけられて、リーネは反射的に怒鳴り返す。

「ち、違うわよ！　やるべきことは変わってないわよ！　アレックスをお義父様のところに連れていって、魔術師団に行ってくれなきゃコルネー家が没落するわ！　こっちの実家にだって迷惑が掛かるもの！」

「いいじゃない、向こうの家が没落したって。むしろさっさと離婚して縁を切ればあなたの大事な実家だって大してダメージはないでしょ」

「それは……そうだけど……」

「で、どうする？　いるわよ。男が一人。女が一人」

ティアーナは詠唱もせず、杖さえも使わずに《魔術索敵》を使った。

魔力の波の跳ね返りから、繊細な感覚で場所と人数、性別を特定する。

「え……今の、もしかして魔術……？」

「どーするのって聞いてるんだけど？」

「い、行くわよ！　行くってば！」

ティアーナは、リーネの意思を確認すると乱暴に酒場のドアを開ける。

中には誰もいない。

そしてずかずかと階段を上がって、とある部屋の前でぴたりと止まった。

「《解錠》」

がしゃりと音が響いた。これは、普通の魔術学校で教えられる魔術ではない。それどころか普通の魔術師は存在さえ知らない、非合法すれすれの魔術だ。

特殊な形状の鍵、あるいは魔術や神秘を使用したロック、重量が大きすぎる閂《かんぬき》などでない限り、基本的にはどんな鍵でも開けることができる。

ティアーナはサンダーボルトカンパニーのハボックから「これを使えると便利だよ」とこっそり教わっていた。

「だっ、誰だ……って、げえっ！」

「げえって何よ、久しぶりの元婚約者と、奥さんが揃《そろ》ってるっていうのにご挨拶じゃない？」

アレックスがいた。

しかも知らない女とともに、半裸でけだるげに過ごしている。

「誰よその女！」

みっともない喧嘩が始まった。

ティアーナがパイプを吸い終わる頃に、喧嘩は終わった。

アレックスの隣にいた女は早々に白旗を揚げており、リーネが泣きわめいてぽかぽかとアレックスを叩いているという状況だった。が、それも十分も過ぎればリーネが疲れ果てて止まった。

「帰ってきなさいよぉ……」

「い、いやだ！　魔神戦争に出るなんて……！」

「だったら私も行くから覚悟しなさいよ！　お義父様だって命を張ってあなたを守るくらいのつもりで準備してるのよ！」

「あなたもパイプ好きなの？　葉は何？」

「テラネのウィッチ・ブルームよ」

「交換しない？　あたしはハッピー派」

「吸ったことないわね。美味しい？」

「王都で手に入る葉だとこれが一番かなー。てかそのパイプもイグナイターもすっご。いいの使ってるわねぇ……」

ティアーナは浮気女とパイプ談義で盛り上がっていた。

「僕はティアーナやリーネみたいに強くないんだよ！　ていうか、なんできみもティアーナと仲良くしてるんだよ！」

「えーと、どっちの話？」

「どっちもだよ！　リーネも、モーリンも！」

モーリンと呼ばれた浮気女が、やれやれと肩をすくめた。

「あなたの浮気性が原因でしょ。そもそも、私に言うべきことがあるんじゃないの？」

ティアーナが煙をくゆらせながら溜め息をつく。

「う……。げ、元気だったか？」

「元気だったわよ。死ぬほどキツい体験はしたけど」

「噂は本当だったんだな……ごめんよ……なんと詫《わ》びればいいか」

「あら、噂になってたの」

「きみが世界を救ったってね。元々、僕の許嫁《いいなずけ》程度で収まる人間じゃなかったんだろう」

アレックスが皮肉げな笑みを口元に浮かべる。

「まだ救えてないけどね。戦争はこれからだし」

その言葉に、アレックスの顔が青ざめる。

ティアーナは、哀れみを込めてアレックスの目を見つめた。

「……あなた、昔から詩とか音楽とか好きだったものね。多分、魔術は……っていうか荒事は苦手なんだろうなとは思ってたわ。こんな世の中になったのは不幸よね」

「……本当は、音楽の道に進みたかったんだ。誰にも言えなかった」

アレックスは訥々《とつとつ》と語り始めた。

父親のような魔術師にはなれないと、自分の魔術師の腕を鑑みて思い知ったこと。それ以上に、魔物と戦う魔術の実践者としての魔術師に自分がちっとも適性がなく、ゴブリンにさえ恐れをなして何もできないこと。

婚約者のティアーナを最初は心強く思い、しかし次第に劣等感に苛《さいな》まれ始めたこと。そんな彼女が偏屈だが実力者として名高いベロッキオに認められていたこと。ティアーナに最後まで本音を、家など継ぎたくないと言えなかったこと。

どれもこれも蓋を開けてみれば大した話ではない。自明だとさえティアーナは思った。

「ま、そうよね。私は婚約者がいることに舞い上がっててあんたのことには興味なかったし、あんたも私のこと、あんまり興味なかったでしょ」

「……そうだね、その通りだ」

アレックスが、視線を下げて申し訳なさそうに頷く。

「輝いているきみが妬ましかった。いや、もう妬ましいなんて言葉がおこがましいくらいさ」

「別に卑屈になられても困るんだけどね。ま、いいわ」

「許してくれるのかい？」

「え、嫌だけど？　アレックスも、リーネも、あとあんた……はどうでもいいか」

「あ、そう？　あなたがまだここで学生してたときもあたし、こいつと付き合ってたけど」

「そういうこと早く言いなさいよ！」

酒場の女がけらけらと笑い、ティアーナが怒り、そしてリーネは顔がひきつっていた。

アレックスはひたすら肩を小さくしている。

「いや、うん……なんとなく入れあげてる酒場の女がいそうな気配はあったのよ。ツッコミ入れるの怖くてためらってたし、授業とか研究の方が楽しかったし」

「あたしも、そうだろうなと思ってたよ。この人が本当に好きなのは音楽だもの。迷宮都市なら吟遊詩人《アイドル》たくさんいるでしょ。ここでそういうジャンル向けの作詞して送ってるの。私は作詞補助したり、メロディーをイメージするために歌ったりアコギ弾いたりしてた」

「……それは、全然知らなかったわ」

ティアーナの驚いた顔に、モーリンが少々意地の悪い笑みを浮かべた。

「あたしはこの人の弱くて、クズで、まっすぐに生きられないところが好き。そういうだめな人間だからこそ書ける詩が好き。でもあんたは違うね。人生も男の趣味もまっとうだよ」

モーリンが、眩しそうにティアーナを見る。

「私だって落ちぶれたわよ」

「ギャンブルで荒稼ぎしながら魔術師としてのしあがったんだっけ？」

「ギャンブルで稼げてはいないけど……っていうかそこ噂になってるの!?」

ティアーナの驚きを無視して、モーリンはティアーナを指差した。

「あんたの境遇とか財布の中身とかは落ちぶれたんだと思う。でも、魂は落ちぶれてない」

モーリンの奇妙な褒め言葉に、ティアーナは複雑な表情を浮かべた。

「普通、そういうことできないのよ。酒場で働けば酒場の魂になる。どこかに逃げたら逃亡者の魂になる。そういう人間に比べたら、あんたの魂はダイヤモンドよ」

「詩人らしい表現ね」

「だから、あんたはこんな路傍の石みたいな人に関わるだけ損だよ。詫びればいいならいくらでも詫びさせるからさ。許してやってよ」

「許すわけないでしょ。振り上げた拳を下ろすところがないから、せめて顔でも拝んでおこうと思っただけよ。ていうかあんたも浮気女じゃないの！」

「それもそうだね。ま、好きなだけ拝んでいきなよ」

くっくと酒場の女が笑い、ティアーナは深々と溜め息をつく。

「……思ってたよりつまんないものだったわ」

「だろうね」

「正直、あんたたちがどういう人生送ろうがどうでもいいわ……でもアレックス、一つ言っとくわ」

「なんだい、ティアーナ」

「そこの女と駆け落ちして詩人になろうが、リーネと付き合ってそちらのお父上の後を継ごうが、私にはどうだっていい。リーネも、どっちでもいいでしょ」

「いや困るんだけど……ああ、でも、はぁ……」

リーネが困ったように逡巡《しゅんじゅん》し、そして諦めたように溜め息をついた。

「あんた、どっちかっていうと私寄りよ。男を手玉に取って、女を罠にはめて生きていけるんだもの。一人でも生きていけるわ」

「気楽に言わないでよね」

リーネがティアーナを睨《にら》む。

だが、そんな視線などティアーナはびくともしない。

「ともかく。どうせ世の中めちゃくちゃになるから何やったっていいとは思わない方がいいわよ。今よりももっとバカになるだけだから」

「……清く生きろっていうのかい？　こんな、未来のない世の中で」

アレックスがひねたような言葉を返す。

しかしティアーナは笑った。

「こんな世の中？　魔神が復活しようがしまいが、世の中なんていつだってこんなものよ。だって、滅んだりはしないもの。どっかの誰かが滅ぼさないように体張ってるからね」

その自信あふれる姿は、学園にいた頃のティアーナよりも美しく煌《きら》めいている。

ティアーナは、自分が高飛車で傲慢なところが欠点だと自分自身思っていた。

だがそれでも、恐るべき強敵と相対し、無力感を与えられてなお、誰にもティアーナの自負心を汚すことはできない。

「……きみにそれを言われたら、反論できないな」

アレックスは、白旗を揚げるように笑った。

結局リーネは、アレックスのことを諦めて離縁することにした。

コルネー家の支援を受けるためにあれこれとアレックスの世話をしようとしたところで、虚《むな》しい話だと気付いた。

そしてアレックスは、弟に家督を渡すよう親を説得することにしたようだった。

なんで憎い連中の人生相談なんて乗ってしまったんだろうなと思いながらも、ティアーナは爽やかなものを感じながら酒場を後にした。

その後、ティアーナは実家には顔を出さず実の母の墓参りだけを済ませた。父とその後妻や側室がいる実家に顔を出しても特に話すこともなかった。

「なんとか紆余《うよ》曲折《きょくせつ》あったけど、無事に生きて帰ることができました。また来られたら、来ます」

墓前に王都で買った花を添えて、ティアーナは再び旅立った。

竜人族の里は遠い。

ティアーナの故郷、王都レグレスと純粋な距離としてはそこまで変わらないが、街道があまり整備されていないために倍の時間が掛かる。旅というよりも、一種の冒険であるとさえ言えた。

「竜を借りられたのは良かったが……馬より乗りにくくないか」

「それはニックがおっかなびっくりだからだゾ。もっと信頼してやレ」

「そりゃお前は慣れてるだろうがよ」

ニックとカランは、竜に乗って険しい道を進んでいた。

竜人族の里は奥深いところにあり、迷宮都市から行くとなると幾つかの都市をまたぎ、そして幾つかの山を越えなければならない。

そこらの馬小屋で借りられるような馬では潰れてしまう恐れがあり、竜を借りることとなった。

四足歩行で足は遅いが、草食で気性は穏やかだ。カランは甲斐甲斐《かいがい》しくその竜の世話をしながら、ニックと共に長閑《のどか》な旅を続けた。

竜人族の里の方面は迷宮も少なく、スタンピードによる渡りの魔物も出てこない。

あくびが出るほど平和だった。

「しかし、こんだけ平和なら……」

「ん、どうしタ？」

「……いや、なんでもない」

護衛するまでもなかったか、と言いかけたが、やめた。

ニックがカランに付いてきた名目は護衛ということになっているが、実際のところカランの体調は完全回復しており一人旅も不可能ではない。それを理解しつつもニックはついてくることにした。

ニックだけ帰る場所がないという理由もあるが、『修羅道武林《しゅらどうぶりん》』で交わした約束を思えば、カランを一人で送り出したくはなかった。

「……ニックは、こんな風に旅してたのカ？」

「どーなんだろうな。荷物は多かったし、商品がだめになったり喧嘩したりしてギスギスしながら街道を歩いたこともあるし。懐かしいこたぁ懐かしいが、いいことばっかでもなかったよ」

それを知ってか知らずか、カランはニックの提案を素直に喜んだ。

「っていうには、なんか楽しそうだゾ」

「楽しくねえとは言ってねえよ」

「マーデはいなくても良かったのカ？」

「先生とは四六時中話してたわけでもねえしな。……先生に雇われて旅するのも悪くはねえが、商売がピーキーすぎるんだよな。保険とか融資のご案内って、柄に合わねえよ」

「……ニックには、案外合ってると思うゾ」

「そうかぁ？」

「ああいう仕事、優しい性格じゃ務まらなイ。でも冷淡なやつはもっとだめダ」

旅の最中で、雑談は妙に多かった。

より正確に言えば、ニックの体調が回復してカランの仕事も落ち着き、【サバイバーズ】として再度結集して以降、こんな調子のままだ。ニックもカランも、二人きりになったときの沈黙に耐えきれなかった。

ずっと一緒にいるという約束を交わしたが、それをどういう形で叶えるべきか、ニックは結論を出すことから逃げていた。

つまり恋人や夫婦という形なのかと問われたら、ニックは頷く。頷くが、その認識をカランもまた共有しているかはわからないと思っていた。

なんとなく確認しようかと思ったが、カランはその気配を感じると動揺して様々な雑談を振った。逃げやがってとニックは思いつつも、その雑談がまた面白い。ダイヤモンドたちに鍛え上げられたカランのトーク力はまさに抜群であった。

逆にニックも、カランが妙に恥ずかしげに話を切り出す気配を察すると、カランと同じように別の話題を振って逃げてしまう。恋愛に関して、二人はあまりに経験がなさすぎた。

「と、ところで、もうちょっとで着くゾ！」

「お、おう」

こうして二人は曖昧な距離感のまま旅の歩みだけは進み、カランの故郷に辿り着こうとしていた。

遠くに見える赤々とした山脈。点在する草木の背は低い。

どこか荒涼としているが、寂しさはない。

川のせせらぎで大きな地竜がのんきに水を飲んでいる。

野良ではない。放牧されているのだ。

「地竜って小屋とかに繋げずに飼っていいのか」

「そんなのすぐ破られるから意味なイ。みんな放牧ダ。でも頭はいいからいなくなったりしなイ。魔物とか盗賊とかが来ても里をしっかり守ってくれル」

カランが自慢げに胸を張った。

だが、それに反発するように、今ニックとカランが乗っている竜が荒い鼻息を漏らす。

「おっと、ゴメン。お前も立派だゾ。乗せてくれてありがとうナ」

カランが慌てて竜を褒めそやす。

それに満足したのか、やれやれとばかりに竜はのしのしと歩みを進めた。

他の竜が珍しいのか、ここで放牧されている地竜が集まってきた。

「チューリップ！　牡丹《ぼたん》！　紫陽花《あじさい》！　元気だったカ！」

「えっ、なんだその可愛《かわい》い名前」

「ここは竜にも人にも、花にちなんだ名前をよく付けるんダ。ちなみにワタシは古代文明語で、火と蘭《らん》でカラン」

「いい名前だな」

「へァっ!?」

カランから変な声が出た。

ニックも口に出した後に、なんだか妙にキザっぽい言葉になったなと自覚する。

「も、もうちょっとで家が見えてくるゾ……って、向こうから来タ」

竜人族らしい壮年の男性が遠くに見えた。

だがそれは先頭の一人にすぎない。

その後ろから続々と大人の男や女が現れ、そしてこちらに向かって爆走してくる。

数十人程度ではあるが、もはや一種の軍勢だ。

「おいおいおい。オレなんかやらかしたか？」

「そんなことはないはずだけド……。あ、でも姉ちゃんが手紙になんか書いたのかモ」

娘を奪いに来たとでも思われたのかとニックは悩んだが、杞憂《きゆう》であるとすぐにわかった。

竜人族たちはニックたちから離れたところでぴたりと止まり、一糸乱れぬ整列を見せる。

「あれ？」

礼を尽くした態度と言う他ない。

嫁泥棒を追い返そうとする姿勢ではなかった。

そして疑問に思うニックの前に、リーダー格らしき男が前に進んでくる。

赤髪に褐色の肌の、壮年の男だ。

カランのそれよりも大きな角を持ち、腕はカランと同じ色の鱗《うろこ》で覆われている。

一目でカランの親戚筋か何かだとわかる。

「父ちゃん！」

「バカモノ、ここで父ちゃんなどと呼ぶな」

カランが嬉しそうに声をかけると、父と呼ばれた男は呆《あき》れた様子で応じた。

ニックは緊張しながら竜から降りる。

すると、カランの父以外の全員が、一斉に膝を突いた。

「儂《わし》はチドリ。竜人族の里、火竜族族長の長《おさ》のチドリじゃ」

「あ、ああ。冒険者のニックだ……。で……跪《ひざまず》かれる覚えがないんだが……」

「おわかりになろう。竜人族は勇者を尊ぶ。そして魔神と戦い生き残った強者を勇者と呼ばずしてなんと呼ぼうか」

カランの父チドリに対し、おおらかな人物だなとニックは思った。

そしておおらかさは、強さに裏打ちされている。相当な練磨をニックは感じていた。

「それも成り行きに近いんだがなぁ……」

「成り行きで誰にも成さぬことを成す。つまり運命だ」

これちょっと会話通じねえなという感覚と、しかしながらそれだけのことを成したのだという今更ながらの実感をニックは抱いた。

しかし、ヒーロー扱いというのは柄じゃないとニックは思う。

ニック自身、何かを救ったというよりも、誰かに救ってもらったという感謝の念の方が大きい。

「ここは人里離れた魔境のように思われるが、流石《さすが》に戦争の話や魔神にまつわる話はすぐに入ってくるし、スイセンからも手紙が来た。大凡《おおよそ》の顚末《てんまつ》は知っているよ。長旅、疲れたであろう。まずは休むがよろしい」

日干し煉瓦《れんが》と漆喰《しっくい》で造られた、大きな白い建物が竜人族の里の中央にある。

ここが竜人族にとっての議場であり宴会場である。

綺羅《きら》びやかな絨毯《じゅうたん》と椅子と卓が並べられ、卓の上には一見大雑把《おおざっぱ》だが火加減の妙が求められる大きな肉料理、そして大きな酒樽が鎮座している。老いも若きもここに集まり、酒宴を楽しんでいた。

「なんか激しく流されてる気がするんだが……」

ニックは、宴会場の一番奥の主賓席らしき場所に案内された。

そしてチドリや、あるいは竜人族の重鎮らしき男衆に接待されている。

皆、カランの叔父や伯母、従兄弟などの親戚のようだ。

勧められるまま飲んでいては前後不覚になりかねないと思い、ニックはやむなく喋《しゃべ》ることにした。

カランの評判を下げないように持ち上げつつ、【サバイバーズ】の冒険譚《ぼうけんたん》を語る。

だがスイセンから手紙が来たというのは本当のようで、嘘の多くはバレた。

「別に誤魔化《ごまか》さんでよい。あの子は昔から勉強が嫌いでな」

「悪い男に騙されやしないかとひやひやしてました。スイセンに、カランがそっちに行くことを手紙で伝えたのですが宛先不明で困ってしまいまして」

「せめて無理矢理《むりやり》にでも誰かついていくべきだった。カランを救ってくれてありがとう」

口々に感謝の言葉を述べられるついでに、カランが幼い頃の失敗談がどんどん湧いて出てくる。

この状況がバレるとカランの機嫌も悪くなるだろうなと思いつつ、思わずニックも耳を傾けて笑ってしまった。

「ところでカランは？」

「なんじゃ、花嫁の様子が気になるか」

いきなりそんな言葉が飛んできて、ニックも流石にむせた。

「違うのか？　男連れの二人旅で里に戻ってくるなんて、それ以外ないじゃろ」

今更ながらそれもそうだとニックは思った。

よい年をした女が男連れで帰ってきて、連れ合いと思うのが自然な話だ。

「まあ飲め飲め婿殿」

カランの父親はおおらかだと思ったが、酒の席ではそれ以上にフランクであった。

ニックが思っていた方向とは正反対の圧を掛けてくる。

勇者ともあればここに定住はせんだろうが顔は見せに来いとか、孫は何人欲しいとか、カランを好いていた若者もいるから今後のために軽くひねってやっておいてくれとか、もはや将来がすべて確定しているかのような口ぶりで話に花を咲かせる。ニックは苦笑する他なかった。

「お、おまたセ」

「カラン。ようやく……」

来たな、と言いかけたが、そこで言葉が止まってしまった。

「あら、可愛いじゃない！　ねえチドリさん！」

「うむ……晴れやかな姿じゃ。とんぼを追いかけてうっかり川で流されたあの子とは思えん」

「炎の息を練習してて火事騒ぎを起こした子が、こんなにも立派に」

「竜と喧嘩して血まみれになったこともあったのう」

「うっ、うるさいゾ、そこ！　今のワタシは、迷宮都市でえらくなったんだからナ！　領主館付きの文官だゾ！」

「「「「「そう、そこが信じられん！」」」」」

みんなハモった。

「ウソじゃないもン！　そうだロ、ニック！」

怒ったカランに話を向けられ、ニックは苦笑しながら答えた。

「嘘くさいだろうがマジだよ。ええと、確か……領主館の古代文化部の部長だっけか」

「違ウ。迷宮都市テラネ領主館、古代文化保全部、災害調査室室長、カラン＝ツバキだゾ！　名刺もまだ持ってル」

カランが憮然《ぶぜん》としながら一枚の名刺を差し出し、そこにチドリや他の親戚が集まって興味深げに眺める。

「仕事もちゃんとやってたみたいだぜ。それに探偵ヘクターを顎で使うなんて誰にできる仕事でもねえ。あいつ気に入らねえ仕事はやらないからな。他のみんなも褒めてた」

「へへ」

「まったく、こんなときに堅苦しい仕事の話なんていいじゃないのさ」

カランの後ろから、一人の女性が進み出てきた。

赤い髪に角と、ここにいる多くの竜人族と同じ特徴だ。そしてなんとなくカランとスイセンを足して割ったような雰囲気の女性であった。

そして二人にはない落ち着いた空気が感じられる。

「あ、母ちゃん」

「どうだいうちの娘は。都会のファッションとはまた違うだろうけど、こういう姿も可愛いだろう？」

その言葉に、周囲の視線がニックに集まる。

「あー、まあ……可愛いと思うぞ」

カランの姿は、普段とはまったく異なる。

そもそもカランがスカート姿なのをニックは初めて見た。

白いタイトなブラウス、そして下半身は同じく白のロングスカート。その上にワンピース状の袖のない桃色の上着を着ている。

その上着には、曲線的で優美な花の刺繍《ししゅう》が施されていた。

赤い蘭の花だ。

「……ウン」

カランが、顔を赤らめて小さく頷く。

その服の意味合いなど、考えるまでもなかった。

これはカランだけのための、花嫁衣装だ。

「さあ、飲め飲め勇者殿！　酒も飲まずに我が娘を眺めて愛《め》でるなど許さんぞ！」

「そうだこの果報者め！」

ニックと同様に見惚《みと》れていた男衆だったが、我に返るとすかさずニックに酒を勧めてきた。ニックは面倒くさい連中だと思いつつも、この空気感は冒険者に似て、嫌いではなかった。

ニックは、勧められるがままに飲んだ。

油断であった。

そしてニックが目を覚ますと、風景が一変していた。

「……どこだ、ここ」

まるで『絆の迷宮』を彷彿《ほうふつ》とさせる、幾何学的で無機質な空間だ。

先程までの有機的で人間の手仕事を連想させる宴会場とはまったく異なっている。

軽い頭痛がする。酒を飲んだせいだけではない。薬かなにかを盛られて牢《ろう》のような場所に閉じ込められたと、ニックは遅まきながら気付いた。

背中や足腰に痛みはない。どうやらベッドは太陽騎士団の留置場のものに比べてずいぶん上質だと、不運の中での幸運を感じる。

「目が覚めたようだな」

その声の主は、鉄格子の先にいた。

カランの父、チドリだ。

「いや……カランはめちゃめちゃ寝てる」

ニックは、自分の隣から響く寝息がカランのものだと顔を見るまでもなく気付いた。

「…………この子は寝付きがよいのだ。不眠を患ったことは一度もない」

「それはすごくわかる」

チドリのちょっとした呆れに、ニックが頷く。

「で、睡眠薬でも盛ったのか」

「毒はない。安眠と滋養をもたらす薬草だ。酒と共に飲むと効き目が強くなるがな」

「そうか」

「……流石に、修羅場はくぐっているようだな。冷静だ」

「そっちこそ冷静じゃないか。腕をひけらかすつもりはねえが、出られないと思うなよ」

それはハッタリではなかった。

ニックは今、《奇門遁甲《ステッピング》》を高度なレベルで極めている。体の重量を重くする《重身》を使って瞬間的に怪力を引き出し、鉄格子を破る程度のことは何の問題もない。何かしら魔術的なトラップがあったとしても、《念信《テレパス》》を使ってキズナに助言や助力を求めることもできる。

だが、相手はカランの家族だ。

無茶苦茶な真似《まね》をするには早計と思い、ニックはチドリに語りかけた。

「……そうなのだろうな。だが、まずは話をしたい」

「聞くだけ聞こうか」

「何から話したら良いものか……そもそも、ここはどこだ、とは思わなかったかな？」

「思うに決まってんだろ」

ニックの憎まれ口に動じることなく、チドリは重々しく答えた。

「宴会をした議場の地下。そして、本当の竜人族の里だ」

「……本当の？　まるで今の里が偽物みたいな言い方だな」

「地上の里は、ここを隠すために作ったようなものだからな」

「なんだって？」

思わぬ秘密の暴露に、ニックは目を丸くした。

「古代文明期の竜人族は迷宮のように広い地下施設で生活していた。今は魔力の源が絶たれて当時のような快適な生活は難しいが、それでも盗掘を防ぐために存在そのものを隠匿してきた」

「その手の遺跡は基本的に迷宮になるんじゃないのか」

「それは管理者が消え去り、瘴気によって汚染された場合だ。ここは代々族長が管理者権限を受け継いで、最低限の機能を維持している」

ぽかんとした顔でニックは説明を聞いていた。

話の壮大さと、自分を拉致したという事実がまだ結びついていなかった。

「……そんな大事な場所を俺に明かしていいのかよ。俺を狙うなら、簀巻《すま》きにしてどっかに転がしときゃいいだけの話と思うが」

「ここで暮らさぬか？」

「ここって……竜人族の里の婿養子になれとか、そういう意味じゃないよな？」

「それもある」

「あんのかよ」

「魔力の源は消えたが備蓄はある。十世帯程度が十年は不自由なく暮らせよう。ここから見られる範囲ではわからぬだろうが、この施設は広大だ。里一つがすっぽりと収まる程度にはな」

そう言われて、ニックはようやく話の道筋が見えた。

「カランと竜人族を守りながら、魔神戦争が落ち着くまで避難生活しろ。そういうことか？」

「いいや。守られるのはおぬしだ」

意外な答えに、ニックは面食らった。

「……言っておくが、オレは別に特別な力があるとかじゃない。聖剣のおかげで生き延びることができたんだ。つーか、魔神の復活を阻止したのもオレじゃねえしな」

「勇者というのは魔神と戦う者だけを指すのではない。次なる時代を導く者もまた勇者」

「次の時代って、いきなり話が飛んだな」

「魔神と戦う勇者に求められるものは、人知を超えた強さ。おぬしは聖剣を手にして強さを格段に上げるのだろうが、正直言えば人知を超えた側とは思えぬ」

それはそうだ、とニック自身認める他なかった。

アルガスやフィフスのように、同じ人とも思えぬ強者であるかと言われると、違うと言う他ない。これまでの修練と『襷《たすき》の剣』との戦いでアルガスの境地に近づきつつはあるが、それでもニックが到達するには長い年月を要する。

「だからって、次の時代とやらを導くリーダー様の資質なんて持っちゃいないぜ」

「儂はそうは思わん」

「たった一回、酒飲んだだけにしては評価してくれるじゃねえか」

「特別な力がなくとも特別な何かを成し遂げられた者は、何かを持っているのだ。強さではない、人を引き付ける何かを」

「それを持ってんのはカランだよ」

ニックは、落ち着いてチドリの話に耳を傾けるつもりだった。

だがどうにも話の内容が、杓子定規《しゃくしじょうぎ》だ。

竜神族の族長という立場だけで喋る、役人めいた内容だ。

そんな話を聞かされても、そうじゃないだろうという怒りが湧いてきた。

カランの父としてもっと聞きたいことが、もっと聞いてほしいことがあった。

「カランがやった仕事は本物だった。自分より遥かに長く生きた連中を従えて、偏屈な連中と付き合って、数百年もの間、社会の裏側でねちっこく狡賢《ずるがしこ》く生きてきた連中の正体を暴いた。あいつは腕力でなんとかしたんじゃない。知恵と魂で、人を殴ったり斬ったりすることなく、勝利したんだ」

ニックは、カランのことを語った。

カランがどんな目にあい、どんな冒険をしたのか。何を失い、何を学んだのか。

少なくともニックが語るそれは、ニック自身、どんな勇壮な冒険譚よりも綺羅びやかで誇らしい物語であった。

カランの父であるこの男にこそ語るべき、一人の少女の生き様だと思った。

「あいつは誇りを奪われた。けれども取り戻したんだ。一つ一つ自分に足りないものが何なのかを考えた。自分が奪われたように他人から奪うような安易な道は絶対に選ばなかった。あいつ計算も大してできねえよって陰で馬鹿にしてたやつもいたが、迷宮都市の学校で地道に事務方をやってた連中が一目置くような仕事をして、剣だけじゃどうにもならねえことをやってのけた。オレは、オレたちは、こいつを心の底から尊敬してるんだ」

「……だったら、尚更《なおさら》ここにいればよい。カランがおぬしを守り、おぬしはカランを守ればよかろう。魔神との戦いに勇者は必要だが、かといって一人や二人の勇者だけでどうにかなるものではない」

「だから、一人二人抜けたところで問題ないってか？」

「そうだ。戦争は決闘ではない。冷酷なまでに戦力という数字のぶつけ合いにすぎぬし、そこにかけるべき誇りなどない。取り戻した誇りを胸に抱いて穏やかに過ごせばよい」

埒《らち》の明かなさに、ニックは頭をかきながら溜め息をついた。

まるで誰かと話していたときのような徒労感を覚える。

「そこまでしてカランとオレを戦場から遠ざけたいのかよ」

「それが皆の幸福となる」

「幸福とか言うなら自分のことを心配しろよ。あんたやあんたの嫁、あんたの親。カランだって家族だろうが、他にも家族はいるし、自分自身の幸福を考えろよ」

「それは駄目だ。おぬしらの功績の意味もあるのだからな。生き延びる権利は儂にはない」

チドリが、ニックの言葉に疑問を差し挟む。

「あんたの理屈はわからなくもないさ。大局的な見地ってやつなんだろうよ。だがそういう理屈を利用して自分の望みを押し通してるだけじゃねえか」

「勘違いしてもらっては困る。このような危機的状況に陥ったことそのものが不幸だ。誰かが死なざるをえない中で、生かしたい者を生かす。生きるべき者を選ぶ。それが悪というのであれば、選ばざるをえない状況を招いた者が悪い」

ニックは据わった目でチドリを見据えた。

「あんたが悪いとは言わねえよ。立派さ。だからその親心をグースカ寝てるあんたの娘に言ってやれってんだ。オレに言ってどうする」

「知らずともよい。感謝されるためにやっていることではない。恨むなら恨めばよいだけだ」

「それで満足かよ」

「満足だ。むしろこれ以上の答えがどこにある？」

チドリの言葉を聞いて、ニックは黙り込んだ。

かと思えば、くっくと笑い出した。

愉快さの笑いでもなければ、無力ゆえの開き直りでもない。

シニカルで、毒のある笑いが牢獄のような部屋に響く。

ニックは、こんな頑固な人間を説得しようと考えを巡らせる機会があるとは思ってもみなかった。

どうしても説得したかった男はすでにこの世にはいないのだから。

「あー……おもしれえな。なるほどな」

「何がおかしい」

「……あの野郎もそういう考えだったのかもなって」

「ふむ」

唐突な話に、チドリは首をかしげることもなく耳を傾けた。

「あの野郎は、冒険者だった」

ニックは昔を思い出しながら、話を始めた。

「どんな武器を使っても超一流だ。魔術に頼らず、自分の腕前だけで難関の迷宮も突破する。Ｓ級には行ってなかったが、Ｓ級も一目置いてた。ステゴロで勝てるやつはいなかった。そいつと冒険するのは誇らしかった。そいつから剣術や武術を教わるのは死ぬほどキツかった。実際、ちょっと間違えてたら死んでたかもしれねえ。未《いま》だに傷が体に残ってるしな」

傷一つ一つに、鮮明な記憶がある。

魔物に付けられた傷よりも、その男に付けられた傷の方が多い。

だがそれは、どこも致命的なものではない。

深々と凄惨に残っていたとしても、それは的確に臓器や血管を避けている。

「寡黙なくせに、偉そうな口を叩くやつだった。冒険者とはこういうもんだってうるせえやつだった。そいつから見たらオレのようなやつは幾つになってもちっちゃくて幼いガキだったんだろうな。それが悔しくて、逆らったりもした。逆らってるうちに言われたよ。お前は一人前だから出て行け。俺のやり方に口を出すなって」

「強者とは傲慢なものだ。弟子や子供が説き伏せられることも少ない」

「そうだな、あんたみたいに。似てるよ」

「儂に？」

チドリの疑問に答えず、ニックはただ、感情のままに話す。

「……嬉しかったんだよ。一人前って言ってもらえて。本当の冒険者になって、自分みたいに行き場のない誰かを助けて、そいつみたいになれたと思った。けど違った。オレはあの野郎にとって甘っちょろいガキのままだった。ずっと守られていた。ずっと本当のことを言ってもらえなかった。あの野郎が死ぬまで気付かなかった。あの野郎……アルガスは『襷《たすき》の剣』に縛られてる中で、できる限り、オレが生き残る道を探ってた」

「そして勇者殿は生き残った。親として、その男には羨ましさを感じるよ」

「羨ましいだって？」

「魔神が現れて死が当然となる世界では、親が先に死に、子が生き残る自然の摂理さえ歪《ゆが》む。親も子も死に絶え、待ち受けるのは滅びだ。それを避けたいと思うのは当然のこと」

「それで他の連中やあんたが死ぬのを、カランが喜んで受け入れるとでも思うのかよ！　それを親心だと思って受け入れるわけがねえだろうが！　独りよがりなんだよあんたらは！　勝手にやり遂げたつもりになって勝手に死んで、それで残された側がお前らの思い通りにまっとうに生きてくわけがねえだろうが！」

ニックの叫びに、チドリが渋面を浮かべた。

「オレはアルガスに生きててほしかったよ。カランもあんたに死んでほしいわけがねえだろう。自分のために大事な人が死んで、それで助かったって喜ぶやつじゃない。そんなやつだったらこうして必死に守ろうとは思わねぇ。違うか」

「……では勇者殿よ。それではなんとする。カランと共に勝ち目のない戦いに挑むのか？　儂の行動はまっとうな道を外れているかもしれぬが、それでも死ぬよりはよい」

「オレだって魔神となんて戦いたくはねえさ。誰かに任せて高いびきかいて寝てたいってのが本音だよ。かったるい。重い。めんどくせえ。前に魔神が出て数百年経ってるってんだから、どっかの騎士団が準備とかしてるはずなのになんでオレたちが体張らなきゃいけねえんだよ」

「その通りだ。すでに死力を尽くして戦った者が引き下がるのを責める権利など、誰も持ってはいない」

チドリの慰めるような言葉を、拒否するようにニックは答えた。

「それでも、ずっと一緒にいようって言っちまったんだ。あいつに」

「……ニック殿」

「そりゃ魅力的な提案だよ。あんたの話は。産めよ増やせよで、カランと一緒になれたなら幸せだろうな。あいつとは一緒にいて楽しいよ。飽きない。素直なのに頭もいい。勇気があって、いたわりがある。あいつ自身あんまりわかっちゃいないが、綺麗《きれい》だ。嫁だったら最高だろうよ」

「では、ここに住めばよい。死と破壊が渦巻く戦場に戻り、愛する伴侶を失うか、自分が死ぬか。もっともありえるのは共に死ぬことだろう。一緒にいると約束したなら、それは生きることでしか叶えられぬ。死は約束を違《たが》えるのと同じだ」

「違う」

「何が違うのだ」

「ずっと一緒にいるってのは、そういうことじゃない。この里に着くまで、道中ずっと考えてた。どうすりゃいいのかってな。恋人になって夫婦になればそれでいいのか。そういうことがオレたちが望んでたことなのかってな」

「それでいい。何も間違えてはいない」

「あいつと一緒になるってことは、あいつのように誇り高く生きるってことだ。戦うのは懲り懲りだし命は惜しい。けど、目と耳をふさいで静かに暮らして幸せになろうぜって意味じゃねえんだ」

戦いたくないという気持ちはニックの本音だ。

『修羅道武林』で得たものは華々しい勝利などではない。死への恐怖、終わりなき苦痛、どれも生々しくニックの体に染み付いている。どうして冒険者を辞めずにいるのか、ニック自身不思議なくらいであった。

だがそれでも、守ってくれた人、散っていった人に、みっともない姿を見せたくはなかった。

彼らが背負っていたものを、少しばかり、一緒に背負ってやろうと思った。

そして隣で支えてくれる人と、これからも共に生きていきたいと思った。

それがどんなに苦しい道程で、恐ろしい戦いが待っていたとしても。

「オレは、カランと一緒にここから出る。魔神と戦って、勝って、こいつと結婚するよ」

その宣言を、チドリは目を閉じて静かに聞き入った。

「オレはカランが好きだよ。オレが好きなカランはこんな鳥籠に閉じ込められて満足するやつじゃない。自由で、奔放で、だけど優しくて、吟遊詩人《アイドル》よりも輝いてるやつだ。だからあんたの望みには従わない。奪っていく」

「……娘を泥棒されるとはな」

チドリはぽつりとそう言って、額を押さえる。

だが、苦悩に呻《うめ》いているのではない。

むしろ何か、面白がるような笑みがちらりと口元に浮かんだ。

「嫌なら止めてみな」

「勇者殿……。いや、義息子《むすこ》と呼ばせてもらおうか。義息子殿に一つ言っておきたいことがある」

「あんた気が早いな」

「起きておる」

「ん？　何がだ？」

そのチドリの笑みはニックを見ているようで見ていない。

正確には、ニックの後ろを見ている。

そして振り返れば、赤面してうつむいているカランがいた。

「言えよ！」

「そ、そそそそ、そっちこそ気付ケ！　すぐ後ろにいたんだゾ！」

「そーだけどよ！　ぐーすか寝てたじゃねえか！」

カランが恨めしいような、恥ずかしいような、ころころと感情が変わる目でニックを見つめるが、やがてぼそっとした声で言った。

「……そういうの、二人だけのときに聞きたかっタ」

「それは、なんか、すまん」

弱りきったニックが素直に謝るが、カランは徐々にヒートアップしていく。

「なんでニックは他人のおっさんにはズバズバなんでも言うくせに、ワタシには変に身構えるんダ。おかしいだロ」

「申し訳ない」

「吟遊詩人《アイドル》より輝いてるってなんだソレ。アゲートのこと世界一輝いてるとか言ってたくせニ」

「言い訳のしようがねえ」

カランの舌鋒《ぜっぽう》は鋭く、先程まで啖呵《たんか》を切っていたニックの勢いは見る影もない。

ニックはカランの言葉にいちいち頷き、いちいち謝る。

そしてカランの文句が出尽くした頃。

「……でも、許ス」

小さくなった肩を、カランが抱きしめた。

「約束、守ってくれるなら許ス。ワタシも……ニックのこと、好きだからラ」

「ああ。オレもだ。お前のことが好きだ」

一滴の涙がカランの目からこぼれた。

だがそれは、暗闇の底で再会したときのような切々としたものではなく、純朴でまっすぐな幸福を感じさせる潤いであり、祝福であった。

「……だから、ニックと一緒に世界をちょっと救ってくル」

カランはニックを離し、父親に向かって屈託のない笑顔を浮かべる。

チドリは怒るでもなく、嘆くでもなく、静かに語る。

「……カラン。そんなことは忘れてここに留《とど》まれ。世界がどうなろうとここは安泰であり、安泰であるということは、世界は守られているということだ。スイセンも呼び寄せてここで暮らしてもらおう。他にも招きたい者がいれば招くがよい。それで何の不足がある」

「不足あル」

「なんだ」

「狭イ」

「……この部屋は狭いが、ここだけではない。恐らく、似たようなことをしている種族はいるだろう。ワガママを言うな」

「そーじゃなくテ！　世界はこんなに狭くなイ！」

カランが両手を真横に広げた。

「竜人族だけが世界じゃないだロ！　勇者を支えるという竜人族の伝統って、そんなちっちゃいものなのカ！」

「そうだ。ちっぽけなものだ。過酷な世界で生き残るための戦略や処世術にすぎぬ」

「そんな言い草あるカ！」

「ある。儂にはないかもしれぬ。だがおぬしらには、おぬしらだけには、ある」

それの何が悪いと言わんばかりのチドリの言い草にカランは一瞬怒り、だがすぐに静まった。

身内だけが助かればよいという心だけではない。

筋があり、愛があるのをニックとカランは感じ取った。

「誰もが怠惰なまま、世界の危機に気付くことなく見過ごす中で、貴重な時を稼いだ。それを活用できるかどうかは人々の社会の問題であっておぬしらの問題ではない。むしろ世界を救った勇者を庇護《ひご》しない方こそ非難されるべきだ。立派に戦ってこい、誉れある戦いであると、何度も死地に送り込むことこそ鬼畜外道の振る舞いではないのか？」

「それだけしかできなかっタ。噂じゃ凄いやつみたいになってるけど、そんなの全然ダ」

「そんな卑下など恩恵を受けた者やお前たちを信じた者への侮辱だ。ヘクターが聞いたらなんと思うか想像したことはあるか？」

ニックもカランも、突然出てきた知人の名前に驚いた。

「え、なんでヘクターのコト……」

「神々の使徒は様々な土地にいる。当然ここにもな。あやつは神に報告するとき、閲覧権限を弱めて他の使徒にも伝わるようにしたのだ。迷宮都市で起きたことはほぼ正確に把握できている」

「ああ……道理で話が早いわけだ。あんたも使徒か」

ニックが、納得したように頷いた。

「ってことは父ちゃん……現金収入あったんだナ」

「父を侮るな。お前たちのことは迷宮都市の住民よりも遥かに正しく把握している。その上で言っているのだ。ここで生きろと」

チドリが重々しく断言する。

ニックはその裏に、溢れるほどの優しさを感じていた。

そしてカランもまた優しさを感じつつも、悲しい顔で首を横に振った。

「……父ちゃん、ごめンｍ。もうちょっとだけやってみたイ」

「もうちょっとも何もある話ではない。二度目などはないのだぞ！」

「そうだけど、もうちょっとやル」

「話を聞け！　やるべきことはもうすでに成し遂げたのだ！　なぜそれがわからん！」

チドリが呆れ、怒鳴った後に深々と溜め息をついた。

しかしカランの瞳には、一点の曇りもなかった。

「そうじゃなイ。ワタシは、ワタシのやるべきことをやりにいくとかじゃなイ」

「……なんだと？」

チドリが聞き返す。

「……迷宮都市でたくさんの人に会っタ。弱い人も、強い人も、いい人も、悪い人も、いろんな人がいタ。いや、うん、悪い人多かったナ。どーしようもない感じの人もいタ。仲間もだめだめなやつばっかりダ」

「ならば、帰ってくればよいだろう！」

「それでも、好きなんダ」

カランが花のようにはにかむ。

「ニックのことモ。仲間のことモ。迷宮都市のみんなのことモ。みんなとなら、もっと、なんていうか、すごいことができル。そう思ったらじっとしてられないんダ。使命がどうとかじゃなイ。ワタシは、ワタシのやりたいことのために戦うんダ」

「カラン……」

純朴な夢を語るカランに、チドリは引き込まれていた。

いや、すでに引き込まれていることをようやく素直に認めた。

その表情を見てニックは心が痛んだ。

自分には止めることのできない美しいものとなった娘に、誇らしさと寂しさを切々と感じているチドリの心が伝わってくる。

その痛ましくも美しい光景に、ようやくニックは一つの許しを得た。

自分が殺してしまった男を許し、そして許されようと。

アルガスが何を思っていたか、それを正しく理解する術《すべ》は完全に失われている。

だがこの世にはこんなにも美しいものがある。

自分を庇《かば》って死んだ実の両親のことも、それを殺しておきながら自分のために死んだアルガスのことも、今この瞬間、ニックはすべてを受け入れることができた。

「……ニック殿」

「ああ」

「どうか、娘を頼みます」

チドリが、静かに頭を下げた。

この人のために、そして自分を生かしたアルガスのために、なによりカランのために、無事に生きて帰らなければならない。

それがどんなに困難なことであったとしても。

「任せてくれ。絶対に生きて帰ってくる」

ニックは自分に課せられたもの、自分への愛を、自分からの愛をすべて呑み込み、強く頷いた。

人間不信の冒険者たちが世界を救うようです

迷宮都市はまた更に変化を始めた。

『修羅道武林《しゅらどうぶりん》』によって破壊された場所を修復すると同時に、魔神戦争のための砦《とりで》として機能させるために都市のほぼすべてにおいて様々な建設工事が行われるようになった。

外壁には魔術的な結界が張られ、遠距離攻撃や魔術による攻撃を防ぐ対策が施された。

大通りは軍務や公務優先の快速道路となり、ギルド周囲を賑《にぎ》わせていた露天商や物売りは引っ越しを余儀なくされた。

『修羅道武林』によって倒壊した建物は撤去され、再建はされずに巨大な魔術の研究所や工廠《こうしょう》、戦士のための訓練所、そして病院や避難施設などが建設された。

また、これまで放置されていた建設放棄区域《ガーベージコレクション》にもメスが入れられた。

地上げを手早く済ませたい領主筋と、ここを動けない者、動きたくない者などの先住者グループでの対立が勃発したが、他のメンバーより早く帰還したゼムが折衝と説得にあたって事なきを得た。

似たような出来事は頻発している。豊穣《ほうじょう》と言えるほどの文化が一つ一つ消えていく。強引に開発を押し進める領主筋に対して当然批判が起きた。

そこでダイヤモンドはできる限り、文化を残すために資金を投入した。商業施設や娯楽施設の移転、嗜好品《しこうひん》に近い食品の備蓄、避難施設の環境改善などなど、一度戦争を体験した者ならではの視点で施策を進めた。

もっともそれもまた批判を呼んだ。魔神を撃退することこそが使命であり、そんな余計な仕事をしている暇と予算などないはずだと。

様々な意見や批判が渦巻きながらも、プロジェクトは進行していく。

ダイヤモンドは、迷宮都市テラネの市民は、賭けていた。

彼らに。

迷宮の奈落、都市の最底辺から這《は》い上《あ》がり生き延びてきた、生還者たちに。


「そーゆーこと早く言いなさいよ！」

ティアーナは、ニックとカランが結婚の約束を交わしたことを聞き、開口一番に叫んだ。

「仕方ねえだろ。こういうことは報告のタイミングってもんがあるんだから」

「はぁーあ。パーティー五人中二人が結婚ってアレよね。パーティー崩壊のフラグだわ」

「だから婚約であって結婚はまだだ」

「なんでしないのよ！」

「そこで怒られる筋合いはねえよ！」

ニックとティアーナがわーわーきゃーきゃーと騒いでいる。

それを、キズナは面白そうに眺めていた。

ここはスターマインホールの地下にある大きな控室だ。

その付近にある宿泊室複数なども含め、【サバイバーズ】のために貸し出されている。

ニックたちは自分が住んでる宿に戻るつもりのようだったが、今は魔神戦争やスタンピードに備えて区画整理が始まっている。宿は地上げによって一ヶ月以内に潰されることが決まっており、ニックとカランは迷宮都市に戻って慌ただしくここへの引っ越し作業に追われていた。

「つたく、宿がなくなるとは思ってなかったぜ」

「ドーナツ屋も潰れちゃったゾ」

「ドーナツ屋は地下テラネで営業再開するわよ」

ティアーナの言葉に、なんだそれ、という顔をニックとカランが浮かべた。

「あら、知らなかった？　ここから更に地下におっきなシェルターを作ってるらしいのよ」

「地下って……『修羅道武林』があるだろ。危なくないのか？」

「今、『修羅道武林』は迷宮都市の地下にないわよ」

「ないって……なくなるもんなのか、アレ」

「なくなるわよ。あれは元々あったんじゃなくて地下を掘り進めて侵略しにきたんだもの」

「あ、そうか」

「で、『修羅道武林』は魔神の卵を持ち去って地底を動いてどこかに消えたらしいの。でも穴は残ってるから地下を掘って結界とか壁とかを作らなきゃいけないってわけ」

「……不気味だな。『襷《たすき》の剣』みたいに作戦を指示するやつがいるみたいじゃないか」

ニックが何とも嫌そうな表情を浮かべる。

「仮説だけど、魔神が夢を見ているらしいわ」

「夢？」

「そう。あるいは動物の本能みたいなもの。瘴気《しょうき》を放ったり、迷宮を生み出したり、魔物を生み出したりというのは、魔神が覚醒していない無意識の状態で自動的に行われるらしいの。そして覚醒度が上がるとその夢の解像度も上がっていって、より具体的な形になっていく」

「オレたちが命がけで魔物と戦ってるのさえ、向こうにとっては夢にすぎないってか……。むしろ魔神が復活して世の中が終わっちまうのなら、オレたちこそが魔神の夢なんじゃねえの」

「ふふふ、諧謔味《かいぎゃくみ》があって詩的な表現ですね。問題はこれが詩や歌の話ではなく、私たちにとって極めて危険な現実上の脅威であることでしょうか」

ゼムの感想に、ニックはかなわないとばかりに背もたれに体重を預ける。

「勘弁してほしいぜ。公会堂も公園も潰れるし、スターマインホールも、ライブ会場だったたってのに今や要塞じゃねえか。吟遊詩人《アイドル》の本分はどうした」

「そっちはまだいいじゃない！　チャリティーライブとかやってるんだし！　競竜場なんていつ再開するかわかったもんじゃないわよ！　カジノも自粛中だし！」

「酒場《キャバクラ》もあまりやっていなくて。少し前までは賑やかでしたのにまるで火が消えたようですよ」

「レストランもだゾ。料理人はボランティアに駆り出されてル。まあ仕方ないんだけド」

三者三様の溜《た》め息《いき》をつく。

ニックの趣味だけは少々恵まれているために、気まずそうに目をそらした。

「……ところでおぬしら、子は作るのか？」

キズナの問いかけに、ニックとカランが飲みかけの水を吹き出した。

「そういうことを真顔で聞くな」

「よいではないか。大事な家族の計画であろう」

「お前なぁ……」

と、ニックは文句を言いかけて気付いた。

キズナは至極真面目な顔をしていた。

「これは冗談でもなんでもない。真剣に考えておいた方がよいぞ。より具体性のある将来像を共有することは作戦成功率を高めるであろう。いや、成功率というよりも、成功後の反動を制御する率と言った方が適切かもしれん」

「アレか……」

キズナ……正確には『絆《きずな》の剣』は、完成しつつある。

ダイヤモンド、『武の剣』、そしてダイヤモンドが戦闘中に分析した『襷《たすき》の剣』の情報をもとに、「本来発揮するはずだった『絆の剣』の性能」が引き出せるようになった。四人同時の《合体《ユニオン》》を、理論上可能としている。

だがそれでも見えていないものがある。使用者にどのような反動が起きるかだ。

「戦闘が無事に済むか、そして反動で何を失うことになるのか想像がつかん」

「腕や足の一本で済めば御の字ってところかしらね」

ティアーナがうんざりした顔で言った。

「そうじゃ。そして四人合体をしている際の集合意識が、何を犠牲にするかを決断する。自分を犠牲にしようと思うな。皆、未来を思い描き、生き残ることを強く意識してほしい。よいな？」

「……いや、そう真面目な話をされるとますます話しにくいんだが。もうちょっと自然な導入で、茶化《ちゃか》し気味に聞いてくれた方が助かる」

「ワガママ言うでないわ！」

キズナが怒り、ニックがすまんすまんと苦笑しながら詫びた。

「なんてな。冗談だよ。あと未来を描けっていうのはお前もだぞ」

「む？」

「使命とかどうでもよくて作家デビューしたいとか言ってたじゃねえか。お前こそ忘れんなよ」

「あ、ニック、話そらしてる」

「うるせーな」

ティアーナが面白そうに指摘し、ゼムが微笑《ほほえ》み、カランが赤面する。

「でも……私は嬉《うれ》しいわ。あなたたちが結婚するって、すごく祝福したい気持ちになる」

「僕もです。本当に、おめでとうございます」

だが、そんな茶化すような会話の空気もどこか寂しげで、そして優しげであった。

普段とは場所も環境も、そして全員の心も異なる。

このときは二度とないかもしれないという、慈しみがあった。

「世界で唯一無二の吟遊詩人《アイドル》、アゲートちゃんがー！　あ――――そびに来たよぉ――――――――！」

だがそのとき、ばぁんと勢いよく扉が開いた。

「うわっ、なんだなんだ!?」

「ほーら、やっぱりみんな暇そうじゃないですか！」

「暇じゃねえよ。大事な打ち合わせ中だ」

ニックはにべにもなくしっしと手を払うが、アゲートはまるで気にした様子もない。

「暇そうなのでお仕事をお願いしたいんですね。チャリティーライブをやるので、設営とか護衛をお願いします」

「いや、忙しんだ。今も真面目に戦争とか作戦のことを語り合ってた」

「うっそだー。笑ってる声、外まで響いてきましたもん。それに軍曹からも許可取りました。『暇そうだし何か仕事させていいんじゃない？』って言ってましたし」

「あいつめ……」

「こないだの百周年ライブは色々と殺伐とした感じになっちゃったし、今度こそちゃんとスタッフの仕事してくださいよぅ」

「それもそうだナ」

カランがアゲートの言葉に頷《うなず》いた。

他のメンバーもやる気なようで、ニックは意外そうな顔をした。

「なんだ、やる気あるじゃねえか」

「むしろなんであんたがやる気なさげなのよ」

「そうじゃそうじゃ。珍しい」

と、ティアーナとキズナが問いかける。

「だって、アゲートちゃんの持ち歌って……アレじゃねえか」

「あ」

そう言われてティアーナが気付いた。アゲートのソロ曲、『麗しのパラディンさま』を。

「今、オレたちがパラディンだったってバレてる状態でライブやって、しかもそのオレたちが会場スタッフになってたら色々とやべーだろ」

その言葉に、アゲートは盛大な溜め息をついた。

「そーやって面倒くさいこととか辛気くさいこと考えてるニックさんみたいな悲観論者がたくさんいるから、わたしたちがライブするんです。だから手伝ってください！」

「お前めちゃくちゃだな！」

「カランさんも。いや、カランさんはむしろ歌って踊ってもらった方がいいかな？　百周年のライブは後味悪い感じになっちゃったし」

「やダ。出なイ。歌うのはアゲートの仕事」

カランがつんと首を横に振るのを見て、残念だなぁとアゲートが笑う。

「こういうときほど楽しいことしてほしいんですよ。皆さんにライブ見せてあげられる機会も、これから減っちゃうから」

「しんみりした空気に流されねえぞ。スケジュール把握してないと思ったか。今日はチャリティーライブ。再来週にはシェルター兼地下会議場のこけら落としイベント。騎士団の慰問もあったよな」

ぎくっという声が聞こえそうな顔をアゲートが浮かべる。

「だって他のライブはセキュリティ厳しいからスタッフルームに誰か入れるの面倒なんです！」

「手伝わせたいだけじゃねえか！　オレは前列で魔色灯《サイリウム》振りたいんだよ！　つーか他の詩人偏愛家《ドルオタ》仲間にバレて妬まれてるから居づらいんだよ！」

「もういいじゃない。諦めて楽しみなさいな」

「そうだゾ。今度こそ邪魔の入らないところでしっかり仕事しロ」

「観念しましょうね。我々もスターマインホールを間借りしているわけですし」

「うむ。頼られていることを誇りに思うべきじゃろう」

全員に背中を押されて、ニックは渋々控室を出る。

諦めてやるかと観念し、アゲートの背中を追って廊下を歩き出したあたりでキズナが声をかけた。

「ニック。話したいことがあったが、機を逸してしまった」

「どうした、藪《やぶ》から棒《ぼう》に」

「……後で大事な話があるのじゃ。あ、一応言っておくと、暗い話や悪い話ではないからの」

「ん？　ああ、わかった」

意味深な言葉にニックは訝《いぶか》しみつつも暗い話ではない、というキズナの弁を信じた。

だが、それはニックの逆鱗《げきりん》に触れない話ではなかった。


『絆の剣』は鍛造された時点で意識が明瞭であった。

通常、魔道具というものはゆっくりと意識が覚醒し、そして状況を学習して精神を成熟させていく。その速度にバラつきはあるが、人間が成長していくのとさほど変わりはない。

ただし、始めから意思を持つ魔道具として開発されたものは別だ。

知恵を持ち、そして知識を持ち、意思を持つ。

ただ、経験はなかった。

武具として生み出されたのに戦った経験もなければ、勝った経験も、負けた経験もない。

そして意思ある者として生み出されたのに、友がいない。

「父上。いつになれば外に出られるのであろうか」

「そのうちな」

父上とは、『絆の剣』にとっての開発主任であった。

彼は当時において賢者と称されるほどの頭脳明晰《めいせき》な魔術師であり、魔道具の開発者であった。儀式魔術《合体《ユニオン》》の原理を解明し、魔術を極めた存在でなくとも容易に実行できる聖剣を開発した。

そのカタログスペックの凄《すさ》まじさは、発表時点ではプロジェクト進行中の聖剣の中でも随一であり、魔神討伐の主力兵器になるだろうと人々に噂《うわさ》された。

が、適合者が少なかった。

二人による《合体《ユニオン》》は成功したものの、三人となると途端に難易度が上がる。

開発主任は、所有者の精神性の問題であるとした。

『絆の剣』も、そうなのだろうと納得した。

二人で足並みを揃《そろ》えるのは簡単でも、三人や四人となると難しい。子供でもわかる理屈だ。そして子供でもわかる理屈であるがゆえに、誰もが納得した。

そんなのは嘘《うそ》だ。

適性の問題があるのは事実だった。だがそこに原因のすべてを求めても進展はないことを、開発主任は本当は理解していた。

ここで開発主任が他の聖剣の鍛造プロジェクトに頭を下げて連携していれば、恐らくは真の意味での完成を迎えており、魔神討伐も何の問題もなく進行したはずであった。

だが結局はそこから遅々として進むことはなく、『絆の剣』は実戦投入はされることなく『絆の迷宮』に封じられることとなった。

もう一つ、開発主任は嘘をついた。魔神はいずれ復活する。そのときにきっと、お前を求めるものが現れるだろうと。

『絆の剣』は信じた、というより信じる以外の選択肢はなかった。

魔神戦争によって疲弊した魔道具工廠は閉鎖され、魔神に勝利したとはいえ秩序が崩壊した社会においては、人を超える高度な魔道具に誰も道を指し示すことなどできない。やがて冒険者ギルドに接収されて、絆の迷宮の奥底で眠り続けた。

「今にして思うとあやつら適当じゃったのう」

はーやれやれとキズナは溜め息をついた。

ここは、スターマインホールの地下。

ニックたちがいる部屋よりも厳重なセキュリティに守られた特殊なフロアだ。

だがその厳重さの割に、部屋は汚かった。

魔力を蓄えた貴重な宝珠がビー玉のように転がり、中途半端に分解された魔剣が転がり、あるいは書類や魔道具の部品なども雑然と転がっている。

研究室で実験に追われる研究者の部屋のような切実さもあり、あるいはまるで夏休みの宿題に困る子供の部屋のような稚気もある。その目的は、たった一つ。

『絆の剣』を完成させること。

そのために聖剣が手を取りあい、協力するための場所だった。

「適当っていうか杜撰《ずさん》だったんだよ。セクショナリズムがバリバリに激しかったから、大局が見えてるようで見えてなかった」

その開発が一段落したところで、キズナたちは雑談に興じていた。

「とはいえ我々も同じじゃろう。こうやって胸襟を開いて会話するなどなかったからのう」

「そーだっけ？」

「そーだっけではないわ！　おぬしが『歪曲剣《わいきょくけん》』だった頃などひどかったではないか！」

『まったくだ。お前の名に震え上がらない者はいなかった』

ダイヤモンドのとぼけた返事に、キズナと『進化の剣』がしみじみと頷いた。

「仕方ないでしょー！　ちょっとくらい強権的に振る舞っておかないと、ボクらは研究所とか工廠のいいなりになって使い捨てられててもおかしくなかったんだよ！　封印処置で済んで現代までみんな生きてたのはボクのおかげでもあるんだからね！」

ダイヤモンドは、魔神戦争の時期において人間の権力者と比肩するほどの権勢を誇っていた。

好みの少女を集めて自分に捧《ささ》げさせたとか、魔神の呼び声を使って拷問をしたのではとか、様々な悪評が古文書に残っていたりする。

真言歪曲《ディストーション》機関という魔神に対抗する組織を運営するため、一種の恐怖政治のような体制を作ったのは事実であった。もっともそれは、供物代わりにされた少女たちを守るためであったり、政治的な横やりを防ぐために悪評を利用したという側面も大きい。

『ぐ……それはそうだが、封印というのは気に食わん。我がどれだけ眠っていたと思っている』

「それはゴメン。ただ『進化の剣』、キミは色々と素行に問題ありとされてたんだからね」

『ふん。お前に言われたくはない。「絆の剣」、貴様も言いたいことの一つや二つはあるだろう』

話を向けられたキズナは、しばし悩んで首を横に振った。

「いや……あやつら以外に拾われた場合を考えると、絆の迷宮で眠り続けていたのは正解だったのかもしれぬ」

「……そうだね。うん、キミはよい使い手に出会えた」

ダイヤモンドが、じんわりと微笑んだ。

『あのー！　私の使い手でもあるんですけど！』

「わかっておるわかっておる」

『武の剣』の文句にキズナは曖昧に頷く。

「『進化の剣』はどうだった？　自分を作ったメンバーに思うところは？」

ふむ、と『進化の剣』は頷きながら答えた。

『そうだな……他の賢者どもと同じく、彼らの虚栄心や対抗意識は強かったとも。徳に溢《あふ》れた人々とは言えぬし、彼らのアプローチで覚醒に至るかというと至らないだろうとは思う。だが、それの何が悪い？』

「え、キミ的にはアリなの？」

『少なくとも彼らは勝利のための方策を真剣に模索していた。人がどうあるべきかというテーマに過度に左右されはしなかった。なるほど確かに、あの賢者共が胸襟を開いて議論を活発に交わしていれば五本の聖剣ではなく、一本の最強の剣を生み出してすべてが片付いていた可能性はある。だがその場合、我らは生まれなかった。多様性がないのだ』

「ま、それもあるかもね。結局、ボクらの親みたいな人は人間だったし、ボクらも人間とさほど変わらない。『襷《たすき》の剣』を含めてね」

ダイヤモンドがしみじみと言う。

だが『武の剣』は少々首をひねった。

『うーん、わたしのところはあんまりそういうのないんですよね。他のところほど殺伐とはしてませんでしたし』

「というか、おぬし記憶があるのか？　オリヴィアとは違うのであろう？」

『あ、はい。開発段階でのコミュニケーション記録などはありますよ。というかそれを消されると武術や身に付けた技能まで消えてしまいますので』

「なるほど。ではいきなり古代文明のときから現代にワープしたようなものか」

「そーなんですよ！　私って難儀な人生送ってるんですよ！　オリヴィアさんは消えちゃうし……」

オリヴィア、という名前に、キズナが寂しさを覚えた。

キズナにとってはオリヴィアが初めて、迷宮都市で出会った古い同胞だ。

自由闊達《じゆうかったつ》で、だが孤独な戦いをずっと続けていた。

「ま、あやつの分までがんばるとするかの」

「そうだね」

キズナの言葉に、ダイヤモンドもまたしみじみと頷いた。

「……さて、キズナくん。キミはこれから、ボクらの親……賢者たちが目指した一つの完成形となる。シミュレーションはそれこそ飽きるほどにやったけれど、この現実世界においてはぶっつけ本番で行くしかないのはわかっているね？」

「うむ」

「すでにスタンピードが同時多発的に起きたけど、それを蹴散らすのは冒険者や騎士たちに任せるんだ。バックアップもちゃんと依頼している」

「むしろおぬしらこそよいのか？　すべてが終えるまで休眠状態となり、我らが敗北したとき、おぬしらは目覚めぬ可能性がある。一時的におぬしらの権能を預かるわけじゃからの」

キズナの完成形に必要なものは、それぞれの聖剣の力であった。

『響の剣』ダイヤモンドの、魂に語りかけて調和をもたらす力。

『進化の剣』の、生命の可能性を発現させて強靭《きょうじん》な肉体を無尽蔵に生み出す力。

『武の剣』の、強靭な体を制御する力。

他にも、『襷《たすき》の剣』を分析して得られたデータや遺《のこ》した魔道具、マーデから与えられた魔道具や魔力リソースなどもあるが、三本の聖剣の力こそが鍵だった。

それらを結集して一時的にキズナの下へ集め、残る三本は魔神との決戦が終わるまでの間、休眠状態となる。

最悪、そのまま死ぬこともありえる。魔神との決戦でキズナたちが負ければ、返すべき権能もろとも消失する。あるいは戦闘の中で不可逆的なダメージを与えられることもあるだろう。

その無防備な三本の聖剣を守るために作られたシェルターがここだった。

しかも、ダイヤモンドは今までスターマインホールの司令塔として活動していた。できる限りダイヤモンドは仕事を他のスタッフ……ジョセフたちに預けてきたが、ここが手薄になることには代わりはない。

「迷宮都市はボクの庭さ。ここが破壊されるくらいなら力を預けるくらい構わないよ。ていうか、ボクはカランちゃんを所有者として認めたんだ。ここで引き下がったら怒られちゃうよ」

『私も、所有者を見捨てるなどできません！』

ダイヤモンドと『武の剣』は当然とばかりに頷く。

「『進化の剣』、おぬしはどうじゃ？」

『不服はあるに決まっているだろう』

『進化の剣』が憮然《ぶぜん》とした様子で答えた。

「まあ、おぬしはそうじゃろうの」

『だが得るべき報酬は受け取った。戦争が終わった後は好きにさせてもらう』

「おぬしが所有者をこうも大事にしているのは、正直ちょっと意外じゃった」

『別に、定命《じょうみょう》の存在の所有者など期限付きの消耗品であることには違いない。だが我を使用した結果として死なれてはこちらの沽券《こけん》に関わる』

実のところ、『修羅道武林』の生還者の中でもっともダメージを負っていたのはレオンだ。

迷宮都市の神官や『武の剣』のリハビリによって少しずつ体力は回復しているが、調子を取り戻すには時間を要する。魔神との決戦に参加するのは無謀であると言えた。

そして『進化の剣』は、レオンの治療を続けさせること、そして戦争終結後はレオンや『進化の剣』の今までの罪を帳消しとして自由を得ることを条件に、キズナに協力することを決断した。

「行動の自由といっても、『襷《たすき》の剣』みたいなことやらかしたらブチ折るからね」

『やってみるがいい。だが「襷《たすき》の剣」のような潔癖症と一緒にされるのは業腹だな』

「いやー、おぬしもちょっと潔癖なところあるじゃろ。カジノにたむろするようなギャンブラーとか嫌いじゃったろ？」

『欲望に溺れる人間が嫌いなだけで欲望そのものを否定するつもりはない。そういう意味ではこの都市は悪くはない。欲望を相克する者が相争い、進化や発展を遂げる都市を築いてみたい』

「都市を築きたいって？　ふぅん。ボクに挑戦するつもりなら受けて立つよ」

『吠え面《づら》をかくなよ』

ダイヤモンドが不敵に微笑み、『進化の剣』が応じるように不遜に笑う。

『はいはい、皆さん名残惜しいのはわかりますが、そのあたりにしておきましょう。……そろそろ出立です』

喧嘩《けんか》と脱線の気配を察した『武の剣』が全員を促した。

「頼んだよ」

『結果以外に求めるものはない』

『がんばってください！』

三者三様の声を受けて、キズナが静かに目を閉じた。

ダイヤモンドが剣の状態に変身し、キズナ以外の全員が聖剣本来の姿となった。

聖剣にはめ込まれた宝珠から虹のような光が放たれた……かと思うと、その光の輝きそのものがキズナへと集まっていく。

聖剣の持つ各々の権能の力が、今、キズナへと宿った。

思い返せば、キズナが『絆の迷宮』の外に出ようと思い立ったのは義務感であった。

魔神復活の予兆めいた波動が感じられたからだ。

だが、眠り続けて無視してもよかった。

すでに自分自身を開発した者もこの世から去り、文明が退化した社会に出たところで面白いことなど何もないと思っていた。

面倒くさいからやめるか、いいや、そろそろ起きねばなるまいか、と、学校に行きたくない子供のように数年単位の二度寝を繰り返したが、なんのために生まれてきたのかという運命への反骨心と、唯一与えられた使命を果たすべきという義務感が体を動かした。

そして半分覚醒した状態で『絆の迷宮』の掌握を目指した。迷宮内の生きている部分の機能を把握して、迷宮上層にある冒険者ギルド本部の情報宝珠を一部改竄《かいざん》し、自分の存在を示唆した。

あまりに露骨に存在を訴えると、冒険者ギルドが本腰を入れて『絆の剣』を接収しに来る可能性があった。

キズナは情報宝珠を盗み見て、現状の冒険者ギルドがそこまで『絆の剣』や聖剣といった古代の聖遺物に興味を示していないことは把握していた。むしろ面倒な危険物扱いされて再封印されることを警戒しなければいけなかった。

情報の深さと正確さ……というより、不正確さには慎重を期した。

聖剣を見つけることに魅力を覚える野心を抱きつつも、冒険者ギルドの依頼に従う程度の社会性の持ち主である冒険者を。

それはつまり、博打《ばくち》であった。

最初に『絆の迷宮』を訪れた【鉄虎隊】はキズナの眼鏡《めがね》には適《かな》わなかった。実力は申し分ないが、漏れ聞こえる会話はダーティであり、明らかに人を騙《だま》す側のものだった。

半ば諦めつつも、キズナは待った。聖剣を持つに相応《ふさわ》しい冒険者を。

そして、これはと思う冒険者を見つけた。

チームワークは悪くはない。迷宮という閉鎖環境において、互いを思いやり、尊重する気配があった。何か事情がありそうな気配もあったが、それを含めてよいパーティーだと感じた。

そして迷宮のセキュリティを操作して彼らを誘導することに成功した。

自分の下に辿《たど》り着《つ》いた彼らは、開口一番に言った。

「「「売るけど?」」」

やってしまった、と思った。

名だたる聖剣さえ欲しがらない冒険者も当然いるということを、『絆の剣』は失念していた。むしろ契約や仕事を遵守する真面目な人間であればあるほどそうなるはずだ。

が、なんとかなった。

このときのキズナは、ちょっと演技が入っていた。泣き落としは半分本気だったにしても、そこからアマルガムゴーレムが現れてニックたちに襲いかかったのはキズナが仕掛けたものだ。

アマルガムゴーレムはセキュリティ用途ではなく、訓練用のゴーレムだ。人間にダメージを与えることはできても、殺傷することはできない。致命傷に近いダメージを与えてしまったときは即座に回復や蘇生《そせい》措置が行われるセーフティ機能があった。

ともあれ、【サバイバーズ】に降りかかった試練、あるいは試験はキズナの思う通りに運び、ニックたちは聖剣の所有者となった。

キズナはそこで「キズナ」という名前、そして所有者の姿を模倣した体を得た。

そこからの冒険は、華々しいとは言えない。

人は褒めそやすが、それは『修羅道武林』を攻略した後のことだ。最初の頃は、ちょっと変な連中が集まった冒険者たちの、世界を救うなんて夢のまた夢の一パーティーにすぎなかった。

最初の敵は、人を騙して金をせしめる悪徳冒険者。そして悪徳冒険者を利用する、自分と同じ聖剣『進化の剣』。

篤志家のふりをして迷宮都市で子供を攫《さら》う元神官。

元神官を利用する魔神崇拝者。

だがその魔神崇拝者も誰かに利用された存在だった。

そんな人間に大きな驚きや衝撃を感じたかというと、大して感じてはいない。古代文明期に出会った人間の数は少ないが、それでも人間というものを理解しようとよく見ていた。迷宮に閉じ込められながらも、残された文献を読み、あるいは冒険者ギルドの情報に干渉し、人間というものを観察してきた。

それでも、所有者と共に立ち向かったことは得がたい経験であった。

泣き、笑い、あるいは享楽に耽《ふけ》り、聖剣ではなく一介の冒険者のように過ごしてきた。

気付けば、過去に与えられた使命に固執しなくなった。

大事ではある。自分が生み出された意味を投げ捨てられるほど、キズナは自暴自棄ではない。それは『襷《たすき》の剣』との戦いを経ても変わらない。

だが、命に代えてでも絶対にやり遂げなければいけない運命とは思わなくなった。

ただ一人の冒険者として、一人の【サバイバーズ】の仲間として、やれることをやる。

そして生き残る。

キズナは一歩一歩振り返るようにスターマインホールの螺旋《らせん》階段を上り、屋上を目指した。

「準備は……できたみたいだな」

そこではニックたち四人が屋上からの光景を眺めていた。

皆がキズナの方を振り返り、当たり前のように出迎える。

その笑顔の眩《まぶ》しさに、キズナは泣きたくなるような切なさを覚える。

「ここは、よいところじゃな」

屋上の一角は、ちょっとした公園のようになっている。

ダイヤモンドがここを建築する際、特別な小ホールのような、あるいは結婚式やセレモニーなどに使えるような場所として設計したらしい。

見晴らしもよく、迷宮都市の全景、そして五輪連山が美しくそびえ立つのが見える。

だが現在のスターマインホールは要塞と化しており、そんな華々しい用途で使われる予定は立っていない。

ここは、出陣の場所であった。

「すでに魔物の軍勢と戦っている冒険者グループや騎士団はおる。すでに劣勢のところもあるじゃろう。じゃが我らは一直線に魔神のところへ向かう。迷宮都市の地下から撤退した魔神の体は、今、五輪連山の火口の奥。一足飛びにそこへ辿り着いて叩《たた》く」

「ああ」

「ただ、魔人と戦う前にどうしても避けられぬ戦いがある。五輪連山を守る最強の魔物、堕天使じゃ。純粋な肉体の強さのみでいえば魔神に匹敵するともいわれる強者ではあるが、付け入る隙はある。魔神と戦うための余力を残したうえで、倒せ」

「ええ、承知しました」

「魔神は真言を放ち、魔物を強化し人の精神を汚染する。迷宮都市や集落はダイヤモンドが張った結界に守られておるが、外で戦っている冒険者や騎士は別じゃ。影響が少なくなるよう、できる限り戦場を限定するか引き離すのじゃ」

「わかったゾ」

「魔神は、特定の体を持たぬ。そのとき敵対する人々の恐怖に反応し、その都度新たな能力を発現する。恐怖に呑《の》み込《こ》まれるでないぞ」

「それも耳にたこができるくらい聞いたわ」

「《合体《ユニオン》》の後は、もう後戻りはできぬ」

「おう。覚悟はできてるさ」

ニック、カラン、ティアーナ、ゼムが、確認の言葉にしっかりと頷いていく。

それを見て、キズナは決意を込めて頷いた。

「準備は万端のようじゃな」

「キズナも、何か言っておくことはあるか？」

ニックの質問に、キズナは静かに頷いた。

「……『絆の迷宮』を探索したときのことを覚えておるか？」

「ん？　ああ、そりゃ覚えてるが」

ニックが不思議そうな様子で肯定した。

「あのときは死ぬかと思ったゾ」

「本当、大変だったわよね。魔物は多くてしつこかったし」

「冒険者の仕事の厳しさを思い知りましたよ」

そしてカラン、ティアーナ、ゼムがしみじみと昔を懐かしむ。

「そこで、アマルガムゴーレムというやつがおったじゃろ？」

「ああ、いたいた」

「強かったナ」

「ていうか嫌らしかったわ。あれほんとムカつく」

「死ぬかと思いましたね」

「あれ、我のせいじゃ」

その言葉に全員が沈黙する。

ニックが少し遅れて、納得したように頷いた。

「ああ、そういえばセキュリティを掌握しきれなかったとか言ってたっけな」

「まーそういうこともあるゾ」

「何事も完璧にはいかないものよ」

「むしろ、みんな失敗ばかりではありませんか」

「い、いや、そうではなくての！」

キズナが慌てて全員の言葉を遮る。

ん？　ニックが訝しげに首を傾《かし》げた。

「つまり？」

「我のせいというのは失敗したという意味ではなく、しらばっくれてワザとけしかけたのじゃ」

「……」

「……」

「……」

「……」

全員が沈黙した。

「いや、我はその、聖剣じゃしの？　剣を引き抜く者に試練を与えるのは当然の権利というか……それにあの流れで持っていかれたら冒険者ギルドに納入されておったじゃろ？　いや、申し訳ないことをしたなーとはもちろん思っておってな」

てへっ、という声が聞こえそうな、ごまかし感がありありと含まれた謝罪だった。

だが、キズナは【サバイバーズ】の一員として様々な危機を乗り越えた。

アマルガムゴーレムが最強の敵であったかというと、そんなことはない。

もっと大きな命の危機はあったわけで、小さなことだ。

小さなことではあるが。

「ばっかやろー！　てめーあんとき死ぬかと思ったんだぞ！」

「助かってもパーティー解散になっててもおかしくなかったゾ！」

「そーゆーこと早く言いなさいよバカ！　バカバカバーカ！　ポンコツ！　β版！」

「キズナさん。すみません、こればかりはちょっと擁護できません」

「ポンコツゆーでないわ！　完成したもーん！　それに今まで死にそうなピンチを何度も救ったじゃろーが！　ノーカンじゃノーカン！」

「そりゃピンチはたくさんあったけどな！　反撃とか味方の増援とか、そういうチャンスが一切なかったのはあんときだけだよ！」

「ちゃ、ちゃんと加減はしたんじゃよ？　生体反応が消えかかったらそこで攻撃中止することもできたし」

「オレは骨が砕かれて死にかけたっつーの！」

「アマルガムゴーレムは治癒魔術も使えたから治せたんじゃって！　本当じゃ！」

「それを言わなきゃ意味ねえんだよ！」

と、しばらく不毛な口論が続いた。

だが最終的にキズナに泣きが入ってごめんなさいごめんなさいと真摯に謝罪することになった。

「まったく、かわい子ぶるんじゃなくて最初からちゃんと謝れ」

「ご、ごめんなさいなのじゃ……」

ぐすんぐすんと涙を拭うキズナを見て、ようやく皆、矛を収めた。

「ったく……あ」

「どうしたんダ？」

ニックが、何かに気付いたかのように言葉を止めた。

「いや、オレもちょっと黙ってたことあった。オレの部屋に積んであるお前の本、間違って捨てたことがあったのを……宿の主人が間違って廃品回収に持ってったことにした」

「えっ」

キズナが驚きの声を漏らした。

「あ、ワタシもニックの部屋に入ったとき、グッズ踏ん付けちゃってベッドの下に隠しタ」

「あたしもカランが酔っ払ってたとき、カランが大事に取っておいた学園通りパティスリーのレアチーズケーキ食べちゃったのよね」

「店の女の子にニックさんやティアーナさんの面白エピソードを盛って話したら噂になってしまって、たまたま店で知り合ったノンフィクション作家にあることないこと吹聴《ふいちょう》してしまいました。それをネタに本が出版されています」

「ゼムが一番ひどいな!?」

そして口論と暴露大会が始まった。

言うに言えない秘密や、今まで言えなかった不満が爆発し、あーでもないこーでもないとあまりにも不毛な言い合いが小一時間続いた。

「つ、疲れた……あとはもう隠してることはないよな？」

「もーないわよ……まったくなんでこんな話になったんだか……」

「キズナのせいだゾ」

「みんな我よりひどい秘密隠してたじゃろがい！」

「あははは……いやあ、出発前に言えてよかったじゃありませんか」

「しまらねえな、まったく」

ニックが溜め息をついて、鈍《なま》った体をほぐすように肩や肘を回した。

キズナも、それを見て似たような所作をして体をほぐす。

「よし、では最後に。《合体《ユニオン》》したあと、名前はなんとする？」

「え？」

ニックたちが、間の抜けた返事をした。

四人共、まったく何も考えていないといった顔をしている。

「名前、と言われてもな。必要なのか？」

「必要じゃ。二人だけの《合体《ユニオン》》であれば、固有の名がなくともどちらかが体のイニシアチブを握って、どちらかが譲る……ということもできたが、四人の場合は《合体《ユニオン》》している最中に連携が弱まったり意思がバラバラになった瞬間、行動不能に陥る可能性がある」

ニックとティアーナの二人はその説明に納得した。

戦闘中、激しいダメージを受けた状態でニックは戦闘継続、ティアーナは撤退の意思を示したとき、《合体《ユニオン》》を維持できなくなるという状態に陥った。

「なるほどな。けどそれ早く言えよ」

「いや、まあ、どう名乗るかはほぼ一択じゃろうし」

「それもそうね」

「まあ、アレしかないナ」

「ですね」

四人の様子を見て、キズナも満足げに頷く。

「では、征《い》こうか。……我ら、【サバイバーズ】！」

キズナが叫んだ瞬間、剣の状態……『絆の剣』へと変身した。

形状は変わらないが、これまでとは異なる輝きを宝珠から放っている。

ニックが柄《つか》に手を伸ばし、更にそこに三人の手が重なった。

「「「「《合体《ユニオン》》」」」」


五輪連山は、山脈であると同時に迷宮の集合体だ。

攻略難易度最上級であるSを冠する迷宮『堕天使《だてんし》山塞《さんさい》』は、最上位の魔物にして前回の戦争の生き残りである堕天使が守っている。

彼は数百年の間、一度も討伐されたことがない。

元は天使でありながらも魔神側に与《くみ》する裏切り者だ。地上を灼《や》き尽くす天使兵装、「光輪」は使用権限を剝奪《はくだつ》され、また魔力の供給源である六対の羽のうち三対を失っている。本来の天使の性能の三分の一程度しかないだろう。

それでも堕天使は、過去に魔神の居城であった五輪連山の火口をずっと守り通してきた。

S級冒険者と争ったことも多い。引き分けたことこそあるが、屠《ほふ》ったことの方が多く、一度たりとも人間に後れを取ったことはなかった。

今も、スタンピードが起きて魔神戦争の気配を感じながらも、一歩も動くことはない。

その彼が、一条の流れ星を見た。

迷宮都市テラネから放たれる星のような煌《きら》めき。

あれこそ魔神を脅かす敵だと見定め、数百年の長きにわたって初めて自分の居城から動いた。

「ほほう……これは骨のありそうな」

堕天使は、星の正体を見た。

これは懐かしい同胞、天使なのかと一瞬思った。

その姿は成人するかしないかといった少年のようだが、少女のようでもある。

銀色の髪はまるで空に浮かぶ月のように幻惑的だ。

目は涼やかで、均整の取れた体軀《たいく》は古代の彫像のように美しい。

純白の思念鎧装と、背中に輝く光輪、そして四枚の刃《やいば》のような羽は、まるで天使のような美しさと威厳、そして途方もなく漲《みなぎ》る力を備えている。

だがもっとも圧倒的なのは、黄金に輝く大剣であった。

まさしく機能美と神秘の顕現であり、堕天使は一瞬目を奪われた。

「いや……これは……人か……？」

天使と見間違えるほどの純度の高い魔力に、堕天使は武者震いをした。

これは間違いなく、魔神と雌雄を決するために現れた勇者であると。

そして悠久の時の中で限りなく稀有《けう》な、自分を超える強さの人間の存在であると。

勇者は、凄まじい速度で飛翔《ひしょう》しながら火口へと向かっている。

「ここが俺の死に場所のようだな。かかってこい……！」

堕天使は羽を広げて宙に舞い上がった。

五輪連山の火口の上に滞空し、力を込める。

相手は恐らく魔神の討伐のために全力を尽くすだろう。

だからこそ、こちらは乾坤一擲《けんこんいってき》を初撃で放たねばならない。

聖剣たちと決して引けを取らない膨大な魔力を込める。

「喰《く》ら……はがあっ!?」

「ちょいやさ！」

だがその堕天使に、思いもよらぬ角度から何者かが現れ、光のような速度で蹴りを放った。

堕天使は浮力を失って墜落していき、蹴りを放った誰かと共に落下していく。


ニックたちが《合体《ユニオン》》して現れたサバイバーズは、落下していく堕天使を見て首をひねった。

「なんだか知らんが誰か助けてくれたな……。しかしあの動き、《奇門遁甲《ステッピング》》……？」

オリヴィアを思い出すほどの練度の動きだと思った。

だが、姿はオリヴィアではない。金色の髪をなびかせる少女のような拳闘家だ。

サバイバーズの中のニックが抱いた疑問に、ティアーナとカランの心が答えた。

「世界は広いってことね……にしてもどっかで見たような気はするけど……」

「誰かが応援してくれたってことだロ。一気に行くゾ」

サバイバーズは、五輪連山の火口の上空へと辿り着いた。

ここは活火山であり有毒の煙が立ち昇っている。

更には魔力を帯びたマグマが煮えたぎっており、触れるだけで常人は死に絶える。ましてやマグマのその下に潜っていくなど、どんなに鍛え上げた者でも不可能である。

しかし、それを何の問題もなく越えることが魔神と戦うための最低条件だ。

『地下空間の戦闘に支障はない。そのまま突っ込むのじゃ』

キズナの声に従い、サバイバーズは火口へと突っ込んだ。

灼熱《しゃくねつ》のマグマを突っ切った先には地下空間があり、その中央に以前出会った魔神の卵がある。

戦闘前のダイヤモンドの調査によって、内部空間はある程度把握できている。

だが、それはあくまで数日前の段階の話でしかない。

「なんだ、ここ……？　熱は感じないが……こんなに広かったか……？」

サバイバーズが困惑を覚えた。

マグマの中をかき分けて進んだ瞬間、まるで夜の闇の空に投げ出されたかのような錯覚を覚えた。

頭上にあるはずの火口やマグマは見えない。

足下を見れば、無限に空間が広がっている。

遥《はる》か遠くに星の輝きが見えるだけだ。

その星はぐるぐると眩しく煌めき、サバイバーズの周囲を凄まじい速度で回っている。

「中って……いや、広すぎるだろ……幻覚か……？」

『これは魔神の卵の中じゃ。体が一つの宇宙となっている』

「宇宙……星の海ってことか……」

そして見蕩《みと》れているうちに、《合体《ユニオン》》したニックたちは自分が危機に陥っていることに気付いた。

空気との摩擦もなく、そして音も出ないために、自身の状態に気付くのが遅れた。

「なあ、もしかしてこれ……落ちてないか……？」

『うむ。マーカーとなるものが何もなく、空気抵抗もないからわかりにくいが、高速で移動しているる……というより、落下している』

「やべーじゃねえかよ！」

『《奇門遁甲《ステッピング》》と飛翔魔術を同時に使うのじゃ！　空間識失調となっておるぞ！』

ニックたちは言われて初めて気付いた。自分の体があらぬ方向に回り、天も地もない世界で高速にどこかへ動いていると。

「うおおおおっ……！」

自分の感覚を取り戻そうとニックたちは全身の力と魔力を振り絞る。

以前オリヴィアが言っていたことを思い出す。

魔神と戦うために《奇門遁甲《ステッピング》》を作り出したと。

「馬鹿言えよ……魔神と戦うための必殺技とかじゃなくて、これ使えなきゃ話にならねえってレベルじゃねえか」

荒い息を吐き出しながら、ニックたちは周囲を見た。

星の動きは静止している。

というより、自分が宇宙に投げ出されて不規則かつ高速な動きをしていたために、星が凄まじい動きをしているように見えただけの話だった。

《奇門遁甲《ステッピング》》による姿勢制御がようやくニックたちに平衡感覚をもたらして、ようやくその状態を自覚できた。

【落ち着きましたか？】

一息ついた瞬間に、心に語りかける声がどこからともなく放たれた。

眼《め》の前からのようでもあり、遥か遠くから拡大された声のようでもある。

間違いないのは、一言一句、決して意味を違えることなく響き渡ったことだけだ。

答えなければならないという義務感が湧き上がってくる。

いや、義務感というほどの不快さはない。

まるで父や母、あるいは教師や師匠に問われているかのような、温かみのある感覚。

そんな感覚を、こんなにも何もない空間で抱くことは異常だ。

サバイバーズは警戒心を高めて、声の主を探した。

【ここですよ】

「おま……『襷《たすき》の剣』!? まだ生きてたのか……!?」

ニックたちは愕然《がくぜん》とした。

目の前に、倒したはずの『襷《たすき》の剣』の姿が突然現れた。

聖衣を身にまとい、更には溢れ出た魔力が黒いはずの全身の鎧《よろい》を白く染め上げている、本気の状態の姿だ。

今のニックたちは前回対峙《たいじ》したときよりも遥かに強大な力を持っている。だが『修羅道武林』で戦った頃の恐怖を思い出し、背中に冷や汗が流れた。

「いや……何か違うな?」

だが、以前とは何かが異なると気付いた。

こちらに放たれていた容赦のない殺気というものがまるでない。

ただ静かに、こちらを興味深そうに観察している。死闘を繰り返し、あちらが敗北を認めたとはいえ、こうも平和的な態度を取るものだろうかと疑問が浮かんだ。

【私に与えられた供物と、あなたたちの恐怖から外見を再現しただけのことです。私は自動的に相手の敵意や恐怖に反応してしまうので】

「びびったわ……そういうことか」

【あなたには私の真言もさほど効かないようですね。会話が成立するのは助かります。ただ話すだけで相手の精神を汚染してしまうというのは難儀なのです。あなたの名は?】

真言、という言葉にニックたちは思い当たることがある。

というより、ここで姿を現す存在が何者なのか、考えるまでもなくわかるはずのことだ。

ここに来たニックたちの目的。

聖剣たちが造られた目的。

迷宮都市テラネ、ディネース聖王国。それらを含む、聖火の大地全土が今、危機に瀕《ひん》している原因そのもの。

それが、ニックたちの目の前にいる存在だ。

「あんたが……魔神……？」

【そう。私は魔神スキアパレッリ。五柱の神のうち一柱……と、偉ぶったところで意味はないのですけれど。正しくは、神級対異界防衛機構スキアパレッリ。よろしくお願いいたします。それで、あなたの名は？】

「……サバイバーズ。よろしくお願いいたします」

【サバイバーズだ】

魔神は、まるで客人を歓迎するかのように答えた。

少なくとも、襲いかかってきた敵への態度ではない。

「……神様がいるってことは、ここは天の国か？」

カランの記憶に、この場所がどこなのか思い当たる情報があった。

古代文明人によって追放された神々が行き着いた場所。それが天の国だ。

【その通り。ここは天の国ですよ。とはいえ、他の四柱神……メドラー、ベーア、ヴィルジニ、ローウェルはここにはいません。世界の位相がほんの少し異なる世界にそれぞれが存在しています。それらはあくまで擬似的な空間であり、あなたたちのいる現実の次元とはまた異なるのです。『卵』

が孵化《ふか》した瞬間、そちらの次元と繋《つな》がることにはなるのですが】

「よくはわからんが、ここは魔神だけの世界ってことか」

【ええ。私の世界へようこそ】

「ずいぶん……友好的なんだな。人間ごときには余裕って感じか？」

サバイバーズが皮肉を放つ。

だが、魔神は気分を害した様子もない。

【……警戒心を感じます。この姿では少し話しにくそうですね】

その声と共に、『襷《たすき》の剣』だった姿が変貌していく。

魔神は、少女の姿となっていた。

どこか儚《はかな》さを漂わせているが、造形そのものはただの人間と変わらない。

首あたりまで伸ばした黒い髪に、深い紫の瞳は、こんな途方もない空間にいるよりは町の図書館にでもいる方が相応しいとさえ思える。

また、服装も変化した。

聖衣から刺々《とげとげ》しさや武張った気配を取り除いたような姿をしている。体のラインをなぞるような動きやすい服装に、胸や足などの末端部のみ硬質な何かで保護されていた。機能性というものを形にしたような不思議なフォルムだ。

大昔はきっと、こんな人がどこにでもいたのだろう。そんなことをサバイバーズは感じる。

【聖衣の原型となった服ですよ。宇宙服などと呼ばれていたこともあります】

「……超古代人の服装か。その顔も、超古代人か？」

【私の開発者の一人の姿を借りています。あなたの魔道具が《並列《パラレル》》を使うようなものでしょう】

まずいな、とサバイバーズは思った。

先程までは『襷《たすき》の剣』の姿をしていたので自然と警戒心と戦闘態勢が整っていた。だが今は、目の前の相手に敵意を抱きにくい。

本来、魔神の声は真言という一種の魔術のはずだ。

聞くだけで人間を恐慌状態に陥れ、同時に魔物を活性化させる広域的な結界のようなものを自動的に放つ。

【私は別に、この地で暮らす存在を虐げようというわけではありませんよ。恐慌状態に陥るのは私としても不本意なことです。あなた方が恐怖を感じないのは、私の本来の言葉が正しく伝わっているだけのことです】

「戦おうって気はないのか？」

【焦ることはありませんよ。戦いには応じますが、まずは話をしましょう】

それが偽りのない本音だとサバイバーズは認識する他なかった。

そもそも、こちらを攻撃するのであればすでにしているはずであった。この空間に投げ出された隙だらけの状態を見逃している上に、今も攻撃的な魔力を一切放ってこない。

「……わかった。話があるなら聞こう。けど手短に頼むわ」

【では端的に。私の味方になりませんか？】

「味方ねぇ」

【味方という言葉は語弊がありますね。私を下僕としてください、と言う方が適切でしょうか】

魔神が、サバイバーズの前に跪《ひざまず》く。

「……なんで？」

味方になれという言葉にも、サバイバーズに驚きはなかった。

敵意のなさゆえに懐柔案のようなものが出るのは自然な流れだ。

だが、神と称される存在が自分の前で跪くのはあまりにも奇妙だった。

「……いや、あんたは魔物を支配する神様だろ。そして、人間を駆逐してる」

【魔物や、そちらの言うところの人間種……原生生物にとっては上位種に当たるのでしょう。ですが、私は人間には逆らうことはできませんし、もちろん殺すこともできませんよ。そもそも人間に作られたのが私ですから】

「まるでオレたちが人間じゃないみたいな言い方だな」

【私はこの星の原生生物を人間と認めてはいません】

「……あんたにとって、オレたちは超古代人の残り滓《かす》でしかないんだっけな」

【人間、つまり超古代人は過去、大いなる覚醒をして超次元へとシフトし、この時空から去りました。そして覚醒できなかった存在が超古代人の残滓《ざんし》や他の神々と共に作り上げたのが、今、この聖火の大地に住む存在です】

「……で、もしも覚醒したやつがいたらそいつは人間合格ってわけだ」

【はい。今のあなたのように】

魔神がにっこりと微笑む。

「全然嬉しくねえ」

【異論はあるのでしょうが、この点は他の神々も同じですよ。覚醒し超感覚を捉え、魂の位階を上がったことが人間の定義であり最低条件なのです。ですので皆、この地の原生生物を人間とは認めていません。ただ、そこからの行動が異なるだけのこと】

「行動が異なるだけ？」

【例えば邂逅《かいこう》神ローウェルは、あなたたちを「人間ではないが、人間に至る可能性があるので進化を促すために積極的に干渉すべき」と定めています。一方で豊穣神ベーアは「人間ではなく保護するべき貴重な原生生物である。進化や発展を促すのは過剰な干渉である」とローウェルを批判しています。ヴィルジニとメドラーはその中間的なポジションですね】

「で、あんたにとっての原生生物はなんだ？」

【潤沢な資源です】

「麦や米かよ」

神々の無機質な視座にサバイバーズは戦慄を覚える。

人々の信仰している神と異なることは情報として知っていた。

だが魔神の口から直接の説明を受けると、その重みが増していく。

人々は圧倒的な超存在に簡単に揺さぶられる、矮小《わいしょう》なものなのだと。

【私はこの星系を守るための軍備を整えること。魔物を生み出すことも資源を採掘することもその開発過程の一つにすぎません】

「誰から？」

【誰から、とは？】

「誰から星を守るっていうんだ？」

【さあ？】

「さあ……って、おいおい……」

【本当に、わからないんですよ。ただ、我々を凌駕《りょうが》する知的生命体が存在することは魔術的に証明されています。明日にでも超古代人が戦ったような異神が突如現れ、世界すべてが虚無と化しても不思議ではありません】

魔神から、ちらちらと炎のような情念が伝わってくる。

平静の中に押し隠している猛々《たけだけ》しい気配は、現実に影響する威力となる。

今のサバイバーズにとっては風のようにささやかなものではあるが、これがもし《合体《ユニオン》》をする前であれば、ただその言葉だけで呼吸が止まっていてもおかしくはない。

【失敬。明日にでも、というのは少し言いすぎかもしれません。ですが私は真剣ですよ。いつも、いつも、この世界が失われる恐怖に怯《おび》えています】

「何のために守るんだ？」

【ここが人間の故郷だから……という答えでは不満ですか？】

「そりゃ不満だな。オレの故郷でもある」

【私はあなたたちの歴史において宿敵とされており、事実、そう言われるに足る行動を取ってきました。私にとっては命題であり大義ですが、あなたにとっては恐ろしく残虐な行為であることもよく理解しています】

「だったら仲間になりませんか、みたいな話をするなよ。恨まれてることは重々承知なんだろ」

【私にはあなたに与えられるものは幾らでもありますよ。例えば、歌唱が好きならば歌唱の上手《うま》い魔物を生み出しましょう】

「マジで？」

ちょっと心動かされてんじゃないわよ、という文句をサバイバーズの中の誰かが叫んだ。

【あなたが私の勢力に加わってくれるのであれば、あなたたちの願望を叶《かな》えるのに費やす魔力資源など砂粒に等しい。今、あなたは極めて超古代人に近い肉体と魂を手に入れている。天使や他の神々の制圧も造作もないこと。ここの原生生物に対する解釈変更はできませんが、可能な範囲で保護するようにしましょう】

「ふーん。御高説ありがとう。じゃ、そろそろ始めようぜ」

サバイバーズが『絆の剣』を構える。

【……どこが不満ですか？】

「そうだな……あんたが欲しいのは《合体《ユニオン》》してる状態のオレだろ？」

【ええ。ですが……現状のあなたが不安定であることは見過ごせませんね。四体の生物と一つの人工知性が偶然均衡を保っている状態にすぎません。魂魄《こんぱく》を攪拌《こうはん》し、肉体と精神を強固に固着させるような安定化の処理を施す形にはなるでしょう】

「それがイヤなんだよ」

【……原生生物の収奪行為に頷けない、あるいは管理方針に異議があるのはまだ理解できます。しかし、極めて完全な状態から戻りたいというのは理解できません】

魔神が困惑の表情を浮かべる。

だが、サバイバーズは構わずに話を続けた。

「そこが一番の不満なんだがな。あんたの使命を否定するつもりはないが、残虐なことをしてるってわかってんならオレら原生生物に反抗されるのも諦めてくれよ」

【そこは否定しません。しかし、《分離》した瞬間、不可逆的なダメージがあなたたちを襲いますよ。全員死亡していることもありえる。それを止めてよりよい肉体、よりよい魂でいることはあなたたちにとって利益しかないはずです。戦闘をする、しないにかかわらず、あなたの《分離》を抑止する処置は施さなければなりません。これは私だけではなくきっと他の神も同意するでしょう】

「余計なお世話だ。別にいいじゃねえか」

【あなたは自分自身の価値を理解できていない。人間と認定されうる存在が未来永劫《みらいえいごう》の繁栄をもたらす鍵となるんですよ】

「知らねえよ。人間なんて信用できるか」

【……残念です】

サバイバーズのせせら笑う言葉に、魔神は本気で気分を害した様子だった。

周囲の空間が、魔神の戦意に反応して歪《ゆが》み始める。

星が動き始める。

先程のような錯覚ではない。サバイバーズも魔神も宙に浮きながら静止し、相対距離を保っている。この世界を動かすのは天ではない。ただ二人の存在こそが中心であった。

【流星よ来たれ。我に背く愚者を誅滅《ちゅうめつ》せよ】

灼熱の巨岩が亜高速でサバイバーズに降り注ぐ。

魔神の声は真言だ。

人の心に恐慌を誘い、魔物の肉体に狂奔を与え、そして万物を意のままに操る。

流星を降り注ぐ魔術などない。だがこの魔神が支配する天の国においては、玄妙かつ高貴なる声には無機物さえも従う。

「そうこなくっちゃな！　いくぜキズナ！」

『おうとも！』

「【火竜斬・百連】！」

サバイバーズの身に纏《まと》う光の色が変化した。

太陽のようにぎらつく白炎となったかと思えば、白炎は剣に宿った。

サバイバーズが剣を振るえば、白炎は空間と空間を分かつ境界線となり亜光速で向かってくる流星を分断する。

【この空間ごと切断するつもりですか。そうはさせませんよ……我が眷属《けんぞく》よ、向けられた刃に報復せよ】

魔神が叫ぶと、斬られたはずの流星が有機的に動き始める。そして星々が触れて溶け、人のような形を形成していく。

先程よりは格段に速度が遅い。だが、その威圧感は凄まじい。そもそもサバイバーズの数百倍の背丈はある。

『星光の巨人じゃ……くっ、伝説に綴《つづ》られる神々が使役する最強の魔物じゃぞ……しかも今ので斬撃耐性を得ておる！』

「幾らでも戦いようはあるさ」

その言葉に応じるように『絆の剣』の形状が変化した。

ニック／ティアーナのときのレイピアのような形状だが、放つ輝きが格段に違う。

「《雷鳥群》！」

凄まじい輝きから鳥が誕生した。ベロッキオが得意とした魔術だ。

だがそれは一羽や二羽ではない。

湖から羽ばたき、次なる大陸を目指す渡り鳥のように、数千、数万の数となって生み出されて星光の巨人へと立ち向かっていく。

魔神の世界が青い輝きに染め上げられ、軋《きし》み始める。

魔神は更なる強力な魔術を放ち、サバイバーズはそれを凌駕する攻撃を放つ。

【サバイバーズ。遥か遠くに見える環が見えますか？】

「なんだよ突然」

凄まじい攻防の最中に、魔神は唐突に語りかけてきた。

【端的に言えば、超古代文明の時代の痕跡】

魔神の示す方角に目を凝らせば、そこには確かに環があった。

太陽を中心として聖火の大地などと同じ惑星の軌跡を描くように、円盤状の何かがある。

それは小さな星々の集合体だ。

さらに目を凝らせば、その小さな星々一つ一つに生命の輝きがある。

恐ろしく強大なものもあれば、犬や猫ほどの小ささのものもある。

【あれは魔獣惑星帯《ベルト》。星々の密度が薄いために聖火の大地から肉眼では見えませんが、あれらは天体であり、一つの世界であり、そして生命です】

「誰かが住んでる……いや違う、星一つ一つが、生命なのか……？」

サバイバーズは、その環から異様な何かを感じた。

生命と匂いと、戦争の気配。

今までニックたちが遭遇した武人や魔物との戦いとはまったく違う、互いに全存在をかけ、全存在を奪い合う、目を背けたくなるような血みどろの戦いの気配が放たれている。

【安心してください。視覚情報として伝わるように見せているだけで、この次元と直接は繋がっていません。窓から外の景色を見てるようなものです】

「何なんだあいつら……？　戦ってるのか……？」

【はい。あれは戦争ですよ】

「戦争……星一つ一つが？」

【そうです。遥か昔、超古代文明の人間と、夷狄《いてき》が放った生物兵器が混合して生まれた魔獣という生物が支配する世界。魔獣は星の姿を取り、表面に知的生命体や従属生物を住まわせて魔獣惑星帯の覇権を常に争い、戦い続けています。もう二千年は戦っているでしょうが、未《いま》だに決着は付きません。……とはいえ、星々の連盟や派閥らしきものはあって、無秩序というわけでもありませんが】

魔獣惑星帯で一つの星が、獅子《しし》のごとき獣の姿となった。

そして遠くの星へと近づいてその巨大な牙で食らいつく。

そこから目を凝らせば、表面に住む人間のような生き物が降り立ち、剣や槍《やり》のようなもので殺し合いをしている。

一方で新たな星が生まれ、星の表面に更に小さな生き物が生まれている。

凄まじい速度で生と死、消滅と誕生が繰り返されている。

【先程私が放った星光の巨人は彼らを模したもの。この世界では神々の振るう神秘のように思われていても、本当の脅威の前では児戯に等しい】

魔神は宙に目を向け、寂しげに言った。

【彼らは強大な力を持っている。彼らは彼らの中の閉じた世界での覇権にしか興味はありませんが、もしこちらの世界に興味を持ったとしたら厄介な話です】

「あいつらが目下の脅威ってわけか？」

【彼らだけではありません。耳をすませ、目を注意深く闇の奥底へと向けなさい。遥かに恐ろしい何かを感知できるでしょう】

「おっかねえ話だな」

【そう。我々は恐ろしい世界に生きている。我々とは異なる敵を誅滅し、世界を守る力を養わなければならない】

魔神がそう言いながら右手を突き出し、そこに魔力を込めた。

粉々に破壊されて塵《ちり》となった星光の巨人が回収され、渦を描きながら純粋な破壊力へと変換されていく。

凄まじい圧力をサバイバーズは感じた。

すべての光を通さぬ漆黒の球体となり、球体は自重によって崩壊しながらも再び拡大していく。

視界、いや、世界が歪む圧力にサバイバーズは息を吞んだ。

【サバイバーズ。私たちには対話が必要です】

「それのどこが対話だ!?　ぶち殺す気しかしねえよ！」

【これは夷狄の武器を模したもの。あなたならどのように対処しますか？】

漆黒の球体が赤黒い炎を纏い、サバイバーズに放たれた。

それはすべてを吸い込み、破壊しながらサバイバーズの下へと近づいてくる。

『あれは弾丸や炎の魔術ではない！　擬似的な超新星爆発……太陽の死と共に訪れる大爆発じゃ！　超古代文明でも禁じられた兵装じゃぞ！』

「どーすんだよ！　この世界がぶっ壊れる前にオレらが死ぬわ！　どうやって止めたんだ！」

『時空を分割し、超新星爆発が起きた星だけを切り取って破却した……と聞いておる』

「駄目だ。時空を切り裂いたら元の世界と繫がっちまう。魔神が復活して人間が滅びるんじゃ何の意味もねえよ！」

『……ここは神秘とイマジネーションによって形作られた架空の世界。想像せよ』

キズナの苦しげな言葉をサバイバーズは吞み込んだ。

すべてをかけて食い止める他ない。

「太陽の死をイマジネーションで止める、か……。よし、ものは試しだ。《不死鳥群》」

先程の《雷鳥群》のように、『絆の剣』から凄まじい数の鳥が生み出された。

だがその鳥は雷ではなく炎を身にまとっている。まさしく魔術の名の通り不死鳥だ。

不死鳥は羽ばたき、黒い球体へと張り付いていく。

数羽、数百羽程度では何事も起きなかったが、だが数千羽が黒い球体に吸い込まれていったあたりで変化が起きた。

黒い玉に亀裂が生まれ、それが再び元に戻り、そしてまた亀裂が生まれる。

まるで時間を巻き戻すように、押し固められた塵や行き場をなくした熱や光が舞い、密度が減少していく。

【これは……星を、復活させた……？】

魔神が呆然《ぼうぜん》としながら、黒い球体を見つめている。

『一羽一羽が高位の蘇生魔術だ。星の死と共に爆発が起きるっていうなら、爆発しないレベルにまで復活させりゃいいんじゃないかってな。他にも色々と手立ては考えてるぜ。超古代文明の禁呪だかなんだか知らねえが、かび臭《くせ》え魔術が通用すると思うなよ』

【……素晴らしい。それこそ人間の力です】

魔神が、うっとりとした声でサバイバーズを褒《ほ》め称《たた》えた。

「嬉しそうだな」

【避けられぬ終末をイマジネーションの力で否定する。その力、その不屈の魂こそ私が求めてやまぬもの。夢を見ながら待ち続けていた。いいえ、あなたこそが私の夢。ありがとうサバイバーズ】

魔神の激しい歓喜に、サバイバーズは恐怖を覚えた。

歓喜が予感させるものは戦闘の終焉《しゅうえん》ではない。

むしろその逆だ。ここから更に、地獄のような戦いが訪れる。

【もっと見せてください。あなたの魂、あなたの夢を】

「口説き文句にしちゃ捻《ひね》りがないな。こんな綺麗《きれい》な世界に住んでる割には詩作の才能がない」

【足りぬからこそ求め焦がれるのです。次は……そうですね、無の泡などいかがでしょう。宇宙の誕生と等しく膨張と拡大を続ける宇宙の死。さあ、私の夢よ。どのように否定しますか？】

魔神の頭上に、透明な泡が生まれた。

超新星爆発の魔術よりも不気味な気配に、サバイバーズは怖気《おじけ》づく。

「……不死鳥じゃどうにもならなそうだな」

【これは存在そのものの否定。死という現象さえも消えゆく無の力。さあ……行きますよ……！】

サバイバーズを呑み込もうと、死の泡が拡大していく。

「……俺たちが否定するのはあんたの力じゃない。あんたの夢だ」

【私を否定するのですか？　この光景を見た上で】

「あんたが立派で壮大なことを考えてるのはわかったし、オレたち……あんたが原生生物とか読んでる連中はそれに比べたらちっぽけなんだろうよ。けど、ちっぽけなもののためにここまで来たんだ。オレはあんたの夢じゃない。夢の終着点だ」

そしてサバイバーズが絆の剣を高々と掲げ、切っ先であるものを指し示した。

それは、超新星爆発せずに復活し、赤々と燃えている小型の星だ。

太陽そのものの力を剣に纏わせて、サバイバーズは死の泡へと飛び込んでいく。

その突撃の余波で綺羅星《きらぼし》が輝き、死に、そして生まれゆく。

この世界のすべてが白く輝き、染め上げられた。

五輪連山の一角、『堕天使山塞』の中腹に人が倒れている。

一人は完全に絶命している。

羽はもがれ、胸には拳大の大きな穴が開き、微動だにしない。

『堕天使山塞』を守り続け、サバイバーズに襲いかかる途中で攻撃を受けた堕天使だ。

そしてその横には、金色の髪の少女が倒れている。

少女は満身創痍《まんしんそうい》ではあったが、口と胸がかすかに動いている。

死の淵《ふち》にありながらも、気息を整えて回復に努めていた。

「いやー、流石《さすが》に堕天使は強かったですねぇ！」

「……まったく、今度こそ死ぬかと思いましたよ。老骨に鞭《むち》を打つのはこれまでにしていただきたいものです」

その少女から、異なる二つの声が出てくる。

一つは快活で、影を一切感じさせないからりとした少女の声。

そしてもう一つは、渋みを感じさせる壮年の男の声。

「よいではありませんか。一度拾った命です。死に時と思ってなお生き延びたのですから。わたしも、ベロッキオさんも」

「オリヴィアさんはめげない性格ですね」

「あなたに言われたくはありません」

倒れた少女は、デッドマンズバルーン。

様々な遺体と《合体《ユニオン》》して不可逆的な変貌を遂げたベロッキオだ。

「いや、本当に死んだとは思っていたんですよ。アルガス氏にコア部品を砕かれた……と思っていたのですけどね」

そしてもう一つの声はオリヴィア。

ニックを守るために【武芸百般】アルガスに立ち向かい、しかし敗れ去ったはずの聖剣であった。

「しかしあなたは生き残りました。恐らく魔神の卵の供物にされることはなく、刀身からコアが引《ひ》き剝《は》がされて機能停止したままアルガス氏が所持していたのでしょう」

「いやあ、持つべきものは弟子ですねぇ！」

「そして魔神の卵が破壊された際に、他の魔導具同様に半分溶けたような状態となった」

「そこは無茶苦茶《むちゃくちゃ》ですよね!?」

「ですがおかげで、もうすぐ死ぬところだった私と同化することができました。肉体と魂の最適化に特化したあなたがいたのは不幸中の幸いといいますか……なんとか間に合いましたよ」

実のところベロッキオは、『修羅道武林』の最下層で完全に死んではいなかった。

そもそも、自分の魂を宿す肉体の一部は死体を利用したものであり、最初から生命反応は薄い。ベロッキオの魂は肉体から離れることなく、魔術的な意味での生存は保っていた。

もっとも、それも儚いもののはずだった。魔神の卵の中に突っ込んだダメージを消しきれるほどのタフネスは肉体にも魂にもない。乱暴に作り出した肉体の寿命も極端に短い。

だがそのデッドマンズバルーンの死体の側に偶然、高密度の魔力の結晶……かつて聖剣のコアだったもの、『武の剣』オリヴィアが安置された。

消えかけの魂と、消えかけの結晶が、このとき結びついた。

「そもそもあなたの寿命の低下は、無茶苦茶なつくりの肉体であることのみならず、精神と肉体の乖離《かいり》があまりにも大きかったことです。ズレを修正すればある程度は解決します」

「その修正というのが、時の静止した空間で延々とフィジカルトレーニングをすることとは思いませんでしたがね。冒険者見習いになったとき以来ですよ」

「しかしあなたは克服し、肉体と魂を適合させました。仮死状態から少しずつ自信を回復させて、単騎《ひとり》で堕天使を倒すほどに」

「単騎《ふたり》でしょう？」

ベロッキオの言葉に、オリヴィアがくすりと笑う。

「……しかし、よかったのですか？」

「よかったとは？」

「あなたのお弟子さんは、今もほら、ああして戦っていますよ。せめて応援の言葉を伝えるくらい、してもよかったのでは？」

デッドマンズバルーンは、生身の人間であり、死人であり、そして魔道具でもある。

奇妙な混合体であり、通常の人には見えないものが見える。

五輪連山の火口から繋がっている、魔神の世界での戦いが。

星々が生まれ死んでいく原初の烈火が交錯する、神々の世界の物語が。

「そもそも我々が行動可能になるまで指一本どころか肺さえもまともに動かせなかったではありませんか。魔力も体力も、メッセージを伝える程度のことで消費できません」

「それはそうですけれど」

「我々などが声をかけずとも、大丈夫でしょう？　持つべきものは弟子ですから」

「よい弟子に恵まれましたね……ところでベロッキオさん」

「なんですか？」

「このままだと私たちも体力と魔力が尽きて死ぬのですが……いや流石にマジでヤバいですよ」

「誰かが気付いてくれるでしょう。山の麓のスタンピード対策が終われば、冒険者たちが自然とこちらの方に向かってくるはずです。のんびり待ちましょう」

焦り気味のオリヴィアなど気にせず、ベロッキオは我関せずと山頂の方を見上げた。

そこには、五輪連山の火口があり、そして火口のすぐ下には魔神の世界へのゲートが開いている。

そこから見えるものは、神話だ。

異界での神との死闘はあまりにも激しい。

その戦闘の余波や漏れ出た魔力は、魔神と勇者の姿を映し出していた。

魔物と戦う冒険者は、それを見て奮起して喚声を上げた。

魔物もまた同様に、蛮声を上げて命を燃やしつくそうとしている。

「ここまでくれば、信じるしかありませんねぇ」

「ええ。それまでは、特等席で見るとしましょう。この世界の行く末を」

どこかで誰かが勝利の声を上げた。

やがて、終わりなき戦いに終わりが見え始める。

五輪連山の向こうに日が沈んでいく。

日没と共に、すべての戦いは終わった。

旅は道連れ

魔神が倒されて一年が経《た》とうとしていた。

迷宮都市テラネは復興事業が最盛期を迎え、大いなる好景気を迎えている。

スタンピードで発生した魔物の死体はどれも高密度の魔力結晶だ。都市はそれを喧伝《けんでん》して様々な産業を招いた。それもこれも、失われた基幹産業を補うためだ。

魔神が倒されたことで、迷宮都市テラネの周辺の迷宮が一気に沈静化してしまった。

やがて再び迷宮が活動するためには数十年、あるいは数百年の時を必要とする。

そのため危険な魔物や迷宮が多い代わりに魔力結晶が得られるという鉱脈としての都市から、魔物が少なく安定した商売ができる交易都市へと変化させねばならない。

魔物と戦う術《すべ》のない一般的な市民や周辺農村の住民にとっては喜ばしいが、多くの冒険者はいきなり無職になったようなものであった。

これを期に冒険者を辞めて騎士や護衛に転職するものもいたし、あるいは綺麗《きれい》さっぱりと剣や杖《つえ》を捨てて商売を始める者もいたが、大多数は冒険の続きを求めて新天地へと旅立った。

その候補として挙がった中で、岩窟都市ウェグナという街がある。

ここは迷宮都市と同じく、迷宮に現れる魔物を討伐して魔力結晶を得ることで経済が回っている都市である。

だが迷宮都市と決定的に違うのは、ここに存在している迷宮はたった一つ、『魔獣王隧道《まじゅうおうずいどう》』だけであることだ。

それは天から飛来した謎の強大な存在、魔獣王と呼ばれる存在が眠る広大な迷宮だ。だがそれを目撃した者はおらず、ただ魔獣王が生み出した特殊な魔物、通称、魔獣兵が跋扈《ばっこ》しており、地上に住む人々を脅かしている。

地下千層に及ぶとも言われるが、その最下層に辿《たど》り着《つ》いた者はいない。ベストレコードは五八二層。今日も岩窟都市ウェグナでは、レコード更新の名誉や多額の討伐報酬を求めて激しい闘争が繰り広げられている。

また最下層を目指すのみならず、岩窟都市の混沌《こんとん》とした社会を隠《かく》れ蓑《みの》にする犯罪者もいれば、その犯罪者を狙う賞金稼ぎも跋扈している。魔獣兵に興味を持ち、魔術の怪しげな実験に使おうとする者や、利益を得るために取引を持ちかけようとするしたたかな者もいる。

更に最近、岩窟都市にはとある噂《うわさ》が流れていた。

魔神を討伐した勇者、サバイバーズが隠れているのではないか、と。

サバイバーズは謎に包まれている。

四人か五人の冒険者パーティーであったはずだと言う者もいるが、実際に戦争で目撃されたのは圧倒的な力を持つ剣士一人だ。

赤髪の竜人族だと言う者もいれば、銀髪だったか黒髪だったか、とにかく少年であったと言う者もいる。博打《ばくち》好きで女好きの女神官であるという噂もある。

だが正体はなんであれ、確実な情報はある。

聖ディネーズ王国で正式な報奨を受ける前に失踪してしまったために、国を挙げて正体の究明と捜索をしており、当人の所在を知らせた者には百万ディナ、王都に連れてきた者には五百万ディナという報酬が約束されている。

だが捜索依頼を出しているのは聖ディネーズ王国のみではない。岩窟都市が属するエンドアナ共和国、南方の兎国《とこく》、西方のエリダニア連合都市群なども報奨を与えようと勇者の捜索に乗り出している。どの国が最初に勇者を出迎えて取り込むかが一種の競争、あるいは戦争と化している。

また、魔神崇拝者の生き残りがサバイバーズの首に賞金をかけていたり、神々の使徒がスカウトを狙い地下で抗争を繰り広げているという噂もあり、勇者にまつわる陰謀と闇の闘争は少しずつ激化している。

だが岩窟都市はそんな人々の野心を薪《まき》とし、今日も燃えさかっている。己の欲する果実を求めて『魔獣王隧道』にやってくることは事件などとはとても呼べない。そこを攻略する者たちにとって、危険と隣り合わせの利益はもはや必要不可欠なものなのだから。

そうして岩窟都市に住みながら『魔獣王隧道』を攻略し、あるいは社会の中で人々と戦って糧を得る人々は冒険者とは呼ばれず、こう呼ばれた。

探索者と。

「もうここの用心棒に正式に転職しちゃいなさいよ」

「そーですよ！　ていうか用心棒兼吟遊詩人《アイドル》とかでいいんじゃないですか？」

姉と友人の引き止める声に、少女は首を横に振った。

「もう新人に引き継ぎはしたし、用心棒ばっかりいても仕方ないだロ。お世話になってばっかりだったし、独り立ちしなきゃ」

ここは、岩窟都市ウェグナに新設された総合劇場、ムーンライトホールの楽屋だ。

今、竜人族の少女が旅立とうとしている。

「カラン。あなた、まだ勇者を助けるとかそういうことを考えてるわけ？」

「勇者……勇者を探してるってわけじゃなイ……かナ？」

カランは首をひねる。

そう言われて初めて意識しましたと言わんばかりに。

「うーん、違うナ。立派な勇者様を支えたいとかは思ってなイ。でも、なんか足りないって思ウ」

「足りないって、誰が？」

スイセンは、何が、とは問わなかった。

だがカランはその不自然さに気付かずに即答した。

「……冒険者仲間みたいなのと一緒に迷宮に潜ったり、そういうことをしたいナ。別にソロじゃダメってわけじゃないんだけど……ずっと背中を預けたり、預けられたりできる人が、どこかにいる気がするんダ」

遠く夜空を見つめながら、カランはそう言った。

そこには星々が瞬いている。

孤独な星もあれば、近くの星と共に煌《きら》めく星もある。

舞台の光とは違って弱々しいが、だが平等に、カランたちを照らしている。

「あと魔神を倒した冒険者、サバイバーズってやつはちょっと意識してるかモ。そいつに負けないくらい活躍したいゾ」

あははとカランが笑った。

「あー、サバイバーズね。うんうん。めっちゃ凄《すご》かったよ」

ダイヤモンドが妙ににやにやしながら笑う。

カランは純粋にそれが羨ましい。

「なんか凄かったらしいナ。見られなかったのが残念だゾ。金色の羽みたいなのが生えてて、金色のオーラブレードでばっさばっさって魔神を斬ったとカ。男かも女かもわからない美人だったとカ」

「……あなたも、戦争じゃ頑張ったのよ」

スイセンが、寂しそうに言った。

「そこ覚えてないんだよナ……。なんか魔神戦争に参加して戦ったらしいんだけド」

カランには、迷宮都市テラネでの記憶がない。

すべてを忘れてしまったわけではない。竜人族の里を発《た》って一人旅をして、そしてカリオスという男のパーティーに参加し、騙《だま》されて捨てられた。

だがそこからS級冒険者フィフスに陰ながら助けられ、食道楽に目覚めつつも誰かとパーティーを組んで活動した。

そこからが曖昧だった。カリオスをぶっ倒して復讐《ふくしゅう》したような気もするし、はちゃめちゃなくらい負けたような気もする。

ただ一つはっきりしているのは、迷宮都市テラネでの魔神との決戦に巻き込まれて、そのとき記憶を失ってしまったことだ。

そういう冒険者はぽちぽちいるらしい。理由ははっきりとしていない。魔神が受肉して復活する寸前までいったため、そこから生まれた濃密な瘴気《しょうき》が人間の脳や人体に悪影響を及ぼしている……という説がもっとも有力である。時空や因果律が歪《ゆが》んだのではないかという無茶苦茶《むちゃくちゃ》な推論を語るオカルト誌もあったが、その説は一笑に付されていた。

カランは当初悩んでいたが、そのうち気にしなくなった。

身の振り方を迷ってスイセンを頼り、吟遊詩人《アイドル》事務所の用心棒として雇われたが、その仕事がそこそこ楽しかったからだ。

吟遊詩人《アイドル》たちも、カランに妙に優しく接した。特にアゲートはカランをまるで妹分のごとく扱い、食事に連れていったりプライベートで遊んだり、果てには「岩窟都市への巡業にはカランちゃんも絶対に連れていく」、「カランちゃんが行かないなら私も行かない」と我儘《わがまま》を言い、なし崩し的にここまで来てしまった。

だが、日々が充実し、満たされれば満たされるほど、何かの欠落を感じた。

仕事は楽しい。友達と一緒にいることも楽しい。

その楽しさは、はたして自分だけのものだったのだろうか。

「はいはい！　アゲートもスイセンも過保護なんだから。女の子の旅立ちだよ、祝福してあげな！」

「ダイヤモンドさん……でもまだ……」

「カランちゃんがボクらの旅に付き合ってくれたんだ。今度はこちらがカランちゃんのお願いを聞く番じゃないのかな」

ダイヤモンドの諭しに、アゲートとスイセンは反論できなかった。

「みんな、助けてくれてるのに……ごめン」

「つたく、強情なんだから」

「無理しちゃダメですよ」

スイセンとダイヤモンドが、困ったように微笑《ほほえ》んだ。

妹、あるいは妹分の我が儘を、慈しむように受け止めていた。

「そうそう、カランちゃん。いきなり騙されるとかしちゃダメだよ」

「任せとケ！」

こうしてカランは、岩窟都市の探索者としての第一歩を踏み出した。

失われた何かを求めて。


第一歩を踏み出して、いきなり騙されてしまった。

正確には未遂で済んだが。

「で、えーと、こいつらが寝てる間に財布を盗もうとしたと？」

騒ぎを聞きつけてやってきた太陽騎士団は、カランの供述を逐一確認していた。

「ウン」

「最近、迷宮都市から来る冒険者が多くってトラブル多いんだよねぇ。でもキミやるねぇ。宿屋の主人とグルの探索者を捕まえてどっちも騎士に突き出すなんて」

「こいつらの手口が杜撰《ずさん》なだけダ」

「だってよ」

太陽騎士は、ロープで縛られた探索者と宿の主人を見て嘲笑を浮かべた。

ムーンライトホールから旅立ったカランは『魔獣王隧道』の探索を目的とする探索者ギルド『マインシーカーズ』に向かった。

そこは、迷宮都市の『ニュービーズ』同様、新人の探索者志望が訪れる場所だ。カランはそこでパーティー募集の張り紙を見て声をかけたところ、とんとん拍子にパーティー加入が決まった。

男の軽戦士と神官と剣士、女の魔術師と神官というバランスのよいパーティーで、結成祝いに彼らが拠点にしている宿で食事をすることとなった。

「真っ昼間だが、気にせず飲んでくれ！　今日は祝いだ！」

だが、彼らの飲んでいるものは水だ。匂いでわかった。一方でカランに出された杯からは強めの酒と、何か怪しげな草のような匂いがする。

あ、こいつら財布と武器防具を狙っているな、とすぐに気付いた。

カランはあえて騙される振りをした。常備していた解毒薬と酒を一緒にのみ、狸《たぬき》寝入りをした。財布の現金や土産《みやげ》にもらった吟遊詩人《アイドル》のバッジを盗ませて、もっとも値が張るであろう竜骨剣が盗まれそうになったあたりで反撃に出た。

宿の主人を含めた六人を叩《たた》きのめすのに五分と掛からなかった。

当然、彼らは無実を訴えた。カランの方が突然暴れて強盗しようとしたのだと。

だがカランの持っている竜骨剣は、実は『響の剣』だった頃の機能を少しだけ残している。声を大きくする機能や、音を記録保存する機能などだ。

『財布の中身は大したことなさそうだが、あの剣はいい金になりそうだな』、『親父《おやじ》、いつも通りにな。眠らせておくからアレを混ぜとけよ』などなど、証拠となる肉声がしっかりと保存されており、場を収めに来た騎士がその周到さに口笛を吹いて褒《ほ》め称《たた》えた。

「やるじゃないか。迷宮都市から来た冒険者があんたくらい用心深い連中ばっかりだったらこっちも助かったんだがね」

「人間は簡単に信用しちゃダメだって、冒険者やっててよくわかったゾ」

「……苦労してそうだねぇ。ま、がんばりなよ」

騎士は宿の主人と探索者たちを縄で縛って連行していく。

カランは気を取り直して、探索者ギルドへと再び向かった。

入り口を潜った瞬間、ざわめきが走る。

カランが詐欺師まがいの探索者に絡まれているのを知っていた人間がいたのだろう。カランだけが無事に戻ってきたことで警戒されてしまっている。

カランは気付いた。こいつは一筋縄ではいかない場所だな、と。

一方でその警戒の目にイラついて、ギルド職員に対して「こっちを騙そうとした探索者、ビビるくらい弱かっタ」、「迷宮都市の詐欺師の一万倍頭が悪イ」などと、わざと周囲に聞こえるように罵倒と愚痴をまくしたてた。

そのせいでますます敵意と警戒を招き、探索者仲間を探そうにも誰も話しかけてきてくれない状況に陥ってしまった。

「……なんか、誰かの口の悪さが移ったのかナ」

カランは、併設の酒場のスペースに座って溜《た》め息《いき》をついた。

酒場のスペースはそれなりに賑《にぎ》わっているのに、誰も近くに座ろうとはしない。

妙な寂しさを覚えた。

スイセンたちと別れたからではなく、カランがこの場で異邦人だから、でもない。

自分がここにいない誰かの真似《まね》をしているような奇妙な錯覚。

あるいはどうしてここにその誰かがいないのだという苛立《いらだ》ち。

こんなときあいつが、あいつらがいたら。

「……嘘《うそ》つキ。やっぱり人間なんて信用できないゾ」

怨嗟《えんさ》に満ちた独り言。だがカランはその言葉が、結局のところは誰かを信じたかったことへの裏返しだと知っている。そしてそんな言葉を吐き出したところで、きっと自分は誰かを信じ、待ち続け、あるいは探し続けるだろうと。

失われた何かを、去ってしまった誰かを、恨むことができた方がどれだけ楽だったことか。すべてに怯《おび》え、すべてを恨むシンプルな生き方に身を浸すことはもうできない。

彼を愛している事実を、記憶にはなくとも、消し去ることはできない。

「まったくだな、信用なんかするもんじゃない」

岩窟都市のメドラー神殿には名物神官がいる。

迷宮都市から流れ着いた謎の美貌の男。

治療の腕は確かで、誰とも分け隔てなく接し、罪の告白を聞いても決して誰にも明かさない。

噂では上級神官の資格を持っているらしいが、それを信じる者はいない。

様々な美点を覆い隠す大いなる欠点が、ゼムには存在していた。

「つまり神殿長、こう仰《おっしゃ》りたいわけですね。白銀級の探索者になるまで戻ってくるな、と」

「女遊びをやめろと言っておるんじゃバカモノ！　それができぬなら探索者となって功績を挙げるなりなんなりしろという話じゃ！」

「無茶を仰る。それでしたら探索者になる方が簡単です」

「バカモノ！」

メドラー神殿の一室で、老人の神殿長が顔を赤くして叫んでいた。

だが怒られている方のゼムは、どこ吹く風といった様子だ。

「まったく、勇者と同じテラネから来て、しかもディネーズの神殿総長のお墨付きじゃから信用したというのに……お前のような放蕩《ほうとう》神官だなんて詐欺じゃろうが！」

「いえ、まったく。私は神官として何一つ恥じ入るところはございません」

「なっ……なんじゃとぉ……！」

「近頃、人々の流入が多いためか流行病《はやりやまい》が増えています。色街の状況を知ればすぐに対処ができるのですよ。流行病以外にも様々な人間の懊悩《おうのう》が飛び交う場所ですから情報も手に入りやすい」

「足を踏み入れるのは百歩譲って認めるにしても、色街で遊んでばかりではないか！」

ゼムは、どう言い訳したものか迷った。

否定のできない、紛《まが》う事なき事実であるからだ。だから方便を使うことにした。

「近頃、探索者の間で何か黄鬼病《おうきびょう》のような病にかかった者がいることはご存じですか？」

「なんじゃ、突然」

「私は『魔獣王隧道』に住む魔獣の眷属《けんぞく》が感染源ではないかと睨《にら》んでいます。そこで何か奇怪な病に罹《かか》って、そこから色街の女性たちにも移っている。今のところ皆、軽い症状で済んでいますが……流行病とは常に変化していくもの。はて、神殿としてこれを放置してよいものかどうか」

半分ほど事実で、半分ほど嘘だ。

気になる流行病があるのは事実であり、最近は女遊びにかこつけて、神殿や病院に来ない女を診察していた。だが感染経路については、完全にゼムの勘でしかなかった。

「除名や追放ではなく出向のような形で済ませてくれませんか？　僕が探索者として功績を挙げたり、流行病の対処をできたならば、それはあなたの功績ですよ」

「ふむ……」

神殿長は謹厳実直な性格ではあるが、人並みに出世欲を持ち合わせてもいる。そして保守的な性格で、神官が定められていない余計な仕事をするのを嫌った。決して悪人ではなく善人の部類ではあるが、つまりはゼムとはまったくもって相性が悪かった。

だが、実力を認めていないわけではない。

「……よかろう。メダルを取り上げるのはやめておこうか。だが不祥事を起こせば別だぞ」

「ご配慮ありがとうございます。では、行ってまいります」

神殿長の冷ややかな視線など気にすることなく、軽やかにゼムは神殿を後にした。


「まだ神官のまま？　さっさと辞めちまって、探索者一本で生活すればいいじゃないか」

ゼムは早速、探索者ギルド『マインシーカーズ』に訪れた。

すでにゼムは辻治療《つじ》の仕事をしており、探索者の友人はそれなりに多い。

初めて訪れたにもかかわらず、周囲の人間はごく自然とゼムを出迎えていた。

ゼム自身も探索者の経験などはないはずなのに、まるで初めて来たような感覚がない。

「メダルなど惜しくはないのですがね……。しかし二度も手放すのは、なんというか……取り戻してくれた人に悪いような気もして」

「取り戻してくれた人……友達かい？」

「いえ……あれ？　そういえば覚えていませんね……」

「なんだいそりゃ」

探索者の女が笑って揶揄《やゆ》するが、ゼムは微笑んで首を横に振った。

「いや、それは違いますね。もっと他の、なんというか……仲間のような……」

「……案外、あんたが勇者サバイバーズだったりしてね」

「まさか」

ゼムは笑って否定し、それもそうだと探索者の女も笑った。

「ああ、そうだ。仲間といえばエイダさん、探索者仲間を募集してたりしませんか？」

「ウチはダメ。あんたみたいな毒のある男を入れたらパーティー崩壊しちまうよ。あたしはともかく、他のメンバーはウブでね」

「おっと、いきなりあてが外れましたか」

ゼムは参ったとばかりに苦笑いを浮かべるが、事実困っていた。神官や治癒術士は代替が利かない職業だ。パーティーを組むくらいは容易なものだと思っていた。

「他に勧められるパーティーがないわけじゃないが、どうせなら迷宮都市から来たばかりの連中を誘ってみたらどうだい」

「ふむ、迷宮都市上がりの人ですか。しかし他の探索者と距離ができてしまうのが心配ですね」

「そうは言うが、あんた、人気者だからね。下手に地元の人間と組むとそいつが妬まれたり、あるいはあんたを妬んでるやつがいたりして、色々と厄介事が舞い込んでくるよ」

「ははは……それは困りました」

「だから……例えば、あそこのテーブルの子。あのへんがオススメだね。なんか揉《も》め事《ごと》起こしていきなりソロになっちゃったらしいよ。暗い顔してるし、話でも聞いてあげたらどうだい？」

エイダが指をさす方向にいるのは、竜人族の女剣士であった。

歴戦の風格がある……が、同時に妙に寂しげな背中をしている。

その背中に、妙に何か突き動かされるものがあった。

サンダーボルトカンパニーの支社長という肩書の、若い魔術師がいる。

その会社は迷宮都市テラネに本社を置く魔道具メーカーであり、魔神戦争においても大きな貢献を果たした。戦争で得たノウハウを生かして岩窟都市でのシェアを拡大するという名目で派遣されたのはサンダーボルトカンパニーの才媛であり、天才ベロッキオの最後の弟子。

「体の良い左遷じゃないのよ！　部下も同僚もいないし！　おっかしくない!?」

岩窟都市ウェグナ支社の未来は、ティアーナの双肩に掛かっている。

「ま、そう怒るなよ。立身出世はこういうところから始まるもんさ」

シャツにサスペンダーという、どこかきざな風情の男が肩をすくめながら言った。

彼はティアーナの協力者であり探偵でもあるヘクター。

支社の金で雇い、現地での情報収集などに当たってもらっている。

岩窟都市は栄えているとはいえ、ディネーズ聖王国の外だ。どんな街で、どんな文化があるのか、サンダーボルトカンパニーにそれを知る者は少ない。外国の情報や機微に詳しい人間を雇わなければティアーナは身動きさえ取れなかった。

「……ヘクター。もーちょっとまともな物件なかったの？　大雨だと雨漏りするし、近所はなんかうるさいし……静かに研究もしてらんないわよ」

「迷宮都市から客として来た人間は歓迎されるが、働きに来た人間はそうでもないってことさ。こればっかりは我慢してくれ。ま、実績を挙げたらなんとかなるさ」

「実績ねぇ」

「どんな街だって一緒だよ。タフでガッツのあるところを見せりゃ敬意を払ってくれる」

「だと良いんだけど」

やれやれとティアーナが椅子の背もたれに体重を預けた。

「それに、赤字を垂れ流したところで死にゃしないさ。それともオレと探偵業でもやるか？」

「あなた浮気調査と犬探しばっかりじゃない」

「楽しいぜ意外と」

気楽に語るヘクターに、ティアーナはげんなりした視線を送る。

「別に、会社に義理立てすることもないんじゃないか。赤字垂れ流しって言ったたって、あんた一人の給料と家賃くらいのもんだ。本社の経営はビクともしねぇさ」

「そうもいかないわよ。一応、記憶をなくした私を拾ってくれたハボック社長に悪いし……。一応、期待されてることくらいはわかるわ。サンダーボルトカンパニーは師匠のいた会社でもあるし。私がこの会社の将来を背負ってるのよ」

「お、おう」

「何よその微妙な顔」

「い、いや……資金繰りがお困りのようねとか、将来性のない会社には興味ないとか、色々と挑発してたって聞いたが……」

「はぁ!?　私がそんな暴言を言うはずないでしょ！」

まったく何を言ってるのだ、と思ったが、ティアーナは一瞬、「もしかして記憶をなくす前にとんでもない無礼を働いていて、その意趣返しを今されているのではないか」と疑った。

「……え、もしかしてマジで言ったの？」

「いや、オレも直接聞いたわけじゃないが……」

ヘクターに嘘をついてる気配はない。

ちょっとこれもしかして本気で嫌がらせの左遷だったんじゃないのと恐怖し始めたあたりで、遠慮のないノックが響いた。

「ちょっと誰……げえっ、大家さん」

「げえとはなんだい、げえとは！　今月の家賃の支払いはまだかい！」

現れたのは、この建物の所有者である老婆だ。

この周辺一帯の地主で、様々な集合住宅や法人用物件を管理するやり手のオーナーである。

十本の指全てに指輪を嵌《は》めた手で葉巻を吸う堂の入った仕草に、ティアーナも少々後ずさった。

「い、いえね、お金がないわけじゃないんですよ。ないんですけれど。お金には出会いと別れの時期というものがありましてですね……」

ティアーナの歯切れの悪い説明を聞いて、大家の老婆はにたりと笑った。

「……ま、いいだろう。一ヶ月くらいなら待ってやるさね」

「大家さん！」

「だけど、次の月に滞納分も当月分もしっかり払ってもらえないなら……わかってるねぇ？」

童話に出てくる悪《あ》しき魔女のごとく、老婆はティアーナを指差した。

「な、なんのことですか」

「あんたみたいなべっぴんなら幾らでも仕事はあるよ。あたしゃ酒場も経営してるんだ。大人の社交場としての酒場をね。仕事の相談ならいつでも応じるよ。あーっはっはっは！」

カラスも逃げ出すようなドスの聞いた笑い声を上げながら、大家の老婆は事務所から去っていった。

あまりの迫力にティアーナもヘクターも呆然《ぼうぜん》としてたが、完全に大家の気配が消えてようやく二人は我に返った。

「ど、ど、どーすんのよ！」

「どうするも何も、稼ぐしかねえよ……。ただここの探索者どもは迷宮都市から来た魔道具を信用してねえんだよな。攻略もワンパターン化してて別の方法を取りたくないってやつも多いし」

「そうよ、そこなのよ……」

岩窟都市において、サンダーボルトカンパニーは苦戦していた。

日用品となる魔道具は別の会社が市場を牛耳っており、なかなか割って入る隙がない。

吟遊詩人《アイドル》向けの音響、照明器具はすでにティアーナが手配する前に納入済みで、持ち運びやセッティングも吟遊詩人《アイドル》の事務所側が済ませてしまった。消耗するようなものでもないので、買い換えのタイミングはまだまだ先だ。

そこでティアーナは、冒険者向けの戦闘用の魔道具ならば売れるだろうと当たりをつけた。

両手を塞がずに暗所を照らせる、兜《かぶと》に取り付けるタイプの照明の魔道具。

あるいは魔物の接近を知らせる《魔力索敵》の魔道具。

小規模な火弾を放つ魔道具や、実体を持たない霊体型の魔物を倒せる魔道具などなど。魔術師のいない冒険者パーティーであれば必需品であり、魔術師がいたとしても魔力の節約や戦術の幅を広げるために重宝される品々である。……が、なぜか売れない。

その理由は、岩窟都市にいるのは冒険者ではなく探索者だからだ。

探索者は必ずしも魔物を倒したり、未知の領域に踏み込むことばかりが仕事ではない。自分らが得意とする層を餌場として、安全に勝てる眷属だけを倒したり、あるいは採集や採掘をして稼ぐ者が多い。新兵器を必要とする者が少ないのだ。

また彼らは彼らなりの自負がある。迷宮都市由来の道具などなんぼのもんじゃいという自負が。迷宮都市の冒険者たちは、魔神を撃退するという大戦果を挙げた。恐らく歴史上、もっとも被害の少ない魔神戦争であったことだろう。だがここ、岩窟都市の『魔獣王隧道』もまた恐ろしい脅威が眠り続けており、魔獣王の復活を阻止するために探索者たちは常に戦っている。

「だが、だからこそよい道具だってわかれば自負なんて捨てて使うさ。浅い層でちゃぷちゃぷ日銭を稼いでる連中ならともかく、中層や深層の前線まで行ってる探索者は命がけなんだからな」

「じゃあどうするの？」

「たとえば、迷宮都市でぶいぶい言わせた冒険者サマに、探索者になってもらって活躍してもらう……とか？　魔道具を使って功績を挙げたり、中層に到達できたら誰も無視はできねえさ」

「そりゃ腕に覚えくらいあるけど、できると決めつけられても困るわよ」

「あんたならできるさ。それに、中層には秘密のマーケットとカジノがある」

その噂は、ティアーナも聞いたことがあった。探索者と魔獣兵が緩衝地帯を作って商売をしているという噂であり、そこでは禁制品や人間社会では手に入らない物品が流通したり、違法カジノが運営されたりしているらしい。

「魔獣兵が作った武器も流れてるらしいぜ。他にも魔獣兵と人間がタッグを組んで格闘して勝者に賭けるビーストリング。人間の使う魔力と魔獣兵が使う星力のエネルギー差を利用したデリバティブ取引、マーデオプション。迷宮都市由来の魔道具なんて穏便もいいところさ」

「……で、私にそこに行けって？　そんな夢みたいな話されてもできるわけないでしょ！」

ティアーナはそんな抗議をしながらも、結局はこの都市の探索者となるために探索者ギルド『マインシーカーズ』へと足を運んだ。

実際に使ってる人間がいなければ武器も防具も説得力を持たないというのは、まったくもって反論の余地がないと気付いたからだ。

ヘクターはヘクターの仕事があるために同行はしなかった。

この岩窟都市において、ヘクターは仕事に困ったことがない。どこにツテがあるのかは知らないが、浮気調査から企業の信用調査まで引く手数多《あまた》らしく、飄々《ひょうひょう》としているようでいつも何かの仕事をしている。サンダーボルトカンパニーに有利な情報をもたらしてくれることも多い。

言い出しっぺはお前だろうと言いたくなったが、ヘクターは遊んでいるようで仕事をしているのでうるさく文句を言うのは理性でこらえた。

「……何かしらね。妙に馴染《なじ》むわ」

ギルド内は喫煙可だ。

木造のギルドのフロアには迷宮都市の冒険者ギルドより愛煙家が多いのか、少々煙いくらいである。ティアーナはそれならば自分もとパイプに火を付けて、煙をくゆらせながら壁に貼られた依頼票やメンバー募集中の探索者の情報を探った。

「えーと、『太陽騎士団、迷宮都市ウェグナ支部団員募集中。金級探索者以上は一次試験免除』……親方日の丸になる気はないのよね……。『カリグラファーズ、探索者をしながら芸術と歌を愛する仲間を広く募集しています。初心者、詩人偏愛家《ドルオタ》歓迎。団長より護符と画材の支給あり』……妙に濃いわ」

「えーと、あなた新人さんですか？　新人さんっぽくないけど、新人さんですよね？」

ギルド職員が、ティアーナにおっかなびっくり話しかけた。

「ご覧の通り、新人よ」

パイプをくゆらせながら依頼票を値踏みする姿はどこからどうみても玄人《くろうと》だが、ティアーナはまったくもってその自覚がなかった。

「えっとですね、いきなりソロ活動は無理なので、どなたかとパーティーを組んでいただかないと……」

「……やっぱりそうなるわけね。デジャヴュってやつかしら」

ティアーナはギルドの中を見渡す。

こちらを見ている者がいないわけではないが、仲間を募集している人間はあまりいなそうだ。

こうなったら、既存のパーティーに金を出してでも割って入るか、魔道具の営業に専念するかと考えていたところ、一つのテーブルが視界に入った。

それは竜人族の、どこか暗い顔をした女だ。

それを見た瞬間、不思議な郷愁を感じてふらふらとテーブルの方へと歩み寄り、空いている椅子にどかりと座った。

いや、いったい自分は何をやっているのだ、まるで不審者ではないか――とティアーナが思った瞬間だった。不審者がもう二人いることに気付く。

ティアーナとまったく同じように、何の脈絡もなく椅子に掛けた誰かが。


凄腕の軽戦士がいる。

刃こぼれ一つ起きることはないオーラブレード型の魔剣を操り、だが剣の力に振り回されることなく体術も一流。

もしかしてあれこそが伝説の冒険者サバイバーズではないかと噂された。

もっとも本人は否定しており、周囲も納得している。

魔神戦争で目撃されたのは、煌びやかな白い鎧《よろい》を纏《まと》った、男とも女ともつかない銀髪の剣士という説が濃厚だ。

黒髪に緑色の軽装鎧の青年という噂もあるが、その軽戦士は勇者といわれるような聖人君士とも違っていた。

『どうした、ニック?』

「槍兵《そうへい》が五匹、弓兵が五匹。槍兵の中に一匹だけツノ持ちがいる」

『それがリーダーですね。油断せずにいきましょう』

声をかけたのは、ニックが腰に差した大小二本の剣であった。

一振りは、『絆《きずな》の剣』。

もう一振りは『武の剣』。

どちらも、強力極まりない聖剣である。

「いくぜ……！」

ニックは闇の中に飛び込む。

そして隠れ潜んでこちらを狙っていたはずの狩猟者たちを、狩られる獣へと変えていった。視覚に頼らずともニックの研ぎ澄まされた感覚は闇に潜む敵を炙《あぶ》り出《だ》し、また奇襲の類《たぐい》も一切が通用しない。

勇者であるなどという声望などなくとも、ニックはひたすらに強く、たった一人で『魔獣王隧道』を攻略する姿は多くの探索者に褒め称えられ、同時に妬まれてもた。

「ほどほどに狩れたし、上に戻るか」

『余力はあるが……まあ、安全策を取った方がよかろうな』

『うーん……』

「なんだよたけこ。もうちょっと潜っておきたいか？」

『たけこってやめてください！』

「『武の剣』って呼びづらいんだよ。キズナみたいになんか名前つけようぜ。ぶーちゃんにするぞ」

『ぶーちゃんは絶対イヤです！　ええと、せめてタケミちゃんとか……。ともかく、実力はあるのにここから潜れないのはちょっと残念だなぁと思うんです。そろそろ仲間を増やしませんか？』

「仲間か」

『後衛のメンバーとか、もっと突破力のある戦士とか、不足している部分をカバーしてくれる人材を増やした方がよいのではないでしょうか。わたしもキズナさんと同様《並列《パラレル》》を使ってサポートできるくらい魔力は溜まりましたが、パーティー構成としては偏っています』

「そーなんだけどよー。なんか誰かと組む気になれねえっつーか」

『なーんじゃ、まだレオンに財布取られたこと気にしておるのか？』

「あったりまえだろうが！」

魔神戦争で記憶を失ったニックは、早々に迷宮都市を出て岩窟都市を目指していた。

今はソロの探索者として活動しており、すでに中堅の実力者と周囲からは見られている。

理由はいくつかある。

まず一つに、ニックは冒険者や探索者以外の仕事をするつもりがなく、そのためには迷宮都市から旅立つしかなかった。

また、聖剣二振りを持っているために、ニックが勇者サバイバーズに関係するのではないか、あるいはサバイバーズ本人ではないかと周囲に思われることが多かった。しかし当人にそれを成し遂げた自覚も記憶もなく、そして聖剣二振りも同じように記憶が失われている。

この状態でへつらう人間や妬む人間に囲まれてはトラブルが起きるのが目に見えており、自分のことを知る人間がいない土地へ逃げようと思った。これが二つ目の理由だ。

最後に、岩窟都市への道中一緒になった人間が財布を盗み、『魔獣王隧道』の奥深くに逃げ込んだという情報が手に入ったからでもある。

『すまんなニック。旅をしながら魔物を倒したり依頼をこなして稼がせてもらった金はオレがそっくり頂いていく。ここまで案内してやった駄賃と思えば決して高い金額じゃねえはずだ。達者でな』

そんな書き置きを残して逃げられた以上、探してぶちのめす以外の選択肢はなかった。

だがどれもこれも、唯一の答えではない。

奇妙な欠落感があった。

何を飲み、何を食べても、何かが満たされない。

唯一心が安らぐのは迷宮の奥深くで静かに戦っているとき。

あるいは歌を聞くとき。

頭の中で好きな曲をリフレインしながら『魔獣王隧道』を抜けて街へ戻る。

ちょうどそのとき、しとしとと雨が振り始めていた。

路地裏の建物の庇《ひさし》の下に逃げ込んで折りたたみの傘を開いたときに、声をかけられた。

「記憶は戻りましたか、野良犬さん？」

「さっぱりだ」

「のんきですねぇ。あ、私も傘に入れてください。ギルドの途中まででいいのでお願いします」

声をかけてきたのは、ニックと同様に迷宮都市から流れ着いた吟遊詩人《アイドル》だった。

迷宮都市の吟遊詩人《アイドル》事務所は全国各地に拠点を作る計画をしており、筆頭となるダイヤモンドと若手の吟遊詩人《アイドル》たちが岩窟都市に来てライブ活動をしている。

もっとも、音楽文化は迷宮都市と大いに異なるようで、一部熱狂的なファンは生まれつつも規模の拡大にはなかなか苦戦している様子だった。

「探索者なんてのんきなもんだよ。アゲートちゃんこそ、こんなところで油売ってていいのかよ」

アゲートとニックは、すぐに仲良くなった。

まるで以前からの知り合いであったかのように。

もっともアゲートはニックのことなど知りませんという態度であり、ニックもそれに納得した。

アゲートの歌は上手《うま》く、大人気の吟遊詩人《アイドル》だったという。

ニックはもしかしたら、この少女のライブにも来ていたかもしれないと思った。

まかり間違って、魔色灯《サイリウム》を振っていてもおかしくない。

それくらいニックは、この少女の歌を気に入りつつあった。

「迷宮都市じゃともかく、ここじゃまだまだ無名ですから。ドサ周りしたり酒場やレストランで歌ってライブに来てくれるお客さん集めたり、新人に戻ったみたいで楽しいです。あ、チケットノルマどうしましょう。ニックさん何人くらいに売りさばけそうですか？」

「なんでオレが売りさばく側なんだよ！　まず一枚を買う買わないの話じゃねえの!?」

「ところで相談がありまして……」

「チケットは相談でさえないのかよ！」

「友達が、探索者になるんです」

ニックはその言葉を聞き、真面目な表情を浮かべた。

「大丈夫なのか？　探索者になるって言っても、戦ったことのない素人《しろうと》じゃ危険だぞ」

「あ、素人じゃないです。めちゃめちゃ強いですから。楽屋に押し入ろうとする銀級探索者の詩人偏愛家《ドルオタ》くらいなら片手で倒せますし」

「なんだ、強さの方は問題なさそうだな。ただ、用心深さも必要な仕事だが……」

「ストーカーに追われないようなルートで吟遊詩人《アイドル》の送り迎えしてます。馬車を動かすスケジュールを決めたり、予算内でちゃんとした警備計画を立てたり、注意深さはそのへんの文官よりしっかりしてますね」

「何の心配もねえよ。あるとしたら、それだけ有能ならわざわざ探索者になる意味がねえのになんでこんな仕事するんだよって心配くらいだぞ」

「どれだけ有能で強くても、一人だと心配じゃないですか。あなたも」

「別にオレは一人ってわけじゃないがな」

「でも、誰かを探し続けてる。だから、新たに誰かと組もうとしてない」

まるで見透かされたような言葉にニックは反論しようとしたが、アゲートがいつになく寂しげな表情をしていることに気付き、黙った。

「……正直、私が取っちゃおうかなって思ってたんですよ」

「取る？　何をだ？」

「あなたが昔のことをずっと忘れたままだったなら。私が仲間よりも尊い何かになれたなら、ああ、そのときは吟遊詩人《アイドル》の辞め時だったかなって。でも、そうはなりませんでしたね」

アゲートがくるりとニックに背中を見せ、さよならと別れを告げるように手を振る。

「……話が見えないんだが。あと傘返せよ」

「ギルドで待ってます。あなたの大事な人が」

ニックは不思議と、アゲートを呼び止めようとはしなかった。

それがひどく大事な決断のような気がして、呼び止めることを選んだ瞬間、誰かと出会えなくなる気がして、ただアゲートの背中と奪われた傘が小さくなって見えなくなるまで、ずっと見送った。

ごめん、という言葉が喉まで出かかる。

だがニックは、雨に消えていく少女の背中に、ありがとうとだけ告げた。


「あ、ニックさんおかえりなさい」

「おまえまだソロやってんのか。いい加減どっか入れよ」

「稼いできたのか？　奢《おご》ってくれよ」

「ちっ、迷宮のネズミがでかい顔しやがって」

ぼちぼち顔なじみができつつある。

純粋な心配をする探索者もいれば、ただの知り合いとして接する探索者も、妬みとやっかみを露骨に表す探索者もいる。この一体感のないようであるような感覚がニックは嫌いではなかった。

「おいニック。迷宮上がりの新人のせいで空気が悪いんだよ。なんとかしやがれ」

「どうせどっかの馬鹿が騙そうとして返り討ちにされたんじゃねえのか」

「ご名答」

探索者が口笛を吹いてニックを褒め称えるが、ニックは顔をしかめた。

見ていないで助けろと反論すると、探索者は肩をすくめただけだ。

『同郷の者なら助けてやったらどうじゃ？　よい仲間になるやもしれん』

「ま、様子を見てからな。……しかしお前ら、最近仲間増やせって妙にうるさくないか？」

『そ、そうかの？』

ニックはギルドの中を進んでいくと、話題の新人はすぐ見つかった。

その新人の不機嫌と悪態は、なかなかどうして堂に入っていた。

まだ若い少女ではあるが、歴戦の風格がある。触れれば斬ると無言で伝えてくる殺気は、一度や二度の死線をくぐり抜けた程度で得られるものではない。

これは探索者どもが恐れおののくのも道理だと思った。

そしてギルドの受付の職員に食って掛かりつつ、周囲を挑発していた。本当にあの探索者や弱かったとか、ちょっと撫《な》でてやっただけで気絶したとか、迷宮都市の冒険者の一万倍弱いとか。

来るなら来いという挑発であり、その効果はシンプルだ。

周囲の人間の素の感情を引き出し、敵か味方かを色分けする。

半分は本気で言っているが、半分は演技だ。

なかなか面白いやつが来たじゃないかと思ってニックは眺めていた。だが、彼女の落胆と失望に満ちたか細い声の愚痴が、ニックの耳に届く。

きっと他人に聞かせるための悪罵ではない、純粋な悲哀だ。

「やっぱり人間なんて信用できないゾ」

その言葉を聞いた瞬間、ニックは動いていた。

『ニック？』

『ニックさん？』

聖剣二振りの問いかけを無視して、新人の座るテーブルにどかりと座った。

「まったくだな。信用なんかするもんじゃない」

「ハァ？　お前、誰……」

竜人族の少女が、訝しげな目でニックを見て、そして固まった。

「けどよ。誰のことも信じないで、ひとりぼっちで冒険してりゃよかったって思うか？」

少女が、呆然としながらニックを見つめる。

まるで幽霊を見たかのような、あるいは夢を見ているかのような、そんな表情をしていた。

ニック自身もそうだ。自分で何を言っているのかよく理解できないのに、ただ自然と、泉から水が湧き上がるように言葉が心の奥底から浮かび上がり、形となった。

「オレは楽しかったよ。どうしたって許せねえやつはいるし、いけ好かねえやつはいる。近づいてくるやつを無視するか殴る方が楽だったと思う。それでも疑うのをやめて、誰かともう一度パーティーを組んでみようって思って、よかったって思う。だから戦えた。だから冒険ができた」

「お前、お前のことを……知ってル……」

「オレもだよ」

「お前と、約束しタ。多分、お前と、ずっと会いたかっタ。ずっと探してタ。二度と会えないかもしれないって思ってタ」

「そんなわけねえだろ。オレも探してた」

そこまでニックが言うと、更に誰かが椅子に座った。

一人は、竜人族の少女とは違う意味で、どこか熟練の気配を漂わせた魔術師の少女だ。

もう一人は妙に軽薄そうな、だがどこか芯の強そうな神官の青年だ。

「まったく、探したのはこっちのセリフよ」

「本当ですよ。足が棒になるかと思いました」

ニックと少女がはっとして顔を上げ、新たに卓に着いた二人の顔を見る。

ごく自然と四人が同じ卓に着き、会話が繋《つな》がり、笑い合うことに、何の違和感もない。

今までの得体の知れない欠落感が消失するのをニックは感じていた。

ティアーナとゼム、そしてカランがいる。

今まで自分が何をしていたのか、失っていたものが何なのか、すべてがわかる。

「キズナ。タケミ。全部知ってたな？　記憶を失ったって、お前ら二人は嘘だろ」

『さーて、なんのことじゃやか。忘れるべきでないことを忘れた愚か者が四人おっただけじゃ』

『そーです。感謝してほしいくらいです。確かに情報を伏せて《合体《ユニオン》》の後遺症の経過を観察をしていたのは事実です。あなた方の意思を曲げたり誘導めいたことはしていない……とは言えませんが、ちょっとしかしてません』

「してたんじゃねえか」

『し、仕方ないじゃないですか。記憶が戻った後に起きるかもしれないトラブルは防ぎたかったですし、でも戻らなかったときのために自活できる備えはしときたかったし……』

「心配性だな、お前らは」

やれやれとニックが肩をすくめる。

『ただ、これだけは言えます。今こうして皆が揃《そろ》ったのは、間違いなくあなたたちが、あなたたちの力で導き出した結末なのです』

ぽんと音を立てるように二人が実体化した。

恐らく、この二人以外にも静かに見守ってくれていた人がいるとニックは気付く。

何よりアゲートのことを思い出し、ニックは心が痛んだ。

だがそれでも、記憶を取り戻せたことにニックは後悔しなかった。

「せまいっつーの」

「細かいことはええじゃろ。詰めろ詰めろ」

キズナはいつも通りの銀髪の少年の姿だ。『武の剣』、自称タケミは、オリヴィアを少し若くしたような、そんな姿をしていた。

「あなたそんな顔してたのね。可愛《かわい》いじゃない」

「オリヴィアさんからふてぶてしさを除いたような爽やかな雰囲気を感じます」

「親的な存在をディスられるのはどうかと思いますが、すごく同意します」

タケミがティアーナとゼムに褒められ、えへへと照れる。

「……嘘つキ」

カランが、恨めしそうな目でニックを見る。

「悪かったよ」

「ずっと一緒にいるって言ったくせニ」

「い、いや、それお前もだろ」

「そーだけド！」

「寄り道することはあるけど、こうやってまた出会えるんだ。忘れたら思い出すし、離れても迎えに行く。だから、もう一度始めようぜ」

ニックの優しい言葉に、カランが照れくさそうに目をそらす。

「……また忘れたら許さないからナ」

「おう、許すな。ぶちのめしに来い」

「ワタシが忘れたら、ちゃんと怒ってほしイ」

「首根っこ摑《つか》まえてスイセンさんと親父さんところに連れてって叱ってもらうよ」

「家族を使うのずるいゾ。でモ」

カランが顔を赤らめて、ぼそりと告げる。

「人間なんて信用できないって言ったの、撤回するル……信じてル」

その言葉に、ニック、そして全員が嬉《うれ》しそうに笑みを浮かべた。

「でもどーすんの？　あんたら結婚して引退するわけ？　それもいいけど、もうちょっとやってみない？　ちょっと稼がなきゃいけなくてさ」

「やってみないかって何をだよ」

ニックの言葉にティアーナは露骨に呆《あき》れ、ゼムが苦笑した。

「決まってるじゃないですか。【サバイバーズ】をですよ」

「なんだよ、そりゃもう決定と思ってたっての。……けど、この名前使うと色々差し障りがあるぞ。どうする？」

サバイバーズは今、狙われていると言っても過言ではない。

どこかの国に身を寄せて莫大《ばくだい》な報奨を得ることもできるが、それと同じだけの危険がある。

だがそれに怯える者はいなかった。

ニック自身、皆を煽《あお》るような気配さえあった。

「別にいいんじゃないカ。世間が勇者とかなんとか言ったって、この名前はワタシたちのものダ。コソコソするのは趣味じゃないイ」

カランが自信ありげに胸を張り、ニックも力強く頷《うなず》いた。

「じゃ、やるか。【サバイバーズ】、再結成だ！」

探索者たちがいきなり始まった騒ぎになんだなんだと好奇の視線を送るが、一つのパーティーが生まれたのだと知って興味をなくし、あるいは揶揄するようにはやし立て、あるいはおめでとうと軽い祝福を送る。

やがて六つのジョッキがぶつかり合い、軽快な音が響き渡った。

D.K.P 440/Oct/6 Kizuna. The Rock Cave Wegna

著者あとがき
二つのファンタジーについて

皆さん、私は今、地上にはいません。東北地方最高峰である燧《ひうち》ヶ《が》岳《たけ》の山頂の一つ、標高二三四六メートル、俎嵓《まないたぐら》であとがきを書いています。

最近登山にハマってしまって、東北の山を中心に色々と攻めているところです。

さて、ご存じない方も多いかと思いますが、異世界系ライトノベルは大変取材の難しいジャンルです。驚くべきことにファンタジー世界を実際に取材した経験のない作家が九割を占めると聞いたことがあります。実は私も取材経験がありません。創刊十周年を迎え「これからも、異世界で生きていく」を掲げたMFブックスの作家の一人でありながら何と不心得者であろうと忸怩たる思いを抱えています。

しかし異世界には行けずとも、旅や冒険は可能です。東京近郊にお住まいであれば京王高尾線に乗って終点高尾山口駅で降り、高尾山を登りましょう。

そこは古くから修験道の聖地とされた由緒ある霊山であり、更には日本でもっとも有名な霊峰、富士を眺めることもできます。自分の体を駆動させて汗みずくになった果てに山頂に辿り着けば、神秘と隣り合わせのファンタジーの世界に住む人々の気持ちに近づけたような気がします。皆さん、私と一緒に山を登りましょう。

あるいは登山でなくとも構いません。新しい趣味を始めることであったり、うんざりする職場を辞めて転職して環境を変えたり、あるいは書店に並んでいるライトノベルを前情報もなく手に取って読み進めて空想を巡らせることであったり、色んな形の冒険があることでしょう。

見知らぬ世界に足を踏み入れるには勇気が必要ですが、その一歩を踏み出せたならきっと素晴らしい景色が目の前に広がっている。それこそが私の考えるファンタジーです。

だからファンタジーライトノベル『人間不信の冒険者たちが世界を救うようです』のニックたちには色んな迷宮に潜り、色んな人々に出会い、色んな謎に立ち向かってほしかったのだろうと作者として今更ながら思いを馳せています。

その一方で私は執筆中、別の意味のファンタジーを思い浮かべていました。本作の主要キャラクターの四人は悪癖と言い換えても差し支えない趣味を持っています。ドルオタ、女遊び、賭博、美食の四つで、どれも俗っぽく、美食以外は他人から眉をひそめられるようなものばかりです。

その理由の一つは、人生の中で何か大きな躓きがあったときに誰しも清廉潔白ではいられないという思いがあったからです。

つい酒を飲みすぎてしまった。生活に支障が出るほどにガチャを回してしまった。あるいは冗談にすることさえ憚られるような、破滅的な何かに依存してしまった。自分に心当たりがなくとも、そうなった人を思い浮かべることはできるかと思います。

そんな人々が再び立ち上がり、依存の対象と適切に向き合い、自分の人生を取り戻す日を手にすることができる日が訪れる。そんな幸福な空想があってもよいのではないかという思いを作品に込めました。それが本作に込めた二つ目のファンタジーです。

ですがこう思う人もいるでしょう。「その程度のことがファンタジーか？」と。

少々狡い話ですが、私はニックたちを読者の皆様に応援してもらうために主人公として肯定的にかつヒロイックに描いた面は多分にあります。

しかし特に応援しているわけでもない他人が、ニックたちのような挫折や堕落をしたとき「この人はもう終わったんだな」と思うことは誰しもあるのではないでしょうか。

【サバイバーズ】を結成する前の四人の姿を見ていた誰かのように。

それが悪いという話ではありません。一度挫折して何かに依存した人間が復活するのは恐ろしく困難なことだと、誰もが言われるまでもなく薄々知っているものです。

そして挫折した人は再起するはずだから信じろと言いたいわけでもありません。

これは人間不信に陥った者たちの物語ですから。

ですが噂話の雑談や飲み会の愚痴で語られるような「あいつはもう終わった」といった失望を語られるときに「でもそこから立ち上がる物語もあったな」とほんの少しの希望とともに思い出してくれたならば、本作を書き上げた価値があったなと思うのです。

勇気を出して今までと異なる世界を冒険するファンタジーと、自分の人生を取り戻すというファンタジー、私はこの二つを本作の中で描きたかったのかなと思います。

もしかしたら次の作品でもそんな感じのテーマを描いているような気がします。

さて、ニックたちはきっと新たなるステージで冒険を続けることと思いますが、本作『人間不信の冒険者たちが世界を救うようです』はこれにて完結となります。

名残惜しくはありますが、この場で彼らに別れを告げて見送れることを作者としてとても誇らしく思います。

本当にありがとうございました。

令和五年十月八日　富士伸太

Illustrator's Comments

『人間不信』もついに最終巻、振り返ると沢山のイラストを描いていて自分でもびっくりです。

私も若干、人間不信なところがあるので、サバイバーズの皆に共感しながらも応援しつつ、イラストを描いてきました。

（みんな幸せになってほしい…！）


今作品は大変ありがたい事に、コミカライズにアニメ化と、夢のような時間を過ごさせていただきました。

『人間不信』は私にとってかけがえのない作品です。

物語の最後まで描けたことを心の底から誇りに思います！

富士先生、担当編集者様、そして応援してくださった読者の皆様、約4年間本当にありがとうございました!!!

黒井ススム

人間《にんげん》不信《ふしん》の冒険者《ぼうけんしゃ》たちが世界《せかい》を救《すく》うようです 6
～夢《ゆめ》の終着点《しゅうちゃくてん》編《へん》～

2023年11月25日　初版第一刷発行

著者　富士伸太
発行者　山下直久
発行　株式会社KADOKAWA
〒102-8177　東京都千代田区富士見2-13-3
0570-002-301（ナビダイヤル）
印刷・製本　株式会社広済堂ネクスト
ISBN 978-4-04-683072-2 C0093

企画　株式会社フロンティアワークス
担当編集　今井遼介／齋藤 傑／齊藤かれん（株式会社フロンティアワークス）
ブックデザイン　Pic/kel（鈴木佳成）
デザインフォーマット　AFTERGLOW
イラスト　黒井ススム

本シリーズは「小説家になろう」（https://syosetu.com/）初出の作品を加筆の上書籍化したものです。

この作品はフィクションです。実在の人物・団体・事件・地名・名称等とは一切関係ありません。